碧血黃金系列
于東樓
武俠經典珍藏版 2
魔手飛環
下
縹緲

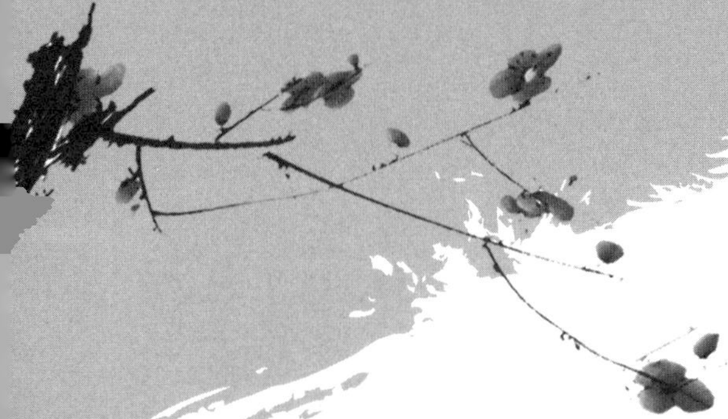

目錄

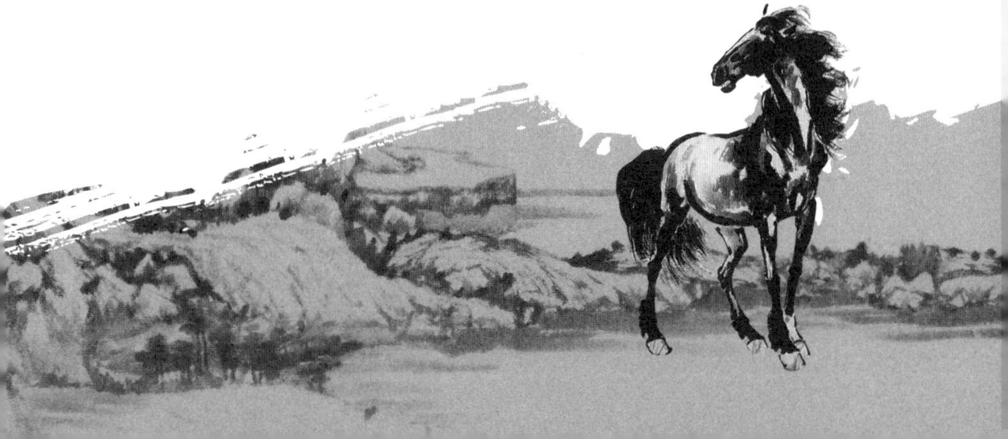

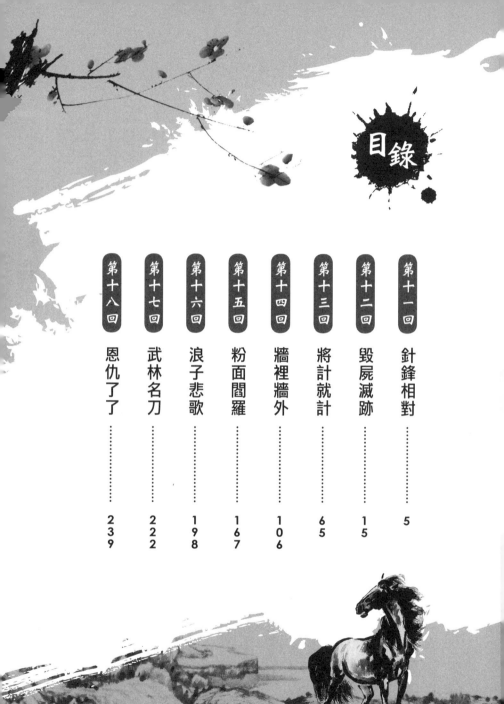

第十一回　針鋒相對

那黑袍怪人雖已脫掉黑袍，裡面穿的依然是一套黑色的勁裝，再加上一柄漆黑的軟劍和一張蒼白的臉，看上去顯得格外詭異。

葉天發棍轉身，沿牆遊走，掙扎良久，才從那人劍下脫困而出，凌空接連兩個倒翻，總算被他翻到房間中央，雙腳甫一著地，棗木棍已如車輪般的在手中旋轉起來。

黑袍怪人縮身停步，輕抖著軟劍冷笑道：「娘們兒教出來的東西，果然嫩得很！」

葉天笑了笑，身形陡然橫飄而出，棍尖微挑，地上那件黑袍「呼」的一聲，直向他的主人飄射過去，原本被蓋在袍下的殘月環也已隨棍而起，在棍端轉了兩圈，猛地跟隨那件黑袍「咻咻」有聲的飛了出去，去勢之快，疾如閃電。

黑袍怪人身手極了得，那件黑袍剛剛飄出，他已騰身躍起，人劍自袍上越過，側身躲過迎面而來的殘月環，抖劍便刺，但見劍花點點，招招不離葉天胸腹間的要害部位。

葉天邊退邊閃，不時揮棍反擊，每招都在黑袍怪人面前晃動，似乎擾亂對方視聽，遠比攻擊來得更加重要。

黑袍怪人正在刺得起勁，忽覺腦後生風，慌忙將身形往前撲，只聽得「咻」的一聲，方才被葉天撥出的殘月環已疾飛而返，自他頭頂擦過，雖然沒被擊中，但頂上的灰髮卻被帶走了一撮，情勢端的驚險萬分。

殘月環的走勢依然不衰，又已「咻咻」有聲的飛轉回來，直飛到那排棗木棍前，才力盡掉落在地上。

黑袍怪人衝出幾步才勉強站穩，回首瞪著洋洋自得的葉天，雙目閃露出凶狠光芒。

葉天兩手撐棍，搖著頭道：「你老兄的劍法一定是姥姥教的，簡直老到家了！」

黑袍怪人吭也沒吭一聲，便如一頭豹子般的躥了過來。「唦唦」一陣響聲中，剎那間已刺出十幾劍，攻勢猛烈，劍招凌厲，果然是個使劍的高手。

葉天不敢大意，急忙收起嘻笑之態，也將摸索多年的一套「相思魔棍」施展開來。

「相思棍法」原來是葉家夫人所創，是一套極適合女子使用的棍法，顧名思義，其中多以貼身纏鬥的招式為主，後經心靈手巧的葉天修改，雖然融入不少陽剛之氣，但招式卻變得更加纏綿，本領再高的人，也很難在他的棍下將功力全部發揮出來，而且招式變換也極困難，由於人、棍的距離太近，想拉遠一點都不容易。

所以黑袍怪人劍招雖猛，卻有一股力不從心之感，因為葉天所佔部位，幾乎都是很難出劍的地方。

在久攻不下的情勢下，黑袍怪人突然脫出戰圈，直撲那只落在牆邊的殘月環，環一入手，便已甩出，同時轉身揮劍，目標竟是床下的那排棗木棍，看來他是決心要先將那幾根棍子砍斷，以絕後患。

誰知剛剛砍了幾下，好像觸動了機關，那張鑲嵌在牆壁上的床鋪突然翻了下來。

黑袍怪人慌不迭地倒退幾步，正在驚駭間，但見一張不黃不白的被單迎頭罩下，同時一條身影自尚未完全啟開的壁縫中疾躥而出，他剛想抖動軟劍，被單已然罩在頭上，被單還沒有揮開，猛覺胸窩一陣劇痛，迫使他不得不發出一聲淒厲的慘叫。

慘叫聲中，他的身子已如山般的轟然倒在地上，胸窩上插著一柄短劍，鮮血很快的將被單染紅。腳下站著一個半裸的女子，那女子當然是小玉。

葉天揮棍蓋落那只殘月環，正想趕過去保護那幾根不能亂碰的棗木棍，卻被突如其來的變化嚇呆了，愣愣地看了小玉半晌，才道：「妳還沒有走？」

小玉驚魂乍定，嗔嗔地瞪著葉天，道：「你看看人家這副樣子，能走嗎？」

原來小玉直到現在還沒有穿衣裳，只將葉天那件半濕半乾的小褂披在身上，看上去鬆鬆垮垮狼狽萬分。

葉天莫名其妙道：「咦，妳的衣裳不是都在裡邊嗎？為甚麼不穿上？」

小玉沒好氣道：「都是你那個倒楣的機關，把人家的衣裳卡在床下，推也推不動，拉也拉不出，你叫人家怎麼穿嘛？」

葉天嘆了口氣，道：「倒楣的不是我那個機關，而是這個傢伙。如非他砍了那第一根棍子幾劍，他也死不了，妳也出不來，恐怕在裡邊還有得等呢。」

小玉拔起短劍，挑開被單一角，朝裡看了一眼，道：「這傢伙不會是曹剛吧？」

葉天道：「當然不是，如果是他，怎麼可能如此輕易就被妳刺中！」

小玉一副六神無主的模樣，道：「現在我們應該怎麼辦？」

葉天道：「妳指的是甚麼事？」

小玉道：「這具屍首，我們總不能把他擺在屋子裡吧？」

葉天道：「這個妳放心，等一下曹老闆來了，自會把他拖走。」

小玉一聽曹老闆要來，不禁嚇了一跳，道：「那我得趕緊穿上衣裳，我這副樣子萬一被他看到，他以後可有得笑了。」

葉天笑瞇瞇道：「不會的，其實妳這副樣子美得很，他看了嚥口水都來不及，哪裡還會笑妳！」

小玉狠狠地啐了一口，跳到床上把衣裳一件件的找出來，誰知那張床被她一陣踹動，整個房間又起了變化，不但桌櫃自壁中緩緩移出，那面牆壁也開始慢慢向中間滑動，顯然是方才又被她無意間觸動了開關。

牆壁轉瞬間便已恢復原狀，臥室頓時又暗了下來，那具屍體也剛好被隔在房中。

小玉本想下床，看了那具屍體，又急忙縮了回去，怕兮兮地望著倚門而立的葉天，道：「你能不能先把他搬到外面去？」

葉天道：「可以，我搬頭，妳搬腳，怎麼樣？」

小玉立刻道：「我不要！」

葉天笑笑道：「那就等曹老闆來了再說，好在他也不會偷看妳，妳怕甚麼？還是趕快穿衣裳吧！」說著，便想朝外走。

小玉急忙叫道：「喂！你別走！」

葉天回頭望著她道：「妳不是不喜歡人家看妳換衣裳嗎？」

小玉道：「偶然給你看一次也不要緊，而且……我還有話要問你。」

葉天聳聳肩，做了個無可奈何的表情，道：「好吧！甚麼話，妳問！」

小玉翻著眼睛想了又想，道：「你這套機關倒也神奇得很，我想你當初一定費了很大的心思吧？」

葉天瞧著她那副神態，不禁「噗嗤」一笑道：「妳怎麼突然對這種東西發生興趣？」

小玉一邊穿著衣裳，一邊道：「是啊！你房子裡有機關，我總要先摸清楚，否則哪天被糊裡糊塗的困在這裡邊怎麼辦？」

葉天道：「妳放心，這種機關簡單得很，絕對困不住人的。」

小玉道：「誰說的？我方才不就被困在裡邊！」

說著，已將那件小褂褪下來，那身潔白粉脂的肌膚，在陰暗的房裡顯得更加耀眼。

葉天遠遠地欣賞著她那纖秀而不露骨的大好身段，嘻嘻笑道：「那是妳自己喜歡光著屁股亂跑，如果妳穿得整整齊齊，現在早就出去了。」

小玉橫眉豎眼道：「這可是你說的，你給我好好記住！」

葉天依然笑著道：「記住又怎麼樣？難道妳以後不想理我了？」

小玉又斜著眼睛想了想，道：「就算理你，你也休想再叫我隨便脫衣裳。」

葉天毫不在乎道：「脫不脫在妳，對我倒無所謂，不過對妳自己，可是莫大損失。」

小玉將忙著繫扣子的雙手停了停，道：「我自己有甚麼損失？」

葉天輕描淡寫道：「妳想想看，像妳這麼美妙的身子，不經常亮亮相，整天裹在衣裳裡，豈不是太可惜了？」

小玉狠狠地啐了他一口，裙帶尚未繫好，跳下來就想往外跑。

葉天急忙攔在門口，道：「妳要到哪兒去？」

小玉道：「回家。」

葉天道：「妳不是還想摸清我房裡的機關嗎？怎麼說走就走？」

小玉嘴巴一撇，道：「這種爛機關有甚麼好摸的！只不過是靠地板下的幾個鐵錘和滑桿滾動的力量來控制罷了，你當我真的不懂嗎？」

葉天大拇指一挑，道：「有學問，了不起！」

小玉洋洋得意道：「這也說不上甚麼學問，這點常識我還有。」

葉天道：「只可惜這次妳看走眼了。」

小玉一怔，道：「你用的不是鐵錘和滑桿？」

葉天搖頭道：「安裝那種東西工程太大，而且花費也多。那時候我窮得要命，買這棟房子已弄得債臺高築，哪裡還裝得起那麼貴的東西？」

小玉聽得眼睛一眨一眨道：「那你這機關是靠什麼力量轉動的？」

葉天沉吟著道：「這也是個秘密，我現在也還不想告訴妳，等妳高興時再說吧！」

小玉訝聲道：「等我高興的時候？」

葉天道：「對，最好是很高興的時候。」

小玉登時眉開眼笑道：「我現在就很高興，而且還高興得不得了。」

葉天道：「真的？」

小玉舞手畫腳道：「難道你還看不出來嗎？」

葉天道：「我又不是瞎子，當然看得出來。」

小玉道：「那你就趕快說吧！」

葉天道：「妳先說。」

小玉道：「你叫我說甚麼？」

葉天道：「那位司徒姑娘的事，妳不是說等高興的時候才告訴我嗎？」

小玉美麗的臉孔馬上拉了下來，冷哼一聲，酸味十足道：「原來你想拿這件小事，來跟我交換那女人的來歷？」

葉天淡然道：「如果妳不願意就算了，我絕不勉強妳。」說完，大大方方地將身子往旁邊一讓，伸手做出送客的模樣。

小玉一邊慢慢地朝外走，一邊回顧著道：「你真的不肯告訴我？」

葉天道：「我可不像妳那麼小氣，下次我一定告訴妳。」

小玉道：「下次是甚麼時候？」

葉天摸著鼻子想了想，道：「等妳再在我面前脫光的時候，妳不聽我也非說不可。」

小玉停步道：「你的意思是，只要我真在你面前脫光，你就說？」

葉天道：「不錯。」

小玉飛快地轉回來，人還沒到葉天面前，裙子已開始向下滑落。

葉天慌不迭地抓住她的裙腰，道：「等一等，現在可不行。」

小玉翻著眼睛，道：「怎麼？你想要耍賴？」

葉天道：「妳放心，我答應妳的絕對算數，不過現在又有人來了，妳總不想弄得再像方才一樣狼狽吧？」

小玉傾耳細聽，院中果然有了腳步聲，而且來的似乎不止一個，不禁皺起眉尖，道：「你的客人倒不少。」

葉天道：「也不算多，不過今天好像有點反常。」

小玉道：「但不知這次又是誰？」

葉天擔心道：「我想該不會又是『粉面閻羅』曹剛那批人吧！」

說話間，只聽外面已在輕輕地呼喚著道：「請問葉大俠在家嗎？」

葉天立刻鬆了口氣，道：「是陳七和他那兩名弟兄。妳是留下來，還是先回去？」

小玉竟不開心道：「他們又跑來幹甚麼？」

葉天雙手一攤，道：「誰知道？」

小玉道：「我看把他們趕回去算了。」

葉天道：「不好，我想一定有重要的事，否則他們不會一大早來吵我。」

小玉一副依依不捨的樣子道：「既然這樣，我就只好先回去了。」說著，小心地繞過地上的屍體，又上了那張床鋪。

葉天忙道：「陳七兄弟也不是外人，妳何必要走秘道？從大門出去不是省事得多！」

小玉扭著身子道：「我不要！」

葉天失笑道：「妳的臉皮好像還蠻薄的？」

小玉忸怩了一下，道：「那兄弟三個的嘴皮子也未必比我的臉皮厚多少，萬一我在這裡的事被他們張揚出去，你叫我以後怎麼做人？」

葉天聽得蠻不是滋味，道：「妳好像很不願意讓人知道妳跟我在一起的事？」

小玉急忙道：「如果我不願意，我又何必跑來？你又沒有勉強我。」

葉天道：「既然如此，妳又何必在乎他們怎麼說？」

小玉委委屈屈道：「跟你在一起和陪你睡覺完全是兩回事，傳出去總是不太好聽，而且我也不是小寡婦，也不是小桃紅，再怎麼說我也還是個黃花大閨女，你總得讓我面子上過得去才行！」

葉天緩緩點著頭，道：「妳既然這麼說，我也只好放妳走了，不過妳要走這條路，可千萬不能忘記我方才囑咐妳的話。」

小玉連連點頭道：「我知道，出去之前敲三下，不能多，也不能少，對不對？」

葉天道：「不錯。還有，石掌櫃雖然上了年紀……」小玉沒等他說完，便已笑著道：「你放心，我衣裳已經穿好，不會害他中風的。」

葉天忙道：「我指的不是這個，是另外一件事，而且也很重要。」

小玉道：「甚麼事？你說。」

葉天道：「石掌櫃雖然上了年紀，火氣可是依然大得很，妳務必要對他客客氣氣，絕對不能惹他發火，否則妳的麻煩就大了。」

小玉盯著葉天，小聲試探著道：「那位石掌櫃，莫非也是武林中人？」

葉天嘆道：「豈只是武林中人？簡直就是武林中的煞星！當年他在武林中砍瓜切菜、威風八面的時候，妳我都還沒有出世呢！」

第十二回　毀屍滅跡

小玉斜著眸子想了想，突然叫道：「他該不會是傳說中的『魔劍』石和順吧？」
葉天訝然道：「咦？妳知道的果然比我想像中要多得多。」
小玉變色道：「真的是他？」
葉天道：「一點都不錯，所以我事先不得不提醒妳，他的人既不和也不順，跟名字的意思剛好相反，等一會妳見到他，連講話都得特別當心！」
小玉思量了一陣，道：「我看我還是不要見他的好，我寧願在裡邊等。」
葉天道：「如果我跟他們出去，很晚才回來，妳怎麼辦？」
小玉道：「那我就只好在裡邊餓著肚子罵你。」
葉天道：「萬一我死在外面呢？」
小玉道：「我正好活活餓死在裡面，替你殉情。」
葉天怔了怔，道：「替我殉情？」

小玉一本正經道：「是啊！我這個人說得到做得到，別人行嗎？」

葉天急忙昂首一笑道：「小玉，妳上了我的當了。」

小玉皺著眉道：「我又上了你甚麼當？」

葉天道：「我方才是故意嚇唬妳的，其實石掌櫃的為人好得不得了，一點火氣都沒有。」

小玉半信半疑地瞄著他，道：「你不是說他是『魔劍』石和順嗎？」

葉天道：「不錯，不過無論他當年是誰，如今也已經是個年近七十的古稀老人，火氣怎麼還大得起來？」

小玉道：「那可難說，有的人活到八十，火氣照樣大得冒煙。」

葉天道：「我保證石掌櫃絕對不是那種人。」

小玉道：「靠不住，老實告訴你，我聽到他的名號，心裡就害怕。」

她一面說著，一面還撫著胸口，兩腳定定地站在床中間，連一點要走的意思都沒有。

門外不斷地傳來陳七的呼叫聲，叫聲越來越急，好像真有甚麼重大的事情一般。

葉天好像一點也不著急，依然面帶微笑道：「其實妳根本就不必怕他，妳不妨想想看，他肯讓我把秘道出口通到他的房裡，足證明他和我的交情非比尋常。他明知妳是我的好朋友，怎麼可能再為難妳？」

小玉又斜著眸子想了半晌，道：「嗯，這話倒也有幾分道理。」

葉天忙從地上拾起那柄軟劍，塞在她手裡，道：「還有，石掌櫃愛劍成癖，滿屋子掛的都是名劍，妳帶著這柄稀有的軟劍當買路錢，一定會把他樂瘋！」

小玉道：「真的？」

葉天道：「當然是真的，到時候他不但對妳客客氣氣，說不定還會親手泡杯茶請妳品嚐。石名園的茶葉雖然不怎麼樣，石掌櫃泡茶功夫卻絕對是一流高手，能夠嚐到他親手泡的茶，可不容易啊！」

小玉連連搖頭道：「我不想喝茶，我只想早點回去，晚上我還得做生意呢！」

葉天道：「那妳還等甚麼？還不趕快走？」

小玉這才挪動雙腳，緩緩地向牆邊移去。

葉天彎身將床鋪掀起，剛剛翻到一半，忽然又停住，原來小玉那張吹彈欲破的粉臉又打床邊伸了出來。

只見她眼睛一眨一眨地望著葉天，嘴巴一動一動的，卻沒有一點聲音，一副欲言又止的樣子。

葉天耐著性子道：「妳還有甚麼話要說？」

小玉猶豫了好一會，才道：「小葉，你可不能死啊！你一死就是兩條命，所以你非得多多保重不可。」

葉天笑著道：「妳放心，沒有人要殺我的，像我這麼可愛的人，誰忍心下得了手？」

小玉聽得又開始「吃吃」地嬌笑起來。

葉天趁機將她的頭往裡一按，轟然一聲，床鋪已整個嵌進了牆壁。

門外呼叫之聲更急，三個人的嗓子都喊啞了。

葉天仍舊不慌不忙地把那根使用過的棍子放回原處，然後走到外面，又將黑袍怪人帶來的那只殘月環收好，才把房門打開來。

陳七兄弟三人如同出柙猛虎般的衝進來，還沒有開口，便先伸出了三隻手指頭。

葉天打著哈欠，伸著懶腰，一副剛剛睡醒的模樣，道：「說吧，三件甚麼事？」

陳七緊緊張張道：「第一件事很重要。」

站在陳七左首那名弟兄立刻接道：「第二件事更加重要。」

另一個也已迫不及待道：「第三件事可能比前兩件加起來還重要！」

葉天苦笑道：「看來我只好先聽第三件了。」

陳七弟兄三人頓時沉靜下來，臉上不約而同地流露出哀傷的神色。

葉天的神色也不禁一緊，道：「說啊！第三件事是甚麼事？」

陳七黯然道：「江老爺子歸天了。」

葉天呆了呆，道：「這麼快？前幾天我還聽說至少也可以拖上半年的……」

陳七道：「是啊！所以我覺得其中定有蹊蹺。」

站在陳七左首的那名弟兄忽然道：「葉大俠，依你看，會不會是龍四爺搞的鬼？」
葉天搖頭道：「不太可能，我想一年半載他還應該等得及，用不著暗下毒手。」
右首那名弟兄遲遲疑疑道：「說不定是江大少自己玩的花樣！」
葉天又搖頭道：「江大少雖然不肖，但這種人神共憤的事，我想他還做不出來。」
左首那名弟兄猛一跺腳道：「那麼只有孫濤了，一定是他幹的！」
沒等葉天開口，陳七便已搶著道：「絕對不是他！前兩天小……老闆娘還說日子拖得愈久，對孫濤愈有利。那傢伙長相雖笨，腦筋卻靈光得很，像這麼簡單的事，我不相信他會算不出來。」
葉天道：「不錯，我才認為不可能是他。」
左首那名弟兄皺著眉頭，托著下巴道：「那麼會是誰幹的呢？」
右首那個也擠眉弄眼道：「只有這三個人跟江老爺子的生死有利害關係，除了他們之外，還有誰會幹這種傻事？」
葉天想了想，道：「這件事咱們且不去管它，第二件事是甚麼？」
陳七往前湊了湊，道：「昨天夜裡李家大院又出了事。」
左首的那名弟兄急忙接道：「至少死了有十幾個人。」
葉天也像已經預知下面應該輪到哪個說話，目光自然而然的轉到陳七右首那名弟兄臉上。

右首那個果然緊接著道：「而且那十幾個人據說都是武林中小有名氣的人物，由此可見，那個凶手一定厲害得不得了。」

葉天道：「有沒有發現凶手是甚麼人？」

三個人同時搖頭，看上去不但動作整齊劃一，甚至連神態都完全一樣。

葉天苦笑了笑，忽然嘆道：「李家大院過去只是一片無人光顧的廢宅，自從楊老頭那批人來了之後，好像突然熱鬧起來。」

陳七也跟著嘆了口氣，道：「而且好像還熱鬧得充滿了血腥氣味。」

左首那名弟兄冷哼一聲，道：「我看那十幾個人之死，楊老頭那批人絕對脫不了干係！」

右首那個也冷冷著道：「也許凶手就是他們那批人！」

葉天淡淡道：「捉拿凶手是衙門的事，用不著咱們替他們操心。」

陳七馬上接道：「對，連衙門的捕快都不著急，咱們又何必狗拿耗子，多管閒事！」

左首那名弟兄笑了笑，道：「我看那些捕快老爺們不但不急，好像連管都懶得管了，最多也不過派幾個人收收屍。反正死的都是武林人物，又沒有人在後面告狀，他們追也是白追。」

右首那個也笑笑道：「可不是！再這樣下去，恐怕連屍首都沒人收了。收屍也要花錢，像前幾天死在李家大院附近的那些人，如非龍四爺拿出大把的銀子，也許直到今天屍首還擺在那裡，你們信不信？」

葉天一面點著頭，一面沉吟著道：「奇怪，為甚麼近來每個人都對李家大院特別感興趣？那裡究竟隱藏著甚麼秘密？」

陳七道：「對啊！聽說最近有不少人想收買那片廢宅，結果連屋主都找不到。」

左首那名弟兄接道：「那些人裡也包括楊老頭在內，他好像還花錢買通地保為他調查，可是直到現在，不但沒有查出屋主的下落，連李家的子子孫孫也全都一個不見，你說奇怪不奇怪？」

右首那名弟兄立刻道：「那有甚麼奇怪？如果還能夠找出李家大院的後代子孫，那個地方也就不會變成一片廢宅了。」

葉天聽得連連點頭道：「有道理！」語聲微微一頓，又道：「你們有沒有注意到死在那裡的都是些甚麼人，其中有沒有熟面孔？」

陳七搖頭道：「我們根本就沒有看到，只是聽說而已，不過另外一個地方也死了幾個人，其中有一個人你一定認識，這也正是我今天想告訴你的另一件事。」

葉天道：「哦？但不知是哪一個？」

陳七道：「就是在你攤位隔壁第四家那個賣膏藥的，外面的人好像都叫他膏藥張。」

葉天大吃一驚道：「甚麼？膏藥張死了？」

陳七道：「不錯，這次是我們親眼看到的，絕對錯不了。」

葉天急忙追問道：「是怎麼死的？」

陳七道：「好像是被黑袍怪人手下殺死的，不過他也沒虧本，對方也死了三個。」

左首那名弟兄挑起大拇指，道：「那傢伙雖然只是個賣膏藥的，但身手卻極了得，居然能夠以一搏三，實在了不起！」

右首那個也面露敬佩之色，道：「他不但死得轟轟烈烈，而且樣子也極莊嚴，死後手上依然握著那把關刀，讓人扳都扳不開，連替他收屍的那幾個官差看得都直搖頭，搬動他的時候也特別小心，好像每個人都對他敬重得不得了！」

葉天聽得整個人呆住了，這些年他飽嚐憂患，情緒很不容易波動，但此刻卻有一股說不出的感傷。

陳七弟兄三人也不再言語，只默默地望著他。

沉默了很久，葉天才又開口道：「你們方才說膏藥張的屍體，已經被官差收走了？」

陳七道：「不錯，天還沒亮就收走了。這次他們倒收得蠻快，不知又是哪位善心人士出的銀子。」

左首那名弟兄道：「我看極可能又是龍四爺。」

右首那個立刻道：「不可能，這次的事情不是出在他的地面上，要花錢收屍，也應該是江大少的事。」

陳七冷笑一聲，道：「你有沒有搞錯，江大少是肯花這種錢的人嗎？」

他那兩個弟兄同時搖頭，顯然對江大少的印象都很惡劣。

陳七繼續道：「更何況他們自己家裡也死了人，現在有沒有收屍還難說得很。」

左首那名弟兄也笑著道：「就算他肯出錢恐怕也很難，孫濤那批人一定不會饒過他，無論是不是他幹的，殺父這頂帽子鐵定會安在他頭上。」

右首那個也幸災樂禍地道：「總之，咱們以後可有熱鬧瞧了。」

陳七忽然嘆了口氣，道：「我就怕兩邊弄得兩敗俱傷，如果地盤全部落在龍四爺手上，到時候咱們弟兄就更不好混了。」

左首那名弟兄道：「對，龍四爺手下個個如狼似虎，可比江家那批人難伺候多了！」

右首那個也嘆了口氣，道：「最要命的就是那個丁長喜，那傢伙最陰險不過，一旦讓他得勢，我們弟兄只怕連江水都沒得喝。」

陳七突然望著葉天，道：「如果葉大俠對這塊地盤有興趣，這倒是個大好機會。」

左首那名弟兄趕快接道：「大哥說得對極了，只要葉大俠振臂一呼，我相信一定有很多人願意替你賣命！」

右首那個也等不及似地道：「我們三個三條人命第一個就先交給你，只要你葉大俠吩咐一聲，赴湯蹈火，在所不辭！」說完，又轉頭看看陳七，道：「大哥，你說是不是？」

陳七道：「其實我們這三條命早就交給葉大俠了，就算他要我們的腦袋，我們也馬上摘給他。」

葉天連忙苦笑道：「你們弟兄這番心意我心領了，不瞞你們說，我對這種事情，一點興趣都沒有。」

三個人聽得頓時傻住了，每個人臉上都充滿了失望的神色。

葉天想了又想道：「不過你們三個大可放心，將來無論哪個得勢，你們在襄陽都有得混了。」

陳七神情一振，道：「為甚麼？」

葉天道：「因為你們是『魔手』葉天的朋友，我相信他們多少總會賣我幾分交情。」

陳七大喜過望道：「那當然，只要葉大俠肯替我們弟兄出面，那還有甚麼話說！」

他那兩名弟兄也在旁開心得嘴巴都合不攏，同時還在不住地點頭，顯然十分贊同他們大哥的看法，而且也對葉天的承諾充滿了信心。

葉天沉默片刻，忽然道：「但有件事情，我不得不先警告你們。」

陳七忙道：「甚麼事？」

葉天道：「做我『魔手』葉天的朋友，固然有點好處，但也有很多壞處，而且據我估計，只怕壞處遠比好處多得多。」

陳七弟兄三個誰都沒有開口，但都不約而同地表現出一副難以置信的樣子。

葉天苦笑著道：「你們知道那個黑袍怪人是哪一個嗎？」

三個人同時搖頭。

葉天道：「他就是人人畏之如虎的神衛營統領、江湖上都稱他『粉面閻羅』的曹剛，這個人你們有沒有聽說過？」

三人又同時點頭，臉上卻連一絲畏懼的神色都沒有。

葉天嘆道：「這次我最要命的對手就是他，我在襄陽一住多年，為的就是躲避那批人。」

陳七淡淡道：「哦，原來是這樣的。」

葉天道：「你們怕不怕？」

陳七道：「怕甚麼？」

葉天反而有點吃驚道：「是我的朋友，就等於是神衛營的敵人，也就等於是粉面閻羅的眼中釘，難道你們一點都不在乎？」

陳七道：「有甚麼好在乎的？大不了跟他拚了！」

左首那名弟兄道：「對，三個人三條命，有甚麼了不起！」

右首那個也滿不在乎道：「反正我們這三條命已經交給葉大俠了，活著，我們替你跑腿，死了……聽說鬼沒有腿，但我們也一樣可以替你辦事。」

說完，三人相顧而笑，表現得豪情萬丈，看上去一點都不像市井中的小混混。

葉天愣了半晌，才嘆了口氣，道：「好吧！你們既然這麼說，我也不再嚕嗦。我現在正好有件事想拜託你們三個去辦，不知你們肯不肯幫我這個忙？」

陳七道：「不要客氣，無論甚麼事，你只管吩咐一聲，我們弟兄腦筋雖不怎麼樣，六條腿倒也還管用！」

葉天道：「好，你們立刻到縣衙去一趟，幫我把膏藥張的屍首領回來。」

陳七聽得眉頭一皺，道：「這個嘛……恐怕不太容易，我想葉大俠也應該知道，跟衙門裡的那群大老爺們打交道，困難得很！」

葉天笑笑道：「也不見得，如果他們跟你嚕嗦，你就拿銀子砸他們，直砸到他們點頭為止。」

陳七立刻鬆了口氣，道：「有銀子，那就好辦多了。」

葉天從裡邊取出兩只金元寶，道：「這些夠不夠？」

陳七嚥了一口唾沫，道：「用不了這麼多，我想有一只就足夠了。」

葉天道：「剩下的連同膏藥張的屍首，一塊交給明安寺的廣智和尚，叫他好好的替膏藥張做場法事，就說是小葉特別拜託他的。」

陳七二話不說，金子往懷裡一揣，回頭就走，邊走邊向緊隨在身後的那兩名弟兄問道：「明安寺在哪裡？你們知道吧？」

其中一名弟兄沉吟道：「我想葉大俠指的一定是他做生意的那座清安寺！」

另外那名弟兄立刻道：「沒錯！清安寺的住持，正是廣智和尚。」

陳七狠狠地吐了口唾沫，罵道：「他媽的！朝代變了，連廟宇的名字也要跟著變，這年頭出家人也都怕事得很……」

謾罵聲中，三人很快的走出大門。沒過多久，曹老闆的馬車便已停在門前。

大門依然開著，葉天也依然站在與大門相隔不遠的房門內，看上去連站立的姿勢都沒有變，也不知道直著眼在想甚麼，好像整個人都僵在那裡。

直等到曹老闆穿過小院，進了房門，他才陡然驚醒，急咳兩聲，道：「你終於來了，我已經候駕多時了。」

曹老闆打著哈哈道：「你這人倒也蠻守信用，居然真的開著門在等我！」

葉天伸手道：「金子呢，有沒有帶來？」

曹老闆皺眉道：「金子又跑不掉，你急甚麼？我是特地趕來告訴你幾件大事。不瞞你說，我忙了整整一夜，直到現在還沒有回家睡覺呢！」

葉天道：「你想告訴我的，是不是三件事？」
曹老闆望著他，沒有吭聲。
葉天道：「第一件是江老爺子去世的事，第二件是李家大院又死了十幾個人，第三件嘛……」
說到這裡，深深地嘆了口氣，道：「我實在沒想到，膏藥張會糊裡糊塗的死在他們手上。」
曹老闆也嘆了口氣，道：「看來我這一趟是白跑了。」
葉天道：「你沒有白跑，我正有一件麻煩的事，非你幫忙不可！」
曹老闆道：「甚麼事？你說。」
葉天轉身將裡面那扇門推開來，朝那黑袍怪人的屍體指了指。
曹老闆探首往裡一瞧，登時嚇了一跳，失聲尖叫道：「啊喲！你怎麼把小玉給殺了？」
葉天聽得既好氣、又好笑道：「你在鬼吼甚麼？我要殺小玉，還會在地上殺嗎？」
曹老闆鬆了口氣，道：「說得也是，而且隨便殺殺，也不至於流這麼多血！」
葉天苦笑著，道：「老實說，像小玉那種女人，如果叫我殺了她，我還真的有點捨不得下手。」
曹老闆似乎很有同感的點了點頭，道：「那你殺的又是甚麼人？」

葉天道：「你何不進去自己看看！」

曹老闆走進房裡，掀開被單一看那人的長相，就急忙退出來，目光還朝外面瞄了一眼，壓低嗓門道：「你把『粉面閻羅』曹剛給宰了？」

葉天故意挺了挺胸道：「怎麼樣？」

曹老闆大拇指一挑，道：「小葉，還是你行，曹某算服了你。」

葉天哈哈一笑道：「笨蛋！我要能殺得了曹剛，昨夜就已動手，何必等到今天？」

曹老闆回指著那具屍體，怔怔道：「那麼……他又是誰？」

葉天道：「這還用問？當然是曹剛的替身了。」

曹老闆道：「能夠殺得了他的替身也好，那群兔崽子少一個好一個，不殺白不殺。」

葉天立刻道：「曹兄說得對極了，這一點跟我的看法完全一樣，所以我毫不考慮就把這傢伙幹掉了，至於以後的事，那就全靠曹兄了。」

曹老闆瞇著眼睛看看葉天半晌，道：「以後還有甚麼事？」

葉天道：「當然是處理善後的一些小問題。」

曹老闆作個恍然大悟狀，道：「我明白了，難怪你一口一個曹兄，原來是想讓我幫你毀屍滅跡。」

葉天忍不住摸摸鼻子，道：「怎麼做隨你，如果你嫌毀屍滅跡太麻煩，送到衙門裡去也可以，說不定還能領到一筆數目可觀的花紅。」

曹老闆頓時叫了起來，道：「小葉，你瘋了？你害朋友也不是這種害法！試想我把這具屍體送到衙門，我的人還出得來嗎？」

葉天渾然不解道：「為甚麼出不來？」

曹老闆道：「你也不想想死的這個人是誰的手下？萬一那批官差被逼得狗急跳牆，把凶手的大帽子往我頭上一扣，到時候花紅領不到不說，我的頸子倒先紅了一圈，而且保證紅得一絲缺口都沒有，你信不信？」

葉天呆了呆，道：「不會這麼嚴重吧？」

曹老闆道：「誰說不會？只要他們咬定凶手是我，不但我項上人頭難保，而且我辛苦多年才賺來的金子、銀子、妻子、兒子、車子、房子，還有那幾匹拉車的騾子，轉眼之間就統統變成別人的了。我只為了聽你一句話，結果弄得家破人亡，划得來嗎？」

葉天咳了咳，道：「我只是隨口說說，並沒有叫你一定聽我的，你可以另想別的方法。」

曹老闆緩緩地摸著頭，道：「難！難！難！」

葉天沉嘆一聲，道：「曹兄，你真的老了。換在十年之前，你處理這種事情，至少也可以想出一百種方法，而現在……」

曹老闆截口道：「現在至少也還有個幾十種，不過每一種做起來都不容易，而且多少要擔點風險。」

葉天忽然笑了一笑，道：「曹兄，恭喜你，你的機會來了。」

曹老闆也摸了摸鼻子道：「甚麼機會？」

葉天道：「當然是敲我竹槓的機會。要多少？只管開口吧！」

曹老闆臉色馬上一沉，道：「甚麼話？你當我曹某是亂敲朋友竹槓的那種人嗎？」

葉天笑瞇瞇道：「莫非你天良發現，這次想免費幫我一次忙？」

曹老闆臉色更加難看道：「那可不行！人要吃飯，馬要吃料，車子跑久了，軸上還難免要加點油。免費怎麼可以？不過……我可少收。」

葉天一副認命的樣子，道：「好吧！你說，少收要多少？」

曹老闆不假思索的伸出一個巴掌。

葉天道：「五兩銀子？」

曹老闆眉頭又是一皺，道：「小葉，我看你是越混越回頭了，這種生意的價錢，怎麼可以用銀子來計算？」

葉天驚道：「你又想要金子？」

曹老闆理直氣壯道：「當然要金子。你莫忘了，咱們談的可是殺頭的生意啊！」

葉天不得不又嘆了口氣，道：「好，五兩就五兩。金子我是給了，但你總得把處理這件事的方法告訴我才行！」

曹老闆敲著腦門，道：「那當然，不過我現在還在想，一時還沒有決定是把他放在龍四爺門外的大樹下面好，還是擺在江大少門口的石階上好？」

葉天急忙搖手道：「都不行，這幾天城裡已經夠亂了，你何必再火上加油？」

曹老闆又想了想，道：「扔在李家大院附近如何？好在那裡的死人很多，增加一個也不容易被人發覺。」

葉天變色道：「你千萬不能這麼做，否則你就把我害慘了。」

曹老闆道：「為甚麼？」

葉天道：「這傢伙跑到我這裡來，『粉面閻羅』曹剛一定知道，你一旦把他往李家大院附近一扔，那十幾條人命的凶嫌，豈不全都落在我的頭上？」

曹老闆道：「你的意思是說，這傢伙是奉了曹剛之命，跑來行刺的？」

葉天道：「不是行刺，是送東西。」

曹老闆道：「送甚麼東西？」

葉天沉默片刻，才有氣無力道：「另外一只殘月環！」

曹老闆一怔道：「你有沒有搞錯？那種珍貴的東西，他怎麼可能無緣無故的送給你？」

葉天道：「是啊，我也正在奇怪，昨天夜裡撿到那只，我已經覺得不對勁，今天一早，這傢伙又帶著另外一只在我面前晃來晃去。『粉面閻羅』曹剛明明知道這種東西一經我手必定會被複製出來，他為甚麼故意給我製造機會？」

曹老闆敲著腦門想了半晌，道：「我看這件事只有一種解釋。」

葉天道：「甚麼解釋？你說！」

曹老闆道：「我想一定是我們姓曹的天生欠你們姓葉的，每個人都在想盡辦法幫你的忙。」說完，自己已忍不住哈哈大笑起來。

葉天也不得不陪他苦笑一陣，道：「我的看法，卻跟你完全不同。」

曹老闆臉色一整，道：「哦？依你看，他為甚麼要這麼做？」

葉天嘆道：「我看是你們姓曹的一個個都吃定了我，你在拚命賺我的金子，『粉面閻羅』曹剛拚命拿他手裡的殘月環勾引我，想叫我替他賣命。」

曹老闆不解道：「這話怎麼說？」

葉天道：「你知道殘月環一共有幾只嗎？」

曹老闆搖頭。

葉天道：「我剛剛才從小玉嘴裡得知，正確的數字是六只。」

曹老闆道：「換句話說，也就是要打開寶藏之門，非先把六只殘月環湊在一起不可！」

葉天道：「不錯，但任何人想把六只人人視為奇珍異寶的殘月環弄到手裡，都不是一件簡單的事。『粉面閻羅』曹剛再厲害，也未必能辦得到。只有我也許還比較容易一點，因為我不找那些人，那些人也會來找我，就像楊百歲他們一樣。」

曹老闆若有所悟地連連點頭道：「所以曹剛索性把他那幾只先交給你，好勾起你的貪念，讓你拚命去把其他幾只弄到手，然後他來個螳螂捕蟬，黃雀在後，只要牢牢地盯住你就好了，對不對？」

葉天道：「曹兄聰明過人，果然一點就透。」

曹老闆道：「看來粉面閻羅這傢伙實在不簡單，這樣做的確省事多了。」

葉天道：「可不是嘛！」

曹老闆突然冷笑一聲，道：「只可惜他的算盤打得未免太如意了，憑他神衛營那些人手，就真能把『魔手』葉天盯牢嗎？」

葉天道：「那可難說得很。」

曹老闆微微怔了一下，道：「怎麼，連你自己都沒有把握？」

葉天嘆了口氣道：「對付曹剛那種人，誰敢說一定有把握？」

曹老闆立刻拍著他的肩膀，道：「你也不必太長他人志氣，滅自己威風。想當年武林人人畏之如虎的錢玉伯如何？結果還不是被你耍得團團轉！」

葉天無精打采道：「此一時，彼一時，而且錢玉伯和曹剛完全是兩種不同性格的人，怎麼可以相提並論？」

曹老闆又是一怔，道：「聽你的口氣，好像認定曹剛比錢玉伯還要厲害了？」

葉天道：「那兩個人究竟哪個厲害，我不敢說，我只知道最後錢玉伯是死在『粉面閻羅』曹剛的手裡！」

曹老闆大吃一驚道：「有這種事？」

葉天道：「這也是我剛剛才聽小玉說的，我想一定錯不了。」

曹老闆道：「難怪錢玉伯死得那麼快，原來是被人幹掉的！」

葉天感嘆道：「被一個他平日最信賴、最倚重的人幹掉的，你說是不是很悲哀？」

曹老闆緩緩地點著頭，道：「看來曹剛的確是個厲害角色，而且心腸之狠毒，比錢玉伯有過之而無不及。對付那種人，還是小心一點的好。」

葉天道：「不瞞曹兄說，我已經小心得連飯都吃不下去了。」

曹老闆驚疑的望了他一會，道：「小葉，你不會真的怕了他吧？」

葉天沉吟著道：「怕是不怕，只是有件事我一直想不通，心裡覺得很不安穩。」

曹老闆道：「甚麼事？說出來大家琢磨琢磨！」

葉天道：「我對付他固然沒有把握，可是他又憑哪一點吃定了我？他怎麼能夠斷定放出來的殘月環到時候一定收得回去。」

曹老闆道：「對啊！你『魔手』葉天是甚麼人，他多少也該瞭解幾分，想吃定你，哪有那麼容易？」

葉天道：「所以我想這裡邊一定有花樣，我只是猜不透花樣究竟出在哪裡？」

曹老闆眼神一轉，道：「依我看，他那幾只殘月環極可能是假貨，八成是他臨時打造出來，專門用來釣你上鉤的！」

葉天搖頭道：「不可能，那幾只殘月環的真假，我雖然無法確定，但我敢斷言絕對不是他打造的，因為那些東西都是幾年之前的成品，這一點我還分辨得出來。那個時候，恐怕殘月環根本還沒有落在他的手裡。」

曹老闆一面點著頭，一面翻著眼睛想了想，道：「會不會你有甚麼弱點抓在他手上？」

葉天道：「你所謂的弱點，指的是甚麼？」

曹老闆扳著手指頭道：「譬如說金子啊，女人啊，還有……」

葉天截口道：「曹兄，你有沒有搞錯？這些都是你的弱點，怎麼統統弄到我頭上來？」

曹老闆咳了咳，道：「人嘛，誰都難免有些弱點，你敢說你沒有？」

葉天笑而不答。

曹老闆笑笑道：「好吧，就算你這個人一點弱點都沒有，但你總有甚麼痛腳吧？」

葉天道：「你所謂的痛腳，指的又是甚麼？」

曹老闆眼睛翻了翻，道：「你過去有沒有做過甚麼見不得人的事？」

葉天立刻道：「我跟你不一樣，從來不做見不得人的事。」

曹老闆又咳了幾聲，道：「至少你總幹過幾宗大案吧？像搶、劫、姦、殺等等！」

葉天忙道：「前面那三樣都沒有我的份，人倒是殺了不少，就像前幾年那件事，我不殺他們，早就被他們宰掉了，哪裡還能活到今天！」

曹老闆道：「跟神衛營那場混仗不算，最怕的就是殺了人當場被官家發現，那就算你跑掉也變成了黑人，也就等於有了痛腳。這種痛腳一旦被曹剛那種人踹住，你想不聽他的都不行！」

葉天指著裡邊那具屍體道：「這件事算不算？」

曹老闆道：「當然算。」

葉天道：「所以我才寧願花五兩金子，趕緊把他搬走。」

曹老闆哈哈一笑，道：「看來你這個人還真的蠻小心的。」

葉天道：「對付曹剛那種人，不小心一點成嗎？」

曹老闆猛一點頭，道：「好，我現在就把他抬走，再遲了恐怕真的會惹出麻煩來！」說完，走進房裡，抖手將那床染滿鮮血的被單揭開，小心地把屍體整個扶起來。

這具屍身上的血液雖已凝固，但模樣看起來卻更加駭人，隨後趕進來的葉天瞧得不禁倒抽了一口冷氣，急忙從櫥中取出一罈酒，咕嘟咕嘟的喝了幾口。

曹老闆也抓起酒罈，不但自己喝了個夠，而且還噴在屍體上下少，然後不慌不忙的替那屍體穿上黑袍，左手拎著酒罈，右手將那屍體攔腰一抱，竟然搖搖擺擺地並肩擠出房門，直向外邊走去，一面走著還一面哼著荒腔走板的小調，裝得真像兩個醉漢一般。

葉天整個人都看傻了，直到曹老闆已快出大門，他才追上去道：「曹兄，你還沒有告訴我，你究竟打算把他搬到哪裡去？」

曹老闆停步回首道：「為了安全起見，我想還是把他偷偷送到王頭家裡去的好。」

王頭是城裡的老捕頭，年輕的時候精明幹練，老了就更老謀深算，是個一聽就使人頭痛的人物。

葉天不禁嚇了一跳，道：「你送到他家裡去，豈不等於跑去自投羅網？」

曹老闆喝了口酒，道：「誰說的？這個時候他在李家大院收屍恐怕還都沒有收完。」

葉天道：「但他家裡總還有人吧？」

曹老闆道：「他那個老伴這時候剛好是買菜時間，那條老黃狗一向都關在前院，我把這傢伙往後院一丟，保證萬無一失！」

葉天呆了呆，道：「你對他家裡的環境，好像熟悉得不得了？」

曹老闆皮笑肉不笑道：「那當然，每年三節我跑他家裡送禮，已經跑了好幾年，怎麼還會不熟悉？」
葉天一副於心不忍的樣子道：「可是你把這傢伙往他家裡一丟，你叫他怎麼辦？」
曹老闆眉頭一皺，道：「你這個人真奇怪，隔壁的母雞生不生蛋，干你甚麼事？要你來操哪門子的心？」
葉天忙道：「話不是這麼說，王頭平日為人還算不錯，我們怎麼可以害他？」
曹老闆搖著頭，嘆了口氣道：「你放心，這點小事在他手裡轉眼工夫便可解決，絕對害不了他的。」
他一面說著，一面已吃力的將那具屍體拖出大門，像搬貨似的把屍體往車廂裡一塞，躍上車轅，抖韁便走，邊走還邊在仰著脖子喝酒。
葉天總算鬆了一口氣，但遠遠望著曹老闆那副悠閒的神態，忍不住地在連連搖頭。
就在這時，忽然有人大聲喊道：「前面那輛馬車，等一等！」
曹老闆就好像根本沒有聽到，車子走得更快，轉眼便已去遠。但站在門口的葉天卻已神情大變。
原來在後面叫喊的，竟是比王頭更令人頭痛的「鬼捕」羅方。
羅方似乎無意追趕，只追到葉天門前便停下來，他身上依然是那副裝扮，神色也依然令人望而生寒。
葉天神色比羅方也好不了多少，但他不得不擠出個笑臉，故作輕鬆道：「能夠在太陽下面見到羅頭，倒是件很難得的事！」

羅方淡淡答道：「同感，同感。」

他嘴裡在答話，眼睛卻依然緊盯著遠去的車影，直到馬車轉了彎，他才從地上拾起來一隻鞋子，道：「你這位朋友八成是喝醉了，連鞋子丟掉都沒有發覺。」

葉天一瞧那隻原本穿在屍體足上的黑布鞋，差點當場暈倒，慌不迭地接過來，打著哈哈道：「可不是嘛？他已經醉得顛三倒四，只怕連自己姓甚麼都忘了。」

羅方道：「可是，看起來他的車子還趕得蠻穩的嘛！」

葉天匆匆摸了摸鼻子，道：「那是那匹騾子好，就算沒有人趕，牠也會走得穩穩當當的。」

羅方笑笑，笑得十分曖昧。

葉天急忙咳了咳，道：「羅頭是路經此地，還是專程來找我的？」

羅方沉默了一會，道：「我正在追一個人。」

葉天搭訕著道：「追得怎麼樣？」

羅方道：「好像又被我追丟了。」

葉天笑了笑，道：「羅頭居然也會把人追丟，這倒是很少有的事。」

羅方居然也笑了笑，道：「沒法子，對手太厲害，看樣子又被他給滅口了。」

葉天微微怔了一下，道：「羅頭所說的對手，不知道是哪路高人？」

羅方輕嘆一聲，道：「這個人的確高得很，說出來恐怕會嚇你一跳。」
葉天沒出聲，卻作出一副洗耳恭聽的樣子。
羅方道：「神衛營的統領曹剛，這個人你應該聽說過吧？」
葉天果然嚇了一跳，匆匆朝四下掃了眼，道：「『粉面閻羅』曹剛也在附近？」
羅方搖首道：「你不必緊張，這種時候，曹剛不會跑到這裡來的。」
葉天又是一怔道：「他不在這裡，又怎麼能夠殺人滅口？」
羅方目光忽然又落在葉天手上的那隻黑布鞋上，唉聲嘆氣道：「曹剛殺人，一向手不沾血，每次都有一些笨蛋替他操刀，看來這次也不例外。」
葉天臉色變了，變得很難看。
羅方臉色也不太好看，語調也顯得有點冷，道：「現在好像到了我們應該談談的時候了，你說是不是？葉大俠？」
他把葉大俠三個字叫得特別有力，聽起來也讓人格外的刺耳。
葉天臉皮雖然一向不薄，此刻也不免有些發燒。他愣了好一會，才將身子讓到一旁，只勉強的講了一個字：「請！」
房裡的隔間又開始在移動，所有的陳設又都隱沒在牆壁中，地上唯一存留下來的，就是那張染滿了鮮血的被單。
羅方看看那張被單，又看看默不作聲的葉天，忍不住嘆了口氣，道：「今天來的幸虧是我，若是換成別人，那就麻煩了。」

葉天也跟著長嘆道：「今天來的可惜是你『鬼捕』羅方，若是換了另外一個，那就一點麻煩都沒有了！」

話剛說完，原本敞開的房門，突然「轟」的一聲自動的關了起來，房裡的光線頓時昏暗了不少。

羅方臉色也顯得一暗，道：「怎麼？葉大俠莫非也想殺了我滅口？」

葉天緩緩地搖著頭，道：「羅頭放心，我不是你想像中的那種笨蛋。如果我現在把你幹掉，豈不又幫了『粉面閻羅』曹剛一個大忙？」

羅方聽得哈哈一笑，道：「好，好，『魔手』葉天果然是聰明的人，難怪你能活到今天！」

葉天淡淡道：「我能活到今天，絕對不是靠著賣弄聰明。其實我的腦筋並不太靈光，跟你羅頭比起來，差得還遠。」

羅方嘴裡連道：「客氣，客氣。」眼角卻飛快地朝那縱列在壁上的棗木棍瞟去。

葉天立刻道：「至於我的『相思魔棍』，究竟能不能破得了你那套名滿武林的『鬼爪擒拿法』，那就更是沒有把握的事了。」

羅方不免有點好奇道：「那麼你這些年來，又靠甚麼護身保命的呢？」

葉天道：「我只是一舉一動都比一般人小心而已。」

羅方怔了怔，道：「你的意思是說，你能夠活到今天，只是靠著『小心』兩個字？」

葉天道：「不錯，所以我每天出門，身上總是儘量少帶東西……」

羅方莫名其妙道：「為甚麼？」

葉天道：「因為怕萬一有人要害我，逃起命來也比較輕鬆。」

羅方笑笑，而且還不斷地在搖頭。

葉天繼續道：「我走路從來不敢邁大步，也不敢胡亂抬頭看天色……」

羅方又已截口道：「那又為甚麼？」

葉天道：「我怕路面不平，萬一摔一跤，或是拐了腳，豈不是給了敵人可乘之機？」

羅方只是又笑笑，連嘴巴好像都笑歪了。

葉天緊接著又道：「我騎馬的時候要先檢查馬蹄，唯恐馬失前蹄栽下去；坐車的時候要先察看車底，生怕車底下有甚麼花樣；還有，我連到井邊舀水都不敢，你猜為甚麼？」

羅方吭都沒吭一聲，只是眼瞇瞇地望著他。

葉天嘆了口氣，道：「因為我怕掉下去。井裡和江裡可不一樣，一旦掉下去，再想爬上來可就難了。」

羅方忍不住哈哈大笑道：「葉大俠，你真會跟我開玩笑。如果一個人小心到那種程度，豈不變成了神經病？」

葉天神色凝重道：「你看我像在跟你開玩笑嗎？」

羅方瞧他那副神態，不得不收起笑臉，道：「好，請你繼續說下去。」

葉天道：「還有，無論甚麼人到我家裡來，我都是站在這個地方，你猜為甚麼？」

羅方沒等他說完，便已斜飄出一丈有餘，呆呆地望著原來站在上面的那塊地板。

「唰」的一聲，地板陡然分開，當中現出一個六七尺見方的大洞。

羅方神色大變，目光如利刃般的盯在葉天臉上，同時十隻剛勁的手指，也相互搓動得「咯咯」作響，一副蓄勢待發的模樣。

葉天道：「其實這個洞裡邊只不過插著幾根竹刀而已，以羅頭的輕功造詣來說，當然難不倒你，你只要足尖輕輕在竹刀上一點，借力道脫險應該毫無問題……」語聲微微一頓，接道：「如果我手上沒有暗器的話。」

羅方嘴巴閉得很緊，眼睛卻睜得蠻大，連眨都不眨動一下。

葉天道：「你猜我為甚麼不厭其煩的跟你說了這麼多廢話？」

羅方想了想，才道：「正想請教。」

葉天道：「我只是讓你知道，我這個人神經雖然沒有毛病，疑心病卻重得不得了。你想跟我談談，我很歡迎，不過我先奉勸你一句，你跟我談話，最好實話實說，千萬不能耍花樣，否則一旦惹起我的疑心病來，吃虧的是哪一個，我想你心裡一定清楚得很。」

羅方愣了一會，突然冷笑道：「葉大俠，有件事只怕你整個搞錯了。」

葉天道：「哪件事？」

羅方道：「我進來的目的，只是想跟你隨便聊聊，毫無惡意，你怎麼可以待我如臨大敵？這樣豈不太叫好朋友失望了？」

葉天道：「你的目的，真的是僅止於隨便聊聊嗎？」

羅方遲疑了一下，道：「當然，彼此聊得投機，順便交換一些對雙方都有利的消息，也未嘗不可。」

葉天道：「除此之外呢？」

羅方想了想，道：「如果你認為有必要，那就不妨繼續談下去。」

葉天緊盯著他，道：「繼續談甚麼呢？你能不能先提示我一下？」

羅方道：「可以談的事情太多了，譬如說合作吧，只要在雙方有利的條件下，就是一個很好的話題。」

葉天連連點頭道：「你的想法好極了，但在談話之前，我們至少應該彼此坦誠一番，否則以你我目前的立場，彼此怎麼可能聊得投機？誰又敢把重要的消息說出來？至少各懷鬼胎的那種合作，我看更沒有商談的必要了，你說是不是？」

羅方沉默片刻道：「好，你說，有關我的事，你想知道甚麼？」

葉天道：「起碼你也得先告訴我，你這次到襄陽，究竟是幹甚麼來的？」

羅方不假思索道：「這還用問，當然是來辦案的。」

葉天道：「有勞『鬼捕』羅方親自出馬的，想必是一件極其重大的刑案了？」

羅方沉吟了一下，道：「嗯，也可以這麼說吧！」

葉天道：「既然是重案，那就應該有海捕公文書，對不對？」

羅方搖頭道：「那可不一定，有許多重大的案件，反而發不出公文書來，你相不相信？」

葉天沒有應聲，臉上卻流露出一副打死也不相信的表情。

羅方笑了笑，道：「其實理由非常簡單，要不要我說給你聽聽？」

葉天道：「葉某正在洗耳恭聽。」

羅方緩緩道：「譬如說我這次追緝的是一個權威又高、武功又強的大人物，就像『粉面閻羅』曹剛大人一樣。你想這種海捕公文書，我敢去請嗎？就算我敢去請，刑部敢發出來嗎？」

葉天聽得神情大動，嘴裡卻仍然忍不住問道：「為甚麼發不出來？」

羅方嘆道：「你這不是明知故問嗎？像曹大人那種有辦法的人，在每個衙門中都不免有些朋黨，消息一向靈通得很，刑部當然也不例外，而刑部那群大老爺們的為人，一個比一個刁猾，一個比一個怕事，試想哪個敢承辦這種吃力不討好的事？更何況，就算有人有膽子承辦，只怕在公文書發出之前，那個人的腦袋早就搬了家，如此一來，那紙公文自然也就永遠發不出來了。我這麼說，你應該明白了吧？」

葉天聽得眉頭大皺道：「按說神衛營統領的品位並不算高，京裡的大人物多如過江之鯽，怎麼會容許他如此胡作非為？」

羅方道：「那是因為不但沒有人阻止他，反而有一批人在支持他，叫他那麼做！」

葉天道：「照你這麼說，這次派你也來的，一定是一個更有權勢的大人物了？」

羅方道：「不是一個，而是一批。」

葉天怔了一下，道：「看來錢玉伯的殘餘勢力，好像還不小！」

羅方大搖其頭道：「你錯了，這次的事，與錢玉伯和曹剛之間的私人恩怨完全無關。」

葉天又是一怔，道：「你這次出來，難道不是為了追緝謀害錢玉伯的凶手？」

羅方道：「那不過只是個幌子，其實這是一場政治鬥爭，我只不過是夾縫裡的一個小嘍囉。『粉面閻羅』曹剛也比我好不了多少，充其量也不過是被人利用的一群殺手的頭頭而已。」

葉天道：「既然如此，那批人就應該把他留在京中坐鎮，以防意外，為甚麼在這種緊要關頭，反而把他派到襄陽來呢？」

羅方道：「那是由於這批寶藏對他們太重要了，因為任何長期鬥爭，都需要有雄厚的財力作後盾。如果他們真的能夠得到這批寶藏，這次的鬥爭，他們獲勝的機會就比目前大多了。」

葉天恍然道：「我只當曹剛急於得到這批寶藏，完全是為了花錢擺平他自己惹出的紕漏，原來後面還有偌大的隱情，這倒是件出人意料之外的事！」

羅方道：「還有一件事，恐怕更會出乎你的意料之外。」

葉天道：「甚麼事？」

羅方道：「據說當年謀害錢玉伯，也並非曹剛個人的主意，因為他當時羽毛尚未豐滿，還沒有謀奪神衛營寶座的膽量。」

葉天道：「莫非也是受了他背後那批人的支使？」

羅方道：「不錯，那個時候，這場鬥爭已經開始，顯然第一個受益的人，就是『粉面閻羅』曹剛。」

葉天嘆了口氣，道：「這麼說，第一批受害的人，就應該是錢玉伯和聶雲龍了？」

羅方點頭道：「這正是匹夫無罪，懷璧其罪。如非他們擁有那兩只殘月環，也就不至於招來這場災禍。」

葉天沉默了一會，道：「看來第二個受害人，就該輪到我『魔手』葉天了。」

羅方道：「你錯了，第二個受害人，應該是前幾年過世的丐幫老幫主司徒神。」

葉天神色一震道：「司徒幫主不是病死的嗎？」

羅方道：「那是因為丐幫不願意把事情的真相張揚出去，所以對外才稱病故，其實也是『粉面閻羅』曹剛暗中下的毒手。」

葉天長嘆一聲，道：「『一雙破鞋走天下，五尺青竹震武林』，我怎麼把這個給忘了？」

羅方道：「葉大俠莫非跟司徒幫主有甚麼淵源？」

葉天道：「我與司徒老幫主素不相識，但跟老人家的女公子，倒還有幾分交情。」

羅方吃驚地瞪著他，道：「你說的可是丐幫現任幫主司徒男姑娘？」

葉天遲疑著說：「我想八成就是她。」

羅方道：「你最近可曾見過她？」

葉天道：「前幾天才見過。」

羅方道：「在襄陽城裡？」

葉天道：「不錯。」

羅方喜形於色道：「如果真是她就好了！自從她失蹤以後，丐幫變得群龍無首，四分五裂，當年天下第一大幫的雄風，早已蕩然無存，唯有她肯出面，還有挽回的希望，否則……對你葉大俠來說，真是一個莫大的損失！」

葉天一怔，道：「丐幫是分是合，那是他們的事，跟我有啥關係？」

羅方道：「咦？你不是說跟現任幫主司徒男姑娘很有交情嗎？」
葉天皺著眉頭道：「我說過這種話嗎？」
羅方道：「你剛剛才說過，怎麼就忘了？」
葉天咳了咳，道：「就算我跟她有一點交情，又怎麼樣？」
羅方道：「你要知道，丐幫一旦結合起來，就是一股絕對不容忽視的力量。只要有這股力量作你的後盾，你不但受害人無份，只怕第二個獲益人，就非你『魔手』葉天莫屬了！」
葉天苦笑道：「羅頭想得未免太天真了，據我猜想，司徒姑娘所以突然失蹤，極可能是不願為了私仇而拖累幫中弟兄。我和她不過是泛泛之交，她怎麼可能為我改變初衷，甘冒覆幫之險，讓全幫的弟兄為我賣命？」
羅方愣了愣，道：「有這麼嚴重？」
葉天道：「如果真如你所說，司徒老幫主是死於曹剛之手，那麼她復仇的對手，就等於是整個的神衛營，你能說不嚴重嗎？」
羅方道：「可是丐幫至少有五萬之眾，神衛營也不過區區七十多人而已，更何況這七十人裡邊，曹剛能夠掌握半數已經不錯了，司徒姑娘又何必如此畏懼於他？」
葉天神色一動，道：「莫非神衛營中也有派系之爭？」
羅方道：「當然有。我不是告訴過你嗎？這是一場整體的政治鬥爭，神衛營可以說是這場鬥爭的最前哨，否則當年『粉面閻羅』曹剛膽子再大，也不敢貿然向他的頂頭上司下手。他敢那麼做，就是因為背後有一批強有力的人物在支持他。」

葉天深以為然的點著頭，道：「有道理，若非背後有人替他撐腰，就算錢玉伯壽終正寢，神衛營統領的寶座，也未必落在他曹剛頭上。」

羅方道：「所以你只管告訴司徒姑娘，叫她不要害怕，必要時我馬上跟京裡聯絡，我想至少也可以影響他一部分實力。」

葉天沉思片刻，道：「你的想法固然不錯，但是你卻忽略了一個很重要的問題。」

羅方眨著眼睛，道：「甚麼問題？」

葉天道：「你忘了他目前的身分，到緊要關頭，他可以借重官方的力量。萬一大批官兵開進襄陽，到時候不但丐幫幫毀人亡，我『魔手』葉天好不容易撈到一個發財的機會，也全部泡湯了……」

羅方不待他說完，便已詭笑道：「葉大俠，你太多慮了。『粉面閻羅』曹剛在別處或許會這麼幹，在襄陽，他不敢！」

葉天詫異道：「為甚麼？」

羅方道：「因為他顧忌一個人。」

葉天道：「甚麼人？」

羅方神秘兮兮道：「就是牆裡邊的那個人。」

葉天愣了愣，道：「你指的可是住在林外那道紅牆裡邊的人？」

羅方道：「不錯。」

葉天道：「你能否告訴我，那裡邊住的究竟是何方神聖？為甚麼連曹剛都對他有所顧忌？」

羅方突然抹著嘴巴道：「可惜少了點喝的，否則談起來就更過癮了。」

葉天翻著眼睛，道：「你想喝酒？」

羅方笑瞇瞇道：「有嗎？」

葉天沒有回答，向前走了幾步，毫不遲疑地跳進地板分開的那個大洞裡。

羅方被他突如其來的舉動嚇得差點跳起來，還沒有搞清楚是怎麼回事，葉天又已經從洞中躍了出來。

只見他左手捧著一只斗大的酒罈，右手拿著兩個酒碗，用酒碗敲著酒罈子，道：「十斤，夠不夠？」

羅方嚥了口唾沫，道：「你不是說洞裡插的都是竹刀嗎？怎麼裡邊還藏著酒？」

葉天道：「我又不是瘋子，在酒窖裡插竹刀幹甚麼？萬一不小心掉下去怎麼辦？」

羅方苦笑道：「我還真被你唬住了，早知那是你的酒窖，我方才動也不會動，寧願掉下去。」

說著，打從懷裡取出一只小布袋，將布袋口上的繩索鬆開了，道：「你出酒，我出菜，咱們兩不吃虧。」

葉天瞟著那只布袋，道：「那是甚麼菜？」

羅方道：「就是鼎鼎大名的『蹦豆張』的脆皮蠶豆，你難道沒有吃過？」

葉天搖著頭，道：「蹦豆張？」

羅方道：「不錯，在京裡跟『泥人張』一樣，名氣大得很，你嚐嚐看？」

葉天拍開罈口的泥封，席地一坐，將兩個酒碗斟滿了酒，讓也沒讓羅方一聲，便已喝了大半碗，然後長長嘆了口氣，道：「我有個朋友叫『膏藥張』，他的膏藥靈得不得了，可惜昨天夜裡被曹剛手下給幹掉了！」

羅方也在地板上一坐，一面嚼著蹦豆，一面道：「你說的膏藥張，是不是那個使關刀的老傢伙？」

葉天道：「不錯！」

羅方道：「就是和曹剛的三名手下同時死在林子外邊的那個緊抓著刀桿、死也不肯鬆手的人？」

葉天道：「不錯！」

羅方道：「那個人跟你的交情怎麼樣？」

葉天道：「很不錯！」

羅方喝了一口酒，緩緩道：「既然他跟你的交情很不錯，我不妨老實告訴你，他不是曹剛的手下殺的，凶手鐵定另有其人。」

葉天呆了呆，道：「你仔細察看過？」

羅方道：「我何必仔細察看，只要隨便瞄一眼就夠了。我辦案多年，這種事還能瞞得過我嗎？」

葉天忙道：「依你看，凶手可能是哪路人馬？」

羅方道：「這我可不敢胡亂猜測，不過我可以確定，那四個人是死在同一口刀下，而且……」

說到這裡，忽然把話收住，端起酒碗，一口氣將碗裡的酒喝得精光。

葉天急忙替他把酒斟滿，迫不及待追問道：「而且怎麼樣？」

羅方一邊嚼著蹦豆，一面含含糊糊接道：「而且我也可以斷定，那個凶手的刀法很高！」

葉天道：「高到甚麼程度？」

羅方道：「快、狠、準樣樣具備，放眼武林，能夠使出那種刀法的人已不多見，在襄陽嘛，那就更難找了。」

葉天猛一拍大腿，叫道：「他媽的，一定又是那個死王八蛋！」

羅方翻著眼睛道：「哪個死王八蛋？」

葉天恨恨道：「就是在李家大院，曾經和你動過手的何一刀！」

羅方道：「哦，原來是那個自稱江湖第一快刀的傢伙！」

葉天道：「對，一定錯不了，我知道昨天夜裡，他和丁長喜兩人曾經到過那片林子附近。」

羅方道：「可是他平白無故為甚麼會殺了那四個人？難道他不知道曹剛那批人不好惹？更何況其中還有一個是你的朋友！」

葉天又是一聲長嘆，道：「我想極可能是那只殘月環惹的禍，如果我把它帶回來就好了。」

羅方神色微微一變，道：「這又是怎麼回事？」

葉天道：「昨夜曹剛故意留下一只殘月環給我，今天一清早又派那個死傢伙送過來一只，你說這種東西我敢收嗎？」

羅方道：「為甚麼不敢收？」

葉天道：「我不是告訴過你，我這個人膽子很小嘛，在我弄清楚他在搞甚麼花樣之前，我怎麼敢碰他的東西？」

羅方突然冷笑著道：「曹剛那傢伙果然詭計多端，自己不敢去惹人家，居然把腦筋動到你頭上來。」

葉天怔了一下，道：「你說他不敢去惹的，究竟是哪一個？」

羅方道：「就是牆裡的那個人，也就是神衛營的元老之一，人稱『鐵翅神鷹』的李光斗，這個人你總該聽說過吧？」

葉天駭然道：「那老鬼還沒有死？」

羅方道：「正因為他還沒有死，所以曹剛才不敢在襄陽地面太過囂張，你們這群人也才能在此地安安穩穩的過太平日子。」

葉天忍不住猛灌了自己幾口酒，道：「照如此說來，其餘那幾只殘月環，莫非是在那老鬼手上？」

羅方似笑非笑的望著葉天，道：「你看我提供給你的消息，是不是每一件都很重要？」

葉天道：「嗯，的確都很重要。」

羅方道：「現在，我好像應該聽聽你的了。」

葉天笑了笑，模仿著羅方剛剛的口氣，道：「好，你說，有關我的事，你想知道些甚麼？」

羅方道：「我只想知道一件事。」

葉天道：「甚麼事？」

羅方道：「你有沒有興趣跟我們合作？」

葉天道：「你們？」

羅方道：「不錯，『我們』的意思，就是我和我背後的那些人。」

葉天忍不住抓了把蠶豆，在嘴裡猛嚼一陣，道：「你只管說下去，我在聽。」

羅方道：「我們負責叫官面上睜一隻眼閉一隻眼，儘量不管這件事，只要你們鬧得不太過分，不要叫當地的父老說出話來。」

葉天道：「還有呢？」

羅方道：「至於神衛營那方面，我們大概還可運用一部分人來削減曹剛的聲勢，這樣也可以減輕你們不少壓力，不過其中有一個厲害角色，我們恐怕攔不住他，你們最好心裡先有個準備。」

葉天道：「你指的是甚麼人？」

羅方道：「『生死判』申公泰。」

葉天道：「出鞘一刀，生死立決？」

羅方道：「不錯，正是他。」

葉天一面喝著酒，一面淡淡道：「他那口刀，真的有那麼厲害嗎？」

羅方鄭重道：「此人刀法霸道無比，葉大俠千萬不可忽視。」

葉天依然輕輕鬆鬆地笑了笑，道：「就算他的刀法真如你所說的那麼霸道，我想有個『雪刀浪子』韓光，也足夠應付他了。」

羅方立刻道：「不夠，『雪刀浪子』韓光前兩年還重創在他刀下，如時你想用韓光來對付他，那你算找錯人了。」

葉天神色微微一變，道：「有這種事？」

羅方道：「這是我親耳聽神衛營裡的人傳出來的，保證沒錯。」

葉天臉上仍有狐疑之色，道：「奇怪，像這類消息，江湖上一向傳得很快，唯有這件事，我為甚麼從來都沒有聽人說起過？」

羅方道：「那也不足為奇。神衛營那批人辦的，幾乎都是見不得人的事，每次出事，無論成敗，總不外洩，這已經成了他們的習慣，而這件事對雪刀浪子本身也並不光彩，所以只要他自己閉口不提，自然也就不會傳揚出去，你說是不是？」

葉天點頭，神色不免有點黯然道：「難怪他在襄陽一住經年，原來是在療傷。」

羅方也在一旁感嘆道：「不論他的傷勢療養得如何，他都完了。」

葉天愕然道：「為甚麼？」

羅方道：「刀法到了他們那種境界，臨敵時的信心比甚麼都重要。雪刀浪子傷勢復元或許有望，但想重新拾回信心，只怕比登天還難。」

葉天沉默了好一會，才點點頭。

羅方道：「所以你不但不能指望他，而且還要儘量想辦法勸他離開襄陽，在他的信心重新培養起來之前，絕對不可再讓他與申公泰碰面，否則今後江湖上就少了一把名刀，而且鐵定是其中最可愛的一把刀。」

葉天深以為然道：「『雪刀浪子』韓光，的確是個可愛的人物。」

羅方道：「至少總比申公泰、何一刀之流可愛多了。」

葉天苦苦一笑，道：「方才我還在想靠他去對付何一刀，現在看來，只有我自己動手了。」

羅方一驚，道：「你想替膏藥張報仇？」

葉天道：「就算沒有膏藥張這碼事，何一刀那種人也留他不得。」

羅方急忙道：「且慢，且慢。」

葉天道：「羅頭可有甚麼高見？」

羅方道：「依我看，你想殺他，也得等這件事過了再說。目前你能湊起來的人手已經不多，何必再節外生枝，來減弱自己的實力？」

葉天道：「我倒認為少一個何一刀，等於少一個害群之馬，更何況以他那把刀的火候，想讓他對付申公泰那種高手，只怕還差得遠，有沒有他都是一樣。」

羅方立刻搖頭道：「不一樣，而且那兩把刀的差距，也絕不像你想像的那麼遠。」

葉天道：「真的嗎？」

羅方道：「你難道沒有注意到何一刀那把刀也同樣霸氣十足，走的幾乎跟申公泰是同樣的路數？我們何不來個以霸制霸，哪怕讓他們弄個兩敗俱傷也好！」

葉天不答，只顧喝酒。

羅方又道：「而且還有一個人，你一定得好好利用他。」

葉天笑笑，道：「你說的莫非是丁長喜？」

羅方道：「正是此人。若想對付詭計多端的曹剛，此人絕對是個不可缺少的人物。」

葉天道：「不錯，如以武功而論，丁長喜雖非曹剛之敵，但論心計，卻絕不在他之下，倒也真是一個大好的人選。」

羅方道：「所以為了拉攏此人，你暫時也絕對不可向何一刀下手，以免有傷彼此之間的和氣。」

葉天忽然連連搖著頭，道：「你說你負責擺平官府和影響神衛營的後援，而我卻要負責策動丐幫、趕走韓光、拉攏丁長喜，還得不殺何一刀……我做的事好像比你多了好幾樣！」

羅方笑了笑，甚麼話都沒說。

葉天卻立刻說道：「不過既然你羅頭開了口，我總不能不給你面子。這一次，咱們就此說定，我會全力配合你，也希望你能再多盡一點力量……」

羅方不待他說完，便已截口道：「等一等，等一等，現在還不是下結論的時候，其中尚有許多細節，咱們還都沒有談到。」

葉天皺起眉頭，說：「還有甚麼細節？」

羅方道：「首先，你得向我保證，一定得把神衛營那批人留下來，尤其是『粉面閻羅』曹剛，無論如何也不能讓他溜掉。」

葉天聽得臉色一沉，道：「我明白了，原來你想利用我們跟曹剛那批人拚命，你們卻在京裡坐享其成，這個點子想得真不錯。」

羅方說道：「葉大俠誤會了，我是誠心誠意想跟你合作，絕無利用你的意思，否則我又何必主動配合你？反正到時候你自然會跟那批人拚命，我只要不出面，等在旁邊撿便宜就夠了，你說對不對？」

葉天道：「那也不見得，就算非跟他翻臉不可，我也用不著拚命，打不過他，我可以跑。」

羅方說道：「葉大俠真會開玩笑，像曹剛那種人，一旦被他盯上，你還能跑得掉嗎？而且他是出了名的心狠手辣，除非他不出手，出手就絕對不會給人留一絲活路，到時候你想不拚命都不行。」

葉天道：「照你這麼說，我是非跟你們合作不可了？」

羅方道：「除非你還能替自己想出一條活路。」

葉天牙齒一咬，道：「好，說下去，我倒要看看你還有甚麼花樣。」

羅方道：「除此之我，我已別無所求，只還有一個小問題，我也希望先談清楚，免得以後傷感情。」

葉天不安地瞄著他，道：「甚麼問題，你說？」

羅方咳了咳，道：「就是這件事情成功之後，如何處理那批寶藏的問題。」

葉天登時跳了起來，道：「甚麼？你們已經佔盡了便宜，居然還想要那批寶藏？」

羅方道：「你放心，我們和『粉面閻羅』曹剛那批人可不一樣，我們處理任何事情，都比那批人公平合理得多，所以我相信事成之後，上面一定會留一部分給你，絕對不會叫你白忙一場。」

他神氣活現地道來，不帶一點商量的味道，似乎已經吃定了葉天。

葉天原本十分氣憤的神情，忽然間緩和下來，居然捧起酒碗，還賠著笑臉道：「好，很好，好得很。來，我先敬你！」

羅方反倒怔了怔，道：「你答應了？」

葉天道：「這件事以後再說，喝酒要緊。」說完，脖子一仰，「咕嘟咕嘟」的灌下去大半碗。

羅方卻只沾了沾唇，便迫不及待道：「你不問問我想建議上面留給你多少？」

葉天道：「那是以後的事，現在談也沒用，喝酒，喝酒！」

羅方端起酒碗，又匆匆放下來，道：「等談妥之後再喝，豈不更好？」

葉天道：「這不是一件小事，怎麼可以草率決定？而且我這邊也不止一個人，至少你也得給我們一點商議的時間。」

羅方笑笑道：「你連我們要留給你的數目都不知道，又拿甚麼去跟他們商議？」

葉天道：「這倒不勞羅頭費心，我們這位精於計算的人，只要他經手一算，誰該拿多少，自然一清二楚，何需羅頭再向上面建議，那多麻煩！」

羅方呆了呆，道：「葉大俠的意思是說，要拿多少，得由你們這邊作主？」

葉天笑笑道：「其實由哪邊決定都一樣，只要你們做事真的公平合理，我相信雙方計算出來的數目，應該差不了多少才對。」

羅方忙道：「可是你莫忘了，站在我背後的那些都是甚麼人物！」

葉天道：「你只管安心，我說的那位精於計算的人，算法精確無比，所有的因素都會計算在裡面，包括跟你羅頭的交情在內。」

羅方又是一怔，道：「哦？這倒神得很，但不知你說的那個人是哪一位？」

葉天輕咳兩聲，道：「其實羅頭也認識那個人，你只是不知道他有那種專長罷了。」

羅方想了想，道：「是『要錢不要命』曹小五，還是『十丈軟紅』蕭紅羽？」

羅天搖首道：「都不是。」

羅方道：「我知道了，一定是鼎爐的小玉姑娘。」

葉天依然搖頭。

羅方皺起眉頭道：「那會是哪一個呢？」

葉天摸摸鼻子道：「此人就是我們剛剛才談起過的丁長喜。」說完，已忍不住地笑了起來。

羅方的臉色卻變得非常難看，就像剛剛挨過一記耳光一般。

葉天笑口大開地舉起酒碗，道：「來，乾了，預祝我們合作愉快！」

羅方興味索然道：「有丁長喜那種人攪局，還怎麼可能愉快得起來？」

葉天道：「咦？你不是很欣賞丁長喜，才叫我拉攏他嗎？」

羅方苦著臉道：「我叫你拉攏他，是為了對付曹剛，不是對付我。」

葉天笑道：「羅頭言重了，我只想拜託他替我算賬，絕對沒有對付你的意思，而且……丁長喜那個人也並不像你想像的那麼可怕，說不定以後你們可以變成很好的朋友。」

羅方急忙道：「葉大俠，你饒了我吧！我寧願交曹剛，也不敢跟丁長喜那種人打交道。」

第十三回　將計就計

丁長喜的確是個令人見而生畏的人物。

自從他走進了「石名園」，平日亂哄哄的茶樓，就像被他包下來一樣，原有的客人相繼離去，新的客人一個也不敢進來，甚至連平日起得最早、跟客人們招呼得最勤的石掌櫃，也遲遲沒有露面，樓上樓下幾十個座位，就只剩下他和何一刀兩個客人。

十幾個跑堂的伙計們，有的靠在牆邊，有的倚著樓梯，一個個都躲得遠遠的，但每個人的眼睛卻都緊緊張張的偷瞟著兩個人，好像唯恐招待不周而惹上麻煩，又像生怕石掌櫃看到這種場面，胡亂發火罵人。

丁長喜似乎對這種場面早已司空見慣，只顧吃著點心喝著茶，神態十分悠閒，坐在一旁的何一刀卻看也不看滿桌的茶點一眼，雙臂緊緊環抱著鋼刀，隨時都是一副如臨大敵的模樣。

就在這時，忽然自後面傳來一陣腳步聲響。

店裡所有的伙計立刻將身子站得筆直，目光也不約而同地落在樓梯下面的通道口上。只見一個鬢髮斑白、體態微胖的老者大步走了出來，一瞧店裡的情況，眉頭就是一皺。這名老者，當然就是石掌櫃。

沒等石掌櫃開口，丁長喜便已哈哈一笑，道：「我只當石掌櫃出了門，原來是躲在裡面睡懶覺。」

石掌櫃稍許遲疑了一下，還是強打著哈哈走上來，道：「丁大俠真會說笑話，到了老朽這個年齡，多躺一會骨頭都會發酸，哪還能睡懶覺？」

丁長喜道：「哦？據我所知，石掌櫃每天都是很早露面，為何今天出來得特別晚？」

石掌櫃嘆了一口氣，道：「不瞞兩位說，老朽今天倒楣透了，一大早就從櫃子裡躥出一頭野貓，把我房裡攪得一塌糊塗，剛一出門，又碰到了鬼……」

何一刀截口喝道：「你說甚麼？」

石掌櫃急忙道：「何大俠千萬不要誤會，老朽說的碰到鬼，指的並不是兩位，而是一出門就摔了一跤，你們說是不是碰到鬼了？」

何一刀悶哼一聲，餘怒未息地瞪著石掌櫃。

丁長喜似乎一點也不生氣，只淡淡道：「櫃子裡能夠躥出野貓來，這倒也是個奇聞。」

石掌櫃立刻道：「那也不算甚麼，那隻櫃子年久失修，老鼠成群，從裡面躥出野貓的事已非一次，早就不足為奇，只是今天早晨這一隻，比以往的難纏些罷了。」

丁長喜笑了笑，道：「我看石掌櫃還是趕緊找個人修修吧，否則遲早會從裡邊躥出野狗來。」

石掌櫃也笑了笑，道：「那倒不太可能。」

丁長喜道：「何以見得？」

石掌櫃笑瞇瞇道：「野狗都喜歡從正門進來，而且都喜歡坐在門口擋道，像櫃子裡那種陰暗的地方，牠好像還不太高興去呢？」說完，還若有意若無意的瞧了坐在外面的何一刀一眼。

何一刀頓時跳起來，冷冷道：「石老頭，你在說哪一個？」

石掌櫃沒事人一般道：「我在說野狗，你何大俠生甚麼氣？」

丁長喜哈哈大笑道：「薑還是老的辣，石掌櫃，丁某算服了你。」

他一面說著，一面向何一刀使了個眼色，同時掏出一錠銀子，往桌上一擺，道：「這些就算我們補貼你今天早上的生意損失，你看夠不夠？」

石掌櫃道：「銀子多少倒無所謂，石某已是風燭之年，再多也帶不進棺材。我最怕在臨死之前惹來一身麻煩，所以銀子你可以收回去，這壺茶算我請客，只希望你能告訴我，你們一早光臨的目的是甚麼？」

丁長喜道：「石掌櫃只管放心，我們只是來等一個朋友。」

石掌櫃道：「你們上次在『太白居』也說等一個朋友，結果卻鬧出七條人命。你們龍四爺財大勢大，花點錢就把事情擺平了，可是吳老闆那場官司，卻直到今天還沒有打完，再打下去，恐怕很快就要關門大吉了，你說我的心能放得下嗎？」

丁長喜皺眉道：「那件事怎麼還沒解決？江大少也未免太不負責任了。」

何一刀冷冷接道：「就算太白居關門，也只怪姓吳的不識時務。第一，他不該選在江大少的地盤開業，第二，他不該通知趙登，如非趙登出面，我也不會出刀。」

石掌櫃輕哼一聲，道：「但你殺的卻不是趙登，而是一些不相干的人。」

何一刀冷笑道：「姓石的，你不要倚老賣老。我要殺誰，是我的事，你管得著嗎？」

丁長喜「砰」地一聲，一拳撞在桌子上，疾聲厲色道：「住口！你惹的禍難道還不夠！」

何一刀居然沒有回口，只狠狠地瞪了石掌櫃一眼，氣沖沖的走到門口，在離門最近的一張凳子上一坐，看上去還真像一條擋道的野狗。

石掌櫃雖然老於世故，一時也搞不懂桀驁不馴的何一刀，何以對丁長喜如此服貼。

丁長喜立刻換了一副笑臉，道：「石掌櫃不必擔心，我們真的坐一坐就走，絕不給你惹任何麻煩。」說話間，只見一名大漢匆匆走進店內，一見當門而坐的何一刀，就是一愣，繞到丁長喜面前，見石掌櫃站在一旁，又愣住了。

丁長喜道：「石掌櫃是自己人，有話儘管說。」

那大漢又往前湊了一步，低聲道：「啟稟總管，那個『鬼捕』羅方，剛剛已經離開了。」

丁長喜道：「哦，葉大俠呢？」

那大漢道：「小……葉大俠一直沒有出來，我想一定還在房裡。」

石掌櫃一旁接口道：「原來你們是來找小葉的！」

丁長喜道：「是啊，這傢伙今天忙得很，一早已經送走三批客人……」

石掌櫃冷哼一聲，道：「豈止三批！我看他已經忙昏了頭，甚麼人都敢來往，長此下去，非出毛病不可。」

丁長喜笑笑道：「可不是嘛？像『鬼捕』羅方那種人，最好還是少沾為妙。」

石掌櫃又是一聲冷哼道：「『鬼捕』羅方算甚麼！還有更可怕的呢。我看小葉是快倒楣了。」

丁長喜道：「哦？但不知石掌櫃指的是哪一個？」

石掌櫃只寒著臉孔，閉口不言。

那大漢已在急聲催促道：「丁總管，你看我們是繼續盯下去，還是乾脆把他抓來？」

丁長喜眼睛一瞪，道：「不是抓來，是請來。」

那大漢忙道：「是，是。」

丁長喜又道：「還有，你們可要特別當心，他那幢房子裡裡外外都有機關，千萬不要在江家的地頭上給我丟人現眼。」

那大漢連聲答應，正待轉身離去，卻忽然將腳步縮住，驚叫道：「咦！他怎麼從後面跑來了？」

原來葉天正從樓梯口處走出來，被那大漢瞧個正著。

丁長喜雙眉不由微微聳動了一下，目光若有意若無意的先從石掌櫃臉上掃了一下，才回首哈哈一笑，道：「你來得正好，我剛想派人過去請你。」

葉天也打著哈哈走過來，道：「丁兄找我，可有甚麼指教？」

丁長喜道：「不敢，不敢，我只是想來跟你商量一件事。」

葉天瞟了何一刀的背影一眼，以手作刀的比了比，道：「不是來對付我的？」

丁長喜又是哈哈一笑，道：「當然不是，像葉大俠這種好朋友，我們攀交還唯恐不及，怎麼可能和你兵刃相見？」

葉天似乎鬆了口氣，道：「那我就放心了，我只當甚麼地方得罪了龍四爺，你的手下才將我的房子團團包圍住，害我爬了兩道牆，才從石掌櫃的後院溜出來……」

說到這裡，突然吃驚地望著石掌櫃冷冷的臉孔，訝聲道：「咦？石大叔，你幾時把鬍子剪短了？」
石掌櫃悶吭一聲，拂袖而去。
葉天莫名其妙的搔著頭，道：「他老人家是怎麼了？」
丁長喜笑了笑，一面揮退那名大漢，一面搖著頭道：「石掌櫃今天的情緒好像壞得很。」
葉天道：「為甚麼？」
丁長喜道：「據他自己說，是因為一早突然從櫃子裡躥出一頭野貓，把他房裡攪得一塌糊塗。如果真有此事，他的情緒還好得了嗎？」
葉天聽得陡然變色道：「糟了！」
丁長喜詫異的盯著他，道：「甚麼糟了？」
葉天咳了咳，道：「我是說……石大叔房裡擺的都是古玩字畫，萬一弄壞了，豈不糟糕？」
丁長喜拉著長聲道：「是啊，那可糟糕得很。」
葉天忙道：「不過我實在有點奇怪，怎麼可能有這種事發生？」
丁長喜道：「我也覺得奇怪，可是石掌櫃說的話，我能不信嗎？」
他嘴裡這麼說著，可是那副神情，卻連一點相信的味道都沒有。

葉天不敢再搭腔，急忙在他對面一坐，道：「不知丁兄一早趕來，想跟我商量甚麼事？」

丁長喜也不嚕嗦，立刻將桌上的茶點往旁邊一推。然後取出一張棉紙攤在葉天面前，一看就知道是一張襄陽附近的地圖。

葉天瞧瞧那張地圖，又瞧瞧丁長喜那張莫測高深的臉，怔怔道：「這幹甚麼？」

丁長喜忽然從懷裡掏出那只殘月環，「砰」的一聲扔在地圖上，道：「你對對看，環上那條花紋像甚麼地方？」

葉天埋首比對了半晌，仍然對不出個所以然來。

丁長喜淡淡地笑了笑，道：「你難道就不能將花紋反轉過來試試看嗎？」

葉天手指很快便落在一點上，抬起頭來，一聲不響地瞪著丁長喜。

丁長喜笑瞇瞇道：「對出來沒有？」

葉天低聲道：「岳王廟？」

丁長喜點頭道：「不錯。我怎麼看，怎麼都像岳王廟那一帶的地形。」

葉天迫不及待地把剛剛到手的那一只也掏出來，道：「不知道這只上面那兩道花紋，指的是哪裡？」他一面說著，一面又開始反來覆去的在圖上尋找。

丁長喜道：「你何不帶回去慢慢查對？我想你手上的殘月環不可能只有兩只，等你統統對出來之後，我們再研究那破解之法，你看如何？」

葉天果然停下手來，卻將那只殘月環連同地圖一起推到丁長喜面前，道：「不，這種事我不在行，還是丁兄帶回去核對吧。我手中尚有另外兩組圖樣。我自會設法儘快交到你手上。」

丁長喜反倒微微怔了一下，陡然昂首大笑道：「葉大俠，真有你的！這種東西，你居然也放得開手？」

葉天輕輕鬆鬆道：「難道我相信朋友也錯了嗎？尤其是丁兄這種好朋友！」

丁長喜神色一怔，道：「能得葉大俠如此信賴，實乃丁某莫大的榮幸，若是換在平日，丁某自應效勞，可惜現在不是時候。」

葉天詫異道：「為甚麼？」

丁長喜嘆了口氣，道：「不瞞葉大俠說，丁某現在身處險中，隨時都有被殺害的可能，這些東西在我手上，增加危險性事小，萬一我不幸喪命，豈不誤了葉大俠的事？」

葉天一怔道：「在襄陽地面，還有人敢對丁兄不利，這倒是件令人難以置信的事。」

丁長喜又是一嘆，道：「葉大俠只想到一般道上的人物，其實像我這種角色，在神衛營那些大人們的眼中，又算得了甚麼？」

葉天恍然一笑道：「如果丁兄擔心『粉面閻羅』曹剛會替他那三名手下找你報

仇，那你就太多慮了。像他那種人，你就算殺了他的親人，他也不會在這個時候來跟你拚命的。」

丁長喜道：「不錯，但是為了那批寶藏，那就另當別論了。」

葉天愕然道：「爭奪那批寶藏還早得很，而且他要下手，也該先來找我，怎麼會輪到你丁兄頭上？」

丁長喜道：「這就是所謂未雨綢繆，你只要仔細想一想，就不難猜出曹剛可能採取的步驟。」

葉天想了想，道：「你的意思是說，他可能先在我的四周下手？」

丁長喜道：「換句話說，也就是凡是對你有助力的人，他都要在不知不覺中設法先一一鏟除掉。」

葉天點頭說道：「這倒有可能。」

丁長喜突然瞇著眼睛瞄著葉天，道：「假如你是曹剛，你第一個會先向誰下手？」

葉天幾乎想也沒想，便已衝口而出道：「『袖裡乾坤』丁長喜！」

丁長喜雙手一攤，苦苦笑道：「你能怪我不提心弔膽嗎？」

話剛說完，兩人的神色不約而同的為之一變。只見門口刀光一閃，一聲淒厲的慘叫中，「轟」然一響，一具烏黑的軀體已平平地摔落在葉天身後，同時一條斷臂直滑到兩人所坐的木桌之下，斷臂仍在扭動，手中仍然緊抓著一柄利劍，劍鋒正對著丁長喜的足趾。

葉天駭然道：「這麼快就來了？」

丁長喜淡淡地瞟了腳下一眼，道：「比我預料的至少晚了四個時辰。」

葉天一怔，道：「你的意思是說，昨夜在林邊，他就不該把你們放走？」

丁長喜道：「不錯，那個時候我連一點準備都沒有，而且也沒有你葉大俠在場，想殺掉我，可比現在容易多了。」

說話間，又有幾名黑衣人想由正門衝入，每個人的行動都很剽悍，武功也都不弱，但卻都被何一刀銳不可當的刀勢擋了回去。

這時樓上也有了動靜，顯然是正面不得其門而入，有人自樓窗潛了進來。

店裡所有的伙計都驚惶莫名的擠在石掌櫃身後，石掌櫃也一副六神無主的模樣，一面注視著樓梯，一面偷瞟著丁長喜腳下那柄利劍。樓梯一陣輕響，只見三個同樣裝扮的大漢，自樓上飛撲而下，動作快捷無比。

但葉天的動作比他們更快，不待三個衝下樓梯，已將桌上的茶點碗盤全當暗器打出，硬將三個逼住，同時足尖挑動，桌上那柄長劍已直向石掌櫃飛去。

轉眼工夫，桌上的茶點已被打光。葉天剛想拿那兩只殘月環，丁長喜卻已早他一步收進懷裡。他隨手抓起桌上唯一存留下來的那錠沉甸甸的銀子，想打出去，好像又有些捨不得，正在遲疑間，石掌櫃已手忙腳亂將長劍接在手裡，腳步尚未站穩，樓上那三名大漢已然疾撲而下，其中一名手持單刀的人自他身邊擦過，直向丁長喜的方向衝了過去。

奇怪的是，衝到距離丁長喜不遠的地方，整個身子突然僵住，手中雖然高舉單刀，作勢欲劈，腳下卻再也不動一動，唯一緩緩而動的，就是咽喉上的一點血跡。

「轟」的一聲巨響，那大漢終於倒了下去，更奇怪的是後面那兩個人也同時栽倒，情況跟前面那人完全一樣，全身毫髮無傷，只有咽喉現出一條血蛇，自頸間蜿蜒淌落在地上。

丁長喜是個非常沉得住氣的人，這時也不禁霍然動容，而石掌櫃仍然是那副六神無主的樣子，手上顫顫巍巍的捧著那柄劍，劍尖上連一絲血色都沒有。

這時門前又是一聲慘叫，顯然又有一人死在何一刀的鋼刀之下，但何一刀好像也碰到了對手，竟然腳步踉蹌的退進店中。

只見一條高瘦的身影當門而立，手持雙槍，面含獰笑，冷冷地凝視著石掌櫃，道：「想不到在這裡碰到了老朋友，真是難得的很。」

石掌櫃揉了揉眼睛，失聲道：「『雙槍鎖喉，神鬼皆愁』，你是魏青？」

那人道：「不錯，看來你還沒有老昏了頭，居然還認得我？」

石掌櫃陡將腰桿一挺，老態盡失，昂首哈哈一笑道：「當年那一劍居然沒有要了你的命，看來你這層人皮，倒也厚得可以！」

魏青道：「那都虧你劍下留情，這些年來，我對你一直感念在心，所以日夜痛下苦功，希望在你歸西前，能夠向你當面致謝，今天總算讓我如願以償了。」

石掌櫃道：「聽你的口氣，你那兩桿槍上的功力好像增進了不少？」

魏青道：「我的功力進展倒是有限，只是你那口魔劍，可比以前慢多了，若是換作當年，那第三個人的傷口也不至於偏了兩分，直到現在還沒有斷氣。」說話間，人已走了上去，槍尖比在那人胸口上。

那人本來尚在裝死，這時突然睜開眼睛，顫聲叫道：「魏大人饒命……」叫聲未已，槍尖已進了他的胸膛。

店堂裡的十幾個人，個個瞧得神態駭然。魏青的臉色卻變也不變，緩緩地拔出槍尖，似乎生怕帶出鮮血，會弄髒了他的衣裳。

一向冷酷無情的何一刀，這時也忍不住大叫道：「他的劍慢，我的刀可不慢！」說著，鋼刀已然劈出。

只聽丁長喜大喝一聲，道：「退下！」

何一刀衝出的身形猛然折回，揮出的鋼刀也硬生生地被他收住。

丁長喜冷笑道：「在『魔劍』石老前輩面前，哪有你們這些小輩舞刀弄槍的份？」

魏青橫視著他冷笑道：「閣下想必就是鼎鼎大名的『袖裡乾坤』丁長喜了？」

丁長喜輕哼一聲，算是代替了回答。

魏青道：「據我所知，江湖道上號稱『袖裡乾坤』的人數不少，其中十之八九都沒有甚麼好下場，但不知閣下的下場如何？」

丁長喜淡淡道：「那就得看你槍上的功夫，是否真如傳說中的『神鬼皆愁』了。」

魏青獰笑道：「好，你準備接招吧！」

只見他抖槍頓足，身形一縱而起。每個人都以為他的目標一定是丁長喜，誰知他竟向靠在牆邊的那些手無寸鐵的伙計們衝去。

石掌櫃急忙揮劍搶救，葉天和何一刀也不約而同地趕上去，可是魏青卻又將雙足在壁上一蹬，身形陡然一個倒翻，越過眾人頭頂，人槍恍如閃電般的直撲端坐桌後的丁長喜，動作之快，簡直令人防不勝防。

店堂裡所有的人幾乎都驚叫出聲，丁長喜卻動也不動，直待魏青已撲到面前，才自桌下抽出雙手，手中一只長不盈尺的圓筒微微一顫，只見一片黑茫茫的東西，已如雨點般的打在魏青身上。

魏青還沒有弄清楚是怎麼回事，只感覺全身力道盡失，「砰」的一聲巨響，人槍同時栽在丁長喜面前的桌子上。

這突如其來的變化，把所有的人都嚇呆了，包括俯在桌上尚未斷氣的魏青在內。亂哄哄的店堂頓時沉靜下來，靜得就像沒有人一樣。

過了很久，魏青才嘎聲道：「暴雨梨花釘！」

遠處的石掌櫃和葉天，聽得同時一震。

丁長喜卻嗤之以鼻地道：「你這傢伙不但武功稀鬆平常，眼光也差勁得很。如果是『暴雨梨花釘』，你在門口的時候早就躺下了，何必等到現在！」

魏青翻著眼睛，吭都沒吭一聲。

葉天忽然道：「丁兄手上拿的，莫非是傳說中的『五鳳朝陽筒』？」

丁長喜望著魏青，搖頭嘆氣道：「你看看人家葉大俠，一猜便中，可比你高明太多了。」

魏青面色慘然道：「想不到我『雙槍將』魏青，竟會栽在你這個無名小卒手裡……」

丁長喜截口道：「咦！你方才還說我大名鼎鼎，怎麼現在忽然又變成了無名小卒？你這個人也未免太口是心非了！」

魏青蒼白的雙唇一咧，冷笑道：「姓丁的，你也不要得意得太早，你馬上也得死，只要『粉面閻羅』曹剛想殺的人，一定活不久的。」

丁長喜眉頭微微聳動了一下，沉吟著道：「這麼說，我還是非救你一命不可了？」

魏青目光閃動，道：「我還有救？」

丁長喜道：「當然有救，這種暗器既沒有浸毒，又沒有擊中你的要害，怎麼會沒救？」

魏青顫聲道：「你……肯救我？」

丁長喜道：「我當然肯救你，我不能叫曹剛太得意，如果你一死，豈不正合了那傢伙的心願？」

魏青瞄著丁長喜高深莫測的臉孔，道：「你這話是甚麼意思？」

丁長喜道：「曹剛想趁這次的機會，把錢玉伯的死黨統統消滅掉，難道你還不知道嗎？」

魏青呆了呆，道：「誰說我是錢玉伯死黨？我跟他一點交情都沒有！」

丁長喜嘆了口氣，道：「問題是『粉面閻羅』曹剛的看法不同，無論如何你們總是錢玉伯曾經倚重過的人，他把你們看成眼中釘，也是理所當然的事，如果你坐上他的位子，我相信你的看法也跟他差不了多少。」

魏青不再講話，眼睛卻依然緊盯著丁長喜，目光中似乎依然充滿了疑問。

丁長喜立刻道：「有問題等以後再談，先讓我看看你的傷勢。我的醫道很不錯，我相信一定可以把你這條命救回來。」

他一面說著，一面就想搬動魏青的身體。

魏青突然道：「等一等！」

丁長喜急忙縮手道：「老兄，可不能再拖了，時間拖得愈久，對你愈不利。」

魏青嘆了一口氣，道：「你最好先告訴我，你怎麼知道曹剛要殺害我們這批老人？」

丁長喜道：「你知道曹剛為甚麼派你來殺我嗎？」

魏青搖頭。

丁長喜道：「因為我比他聰明，至少他認為我是他一個很強勁的對手，所以他才想先除掉我。」

魏青似乎迫不及待道：「直說！我只想聽你怎麼知道他要殺我們？」

丁長喜道：「像這種事，怎麼可能瞞過我這種聰明人？試想他這次遠來襄陽，辦理如此重大的事件，為甚麼不帶著他的左右手『生死判』申公泰和『五虎斷門刀』馮玉山，反而帶來你們這批老人來打前陣？你不覺得有點奇怪嗎？」

魏青輕哼一聲，顯然是同意了丁長喜的看法。

丁長喜忙道：「所以你最好還是趕快讓我看看你的傷勢，如果你現在還不想死的話！」

魏青沉默了一會，終於點了點頭。

丁長喜小心的把他的身體翻轉過來，只見他胸前早已血肉模糊，但他的手仍然緊緊地握住那兩桿槍，槍尖正好對著丁長喜的胸腹方向。

魏青吃力地昂起頭來，看了自己的傷口一眼，嘶聲道：「你說我中的暗器沒有浸毒？」

丁長喜猛將魏青的手腕扣住，同時閃身大喝道：「葉大俠，快！」喝聲未了，但見寒光連閃，那兩桿短槍的槍尖已脫桿射出，疾如流星，快速無比。

葉天也同時踢起一張長凳，只聽「篤篤」兩聲清脆的聲響，那兩隻雪亮的槍尖，剛好射在凳面上，長凳落地，去勢依然不衰，直滾到石掌櫃腳下才停止下來。

店堂裡又是一片沉寂，死一般地沉寂。一直到魏青發出一連串急驟的咳嗽，才帶起了一陣「嗡嗡」的議論之聲。

丁長喜這才擦了把冷汗，道：「魏老兄，你也是個老江湖，說起話來怎麼如此幼稚？你也不想想，『五鳳朝陽筒』是武林中幾種最歹毒的暗器之一，怎麼可能沒有浸過毒？」

魏青閉上眼睛，喘息著道：「你方才說肯救我，想必也是假話了？」

丁長喜唉聲嘆氣道：「老實告訴你，就算你還有救，我也不敢多事。萬一把你救活，你也像對付石掌櫃一樣，對我一直感念在心，非要在我歸西之前找我當面致謝不可，我受得了嗎？」

魏青慘笑一聲，突然兩眼一睜，雙手齊向丁長喜的咽喉抓去，誰知手還沒有伸直，便已斷了氣，那兩隻染滿鮮血的手掌，只在丁長喜衣襟上留下兩道腥紅的血痕，便緩緩地垂了下去。丁長喜動也不動，只深深嘆了口氣。

葉天也搖頭嘆氣道：「他以為每個人的心腸都像石大叔一樣好，那他就錯了，其實人心險惡得很啊！」

石掌櫃冷哼一聲，道：「你少跟我來這一套！你自己說，你殺了這許多人，怎麼辦？」

葉天呆了呆，道：「石大叔，你有沒有搞錯？人都是你們殺的，跟我有甚麼關係？」

石掌櫃臉紅脖子粗道：「我不管，反正禍是由你而起。你最好趕緊給我解決，否則一旦出了紕漏，莫說你只有一百兩金子存在這裡，就是兩百兩也不夠！」

說完，狠狠地把劍往地上一摔，回頭就走，剛剛走出幾步，又突然折回來，拾起那柄長劍看了又看，最後終於連人帶劍，一陣風似的衝入樓梯口下的簾門，臨入門還回首瞪了葉天一眼。

葉天只有苦笑著朝那伙計招了招手。十幾名伙計立刻擁了上來。其中一個滿臉精明相的人，擠到葉天跟前，笑嘻嘻地道：「小葉，你這次的麻煩可大了。」

葉天道：「可不是嘛？得罪了石大叔，至少也要難過個三五天。」

那人搖頭道：「我看不止，這次我們掌櫃的氣可大了，你想讓他消氣，起碼也得等個十天半個月。」

葉天皺眉道：「韓領班，你能不能告訴我，石大叔究竟在氣甚麼？」

那韓領班笑道：「你沒看到我們掌櫃的鬍子短了一截嗎？你今天放過來的那頭野貓，一出櫃子就是一劍，幸好掌櫃的閃得快，只要再慢一點，一隻耳朵就不見了，你說他能不氣嗎？」

葉天聽得整個人傻住了，他做夢也沒想到小玉居然如此不知輕重，竟敢拿石掌櫃的鬍子開玩笑，難怪石掌櫃不給他好臉色。

韓領班緊接著道：「你想，在他的鬍子長好之前，他這口氣消得了嗎？」說完，又是聳動著肩膀，嘿嘿一陣詭笑。

由於兩人談話的聲音很小，一旁的伙計們聽不清楚，只望著他們發呆。

遠處的丁長喜反而哈哈一笑，道：「有意思，這頭野貓的確很有意思。」

葉天急忙咳了咳，道：「韓領班，叫你這些伙計幫我個忙怎麼樣？」

韓領班立刻敞開嗓門道：「沒問題，你小葉的事就是我們的事，你想叫我們幫你甚麼忙，你說！」

他一面說，一面回頭看看那群伙計。那群伙計不約而同地點點頭，看樣子好像平日跟葉天處得不錯。

葉天道：「請大家幫我把現場清理一下。還有，找幾塊油布，把這具屍體包紮起來，統統替我搬到你們石掌櫃的臥房裡去。」

韓領班搔著腦袋，為難的道：「萬一我們掌櫃的不答應呢？」

葉天道：「你放心，他一定會答應……」
丁長喜也走過來，截口道：「如果他不答應，那就等於跟自己過不去。到時候，他的下場只怕比『太白居』的吳老闆還要慘！」
葉天道：「所以你們最好快點動手，再遲只怕就來不及了……」
韓領班二話不說，只回手一指，立刻有人將店門關了起來。
那些伙計們不待吩咐，立刻分頭辦事，有的搬動屍體，有的清洗血跡，轉眼工夫已將店堂裡清理得乾乾淨淨。
丁長喜一直默默地望著葉天，這時才開口道：「葉大俠，你能不能告訴我，那幾具屍首搬到石掌櫃房裡之後，要怎麼處理？」
葉天道：「這還用說，當然是塞進那個櫃子裡。」
丁長喜道：「就是一早躥出野貓的那個櫃子裡？」
葉天道：「不錯。」
丁長喜道：「塞進櫃子之後呢，又怎麼處理？」
葉天想了想，道：「丁兄，你能不能也幫我一個忙？」
丁長喜微微一怔，道：「當然可以，甚麼事？你只管吩咐！」
葉天道：「麻煩你派幾個能幹弟兄，儘快把曹家老店的曹老闆給我找來。」
丁長喜即刻點頭答應，同時不禁有點好奇道：「找來以後呢？你想叫他幹甚麼？」

葉天神秘地道：「只讓他把車停在我家門口，等著搬東西就成了。」
丁長喜道：「你打算拜託他把塞進櫃子裡的那些東西，從你那邊運走？」
葉天道：「不錯，你們在龍四爺的地盤殺人，我替你們從江大少的地盤運走，由此可見我和你丁兄的交情，可比那邊近多了。」
丁長喜笑了笑，只向身後的何一刀輕輕把頭一擺，何一刀便已閃身出了大門。伙計們立刻緊緊地把大門關上。
丁長喜凝視了葉天一陣，忽然道：「按說你這條通路應該絕對保密才對，你為甚麼要讓我知道？」
葉天道：「我這麼做，只是想讓你丁兄明白一件事情。」
丁長喜道：「甚麼事？」
葉天道：「我這次是破釜沉舟的跟曹剛卯上了，毀家捨命都在所不惜，何況是這點小秘密。」
丁長喜想了想，道：「看來我也沒有第二條路可走了。」
葉天道：「不，你跟我不一樣，只要你離開襄陽，他們就不會再找你。」
丁長喜苦笑著道：「我若是一走了之，不但便宜了『粉面閻羅』曹剛，而且也對不起我們龍四爺，更對不起你葉大俠這種好朋友。你現在正在用人之際，我怎麼可以棄你而不顧？」

葉天忙道：「可是你莫忘了，他們第一個要殺的人就是你！」

丁長喜冷笑一聲，道：「但你也莫忘了，我丁長喜是何許人也？他們想殺我，恐怕還不太容易。」說罷，兩人相對大笑，好像早已不把神衛營那批人看在眼裡。

就在這時，門外忽然響起了一片凌亂的腳步聲，隨後便是一陣砸門聲響。

韓領班四下察看了一眼，又望了望葉天的反應，才將大門打開。

只見幾名捕快一擁而入，為首的王頭在店堂裡繞了一圈，才停在葉天面前，冷冷道：「人呢？」

葉天匆匆回顧了一下，道：「都在這裡，一共一十六個，一個也不少。」

王頭冷笑道：「你少跟我耍花樣，我找的不是活人，是死人！」

葉天笑笑道：「那你王頭可有得等了，我們這些人還都年輕得很，一時半刻恐怕還死不了。」

王頭立刻往前湊了湊，突出的肚皮幾乎頂在葉天身上，狠狠道：「姓葉的，你過去是幹甚麼的，我清楚得很，這幾年我容你在廟口做生意，已經算是對你仁至義盡，所以你最好識相一點，否則可別怪我對你不客氣……」

說到這裡，忽然覺得懷裡多了一塊沉甸甸的東西，神色不禁為之一緩，退了兩步，繼續道：「當然，只要你跟我實話實說，我也不會為難你。你現在不妨老實告訴我，方才進來的那幾個黑衣人，到哪兒去了？」

葉天道：「走了，早就從後門走掉了。」

王頭一副難以置信的樣子，道：「既然走了，你們還關起門來幹甚麼？」

葉天理直氣壯道：「整理東西，店堂裡被他們搞得一塌糊塗，不整理乾淨，怎麼做生意？」

王頭道：「那麼方才那些殺喊呼叫的聲音，又是從哪裡來的？沒有殺人，怎麼會有那種聲音？」

葉天笑笑道：「原來王頭是想聽那種聲音，那好辦……」說到這裡，回頭向韓領班歪歪嘴，道：「方才都是哪個叫的，再讓他們學一遍給王頭聽一聽。」

話剛說完，慘叫之聲已起，連刀劍交鳴的聲響也自廚房裡傳出，聽起來比當場更加逼真，尤其是韓領班那聲「魏大人饒命……」顫聲喊來，淒愴無比，令人慘不忍聞，只聽得那幾名捕快個個汗毛凜凜，相顧失色。

王頭急忙擺著手道：「夠了！夠了！」

葉天道：「王頭所說的，是不是這種聲音？」

王頭咳了聲，道：「其實我也沒聽到，我不過是根據報案的人所形容的情況推斷而已，我想大概就是這一類的聲音吧！」

葉天道：「當時在那批黑衣人的刀劍相逼之下，喊叫得可比現在淒慘多了，方才他們模仿的，也不過是其中十之一二罷了。」

葉王頭眼神一轉，忽然道：「你們手裡既沒有刀，也沒有劍，那些刀劍的聲音又是從哪裡來的？」

葉天不假思索道：「那是因為方才何一刀在這裡。」

王頭皺眉道：「龍四爺手下的何一刀？」

葉天道：「不錯。你想有他在這裡，還會沒有刀劍的聲音嗎？」

王頭環目四顧道：「他的人呢？」

葉天道：「跑了，被那些人趕跑了。」

王頭怔了怔，道：「你說何一刀被那批黑衣人趕跑了？」

葉天道：「是啊，所以那批人才匆匆追了下去。」

王頭道：「連何一刀都被他們趕跑，看來那批人倒也厲害得很啊！」

葉天道：「可不是嘛？那些人一個比一個厲害，尤其有個叫『雙槍將』魏青的，更是凶狠已極，連丁總管都幾乎毀在他手上，幸虧當時閃躲得快，不過命雖保住，傷得好像也不輕！」

王頭眉頭又是一皺，道：「有這種事？」

葉天回手一指，道：「丁總管就在那邊，你若不信，何不過去看看？」

王頭似乎很不願意跟丁長喜碰面，所以目光一直迴避著丁長喜所坐的方向，這時經葉天點破，才不得不打著哈哈道：「原來丁總管也在這裡，你怎麼不早說？有他在場，一切事情都好辦多了。」

他一面說著，一面走到丁長喜面前，先對他衣襟那兩道血痕上瞄了一眼，然後又對他渾身上下打量了一陣，道：「丁總管傷得怎麼樣？」

丁長喜真像受了重傷似的，坐在那裡動也不動，只嘆了口氣，道：「這次總算逃過一劫。我本來正想去報案，既然王頭來了，那就再好不過了。」

王頭大出意外道：「你想去報案？」

丁長喜道：「是啊，平白無故被人殺成重傷，不報案怎麼行？」

王頭匆匆回顧了一下，低聲道：「丁總管，大家是老朋友了，我不妨對你實話實說，這件事，你報案也沒有用。」

丁長喜訝聲道：「為甚麼？」

王頭聲音壓得更低，道：「因為那些人來頭太大，連我們縣太爺也惹他們不起。」

丁長喜臉色一沉，道：「照王頭這麼說，我們只有伸長脖子，任他們宰割了？」

王頭笑笑道：「丁總管言重了，以龍府的實力說來，豈是任人宰割之輩？」

丁長喜道：「可是……我們能動嗎？」

王頭道：「為甚麼不能動？」

丁長喜道：「你不是說對方的來頭太大，連縣太爺都惹他們不起嗎？萬一我們得罪了他們，我們龍府還能在襄陽混下去嗎？」

王頭道：「這個你只管放心，我們惹不起他們，但也不會出面包庇他們，只要是出自正當防衛，你們只管放手去幹，我想絕對沒有人會阻止你們……」

說到這裡，語聲壓得更低，道：「不過你們最好處理得乾淨一點，讓我們對地方上有個交代就行了。」

丁長喜也把聲音壓得很低，道：「就像今天一樣，行不行？」

王頭呆了呆，道：「今天那幾個黑衣人……你們全都幹掉了？」

丁長喜笑而不答。

王頭道：「一個都沒有放走？」

丁長喜道：「如果有人走掉，我還敢坐在這裡跟你聊天嗎？」

王頭飛快地朝四下掃了一眼，道：「屍首呢？」

丁長喜道：「運走了。」

王頭鬆了口氣，道：「好，好，幹得好！」

丁長喜道：「我們這麼做，不會教你王頭為難吧？」

王頭笑了笑，道：「就算有為難的地方，我也擔了，誰叫我們是老朋友呢？」

丁長喜道：「王頭這份交情，我記下了，等這件事過了之後，咱們再一起算過。」

王頭忙道：「那倒不必放在心上，只希望你們早一點把這批人趕走。不瞞你說，自從他們到了襄陽，我連覺都沒有好好睡過，可比當初處理你們龍府和江老爺子之間的糾紛麻煩多了。」

說到這裡，突然「哦」了一聲，道：「有件事情，我差點忘了告訴你。」

丁長喜道：「甚麼事？」

王頭道：「江老爺子昨天夜裡仙逝了，這件事你有沒有聽人說起來過？」

丁長喜道：「天還沒亮，我就知道了。」

王頭凝視著他，道：「你們龍府不會趁機打落水狗吧？」

丁長喜道：「甚麼話？我們四爺如果是那種人，還有人敢跟他來往嗎？」

王頭緩緩地點著頭，道：「有你丁總管這句話，我就放心了。」

丁長喜卻搖著頭，苦笑著道：「你也不要放心得太早，依我看，他們八成會來個窩裡反，這幾天你們恐怕有得忙了。」

王頭一怔，道：「你的意思是說，孫濤那幫人可能會爬上岸來？」

丁長喜道：「不是可能，而是已經上了岸，據說現在都聚集在『蕭家酒鋪』裡，好像正在商議消滅江大少那批人的對策。」

王頭嘴巴朝身後的葉天歪了歪，道：「就是小寡婦的那間酒鋪？」

丁長喜點點頭道：「不錯，正是她那裡。」

王頭沉吟了一會，道：「丁總管，我能不能拜託你一件事？」

丁長喜立刻道：「如果你想叫我去做說客，那你算找錯人了。這件事我不插手還好，我一插手，反而會把局面搞得不可收拾。」
王頭急道：「但是像這種事情，我除了找你，還能找誰？」
盯常喜努努嘴道：「他怎麼樣？」
王頭道：「你說小葉？」
丁長喜道：「不錯，他現在的身價正如日中天，他說的話，我想對方一定會聽。」
遠處的葉天突然接口道：「也不見得。」
兩人同時嚇了一跳。
丁長喜咳了咳，道：「至少你可以試一試。」
王頭緊接道：「最好你能把當前的利害關係告訴他們，萬一現在鬧起來，就等於給神衛營那批人製造機會，到時候大家是怎麼死的恐怕都不知道。」
丁長喜也接道：「更何況還有我們龍府虎視在旁，最後吃虧的一定是他們自己。」
葉天緩緩地走過來，邊走邊搖頭道：「這些理由，他們都不會聽，我想他們唯一聽得進去的，就是那批寶藏！」
丁長喜笑道：「不錯，你現在所以身價暴漲，也就是因為後面有那批寶藏。」
葉天長嘆一聲，道：「只可惜那批寶藏就算找到，落在我們手上的也有限得很。」
丁長喜道：「為甚麼？」
葉天道：「因為大部分鐵定會被別人拿走。」

丁長喜道：「你指的可是『粉面閻羅』曹剛這批人？」

葉天瞟了王頭一眼，沉吟著道：「恐怕不是。」

王頭笑笑道：「這批人連命都未必能帶走，何況是寶藏！」

丁長喜微微怔了一下，道：「莫非後面還有比『粉面閻羅』曹剛更有權勢的人物？」

葉天閉口不言，王頭也急忙將目光移開。

丁長喜哈哈一笑道：「其實背後無論是牆裡邊的人，還是京裡邊的人，結果咱們都是要白忙一場，甚麼東西也落不到。」

王頭的目光立刻轉向丁長喜臉上。

葉天也急忙開口道：「不會吧？我事先跟他們談好條件，他們總不至於來個翻臉不認賬吧？」

丁長喜道：「那就得看對象是誰了。如果是我丁長喜，我保證怎麼說，怎麼做，絕不跟你打一點折扣。」

葉天又瞟了王頭一眼，遲遲疑疑道：「如果是『鬼捕』羅方呢？」

丁長喜頓時傻住了。

王頭乾咳兩聲，道：「如果只是羅頭，倒還可以商量，問題是他後面的人太多，而且個個都是朝中權貴，就怕到時候他也作不了主。」

丁長喜嘆了口氣，道：「你聽到了吧？跟那種大人物打交道，豈不等於與虎謀皮？你想叫他們跟你守信諾，簡直是在做夢！」

葉天笑了笑道：「好在我還沒有答應他，改天把他回掉算了。」

丁長喜忙道：「你可千萬不能回，你一回掉他，咱們大家的希望恐怕都要泡湯。」

葉天一怔，道：「這話怎麼說？」

丁長喜道：「據我猜想，他們第一個目的，是想借重我們的力量，把『粉面閻羅』曹剛這些人留下，其次才是這批寶藏。他們表面雖然沒有出面，暗中一定早有安排，說不定連縣衙也早已接到了密令，否則王頭的腿也不至於這麼慢，而且更不可能明目張膽的敢對神衛營如此敵視，你說是不是？」

他話是對葉天說的，眼睛卻一直瞧著王頭那張老臉。

王頭只有苦笑道：「丁總管果然高明，甚麼事都瞞不過你。」

丁長喜繼續道：「所以我們要想除掉曹剛這股阻力，多少還得借重官方的力量。至於那批寶藏，如果真的在襄陽，我們想要保住它，也並不太難，只要我們大家同心協力，就一定辦得到。」

葉天道：「你所說的大家，不知指的都是甚麼人？」

丁長喜道：「其中當然包括王頭，你和你那幾個朋友，還有我們龍四爺。」

葉天道：「楊老頭那批人和江家呢？」

丁長喜不假思索道：「楊老頭那批人，絕對不能跟他們談合作。」

葉天道：「為甚麼？」

丁長喜道：「他們的人太多太雜，想叫他們保守秘密，根本就是件不可能的事。」

王頭忽然道：「那批人究竟是甚麼來歷，丁總管有沒有摸著他們的底細？」

丁長喜道：「能使楊百歲和彭光那種人死心塌地替他賣命的，只有丐幫的司徒幫主。」

葉天一驚道：「原來你早就知道他們的來歷！」

王頭神色也陡地一變，道：「如果真是丐幫的人，那可千萬沾惹不得。」

葉天忍不住又道：「為甚麼？」

王頭道：「現在的丐幫，跟老幫主在世的時候完全不同了，其中不但有人作下巨案，而且也有一批人投入了官府，說不定神衛營裡就有他們的人，你想跟他們合作，豈不是自找麻煩！」

葉天呆了呆，道：「難怪司徒姑娘不敢以真面目示人，原來是怕碰到那些叛幫弟子！」

丁長喜作了個無可奈何的表情道：「你想以他們目前情況，我們能跟他們合作嗎？」

葉天道：「可是……他們是第一個找我的人，而且我已收了人家的金子。」

丁長喜道：「金子你將來可以還回去，千萬不可為了些許小惠而壞了大事。」
王頭也道：「將來你還他們十倍二十倍都可以，只要能夠保住那批寶藏。」
丁長喜話鋒立刻一轉，道：「至於江家，那就更傷腦筋了。江老爺子在世的時候，倒還可以談談，可惜現在連談的對象都沒有了。」
王頭搖著頭道：「不錯，那兩邊誰答應都不能作數，而且，他們彼此之間的矛盾已經深得不可收拾，早晚非幹起來不可。」
丁長喜神態慎重地凝視著葉天，道：「所以你非得馬上出面把雙方穩住不可。」
葉天兩手一攤，道：「我既不能跟他們談合作，又有甚麼辦法可以穩住他們呢？」
丁長喜道：「你可以答應他們任何要求，只要他們聽你的，不要在這個時候興風作浪。」
王頭立刻接道：「對，你應付丐幫那批人，也可以使用這種方法。」
丁長喜又匆匆四顧一眼，把聲音壓得更低，道：「其中包括『鬼捕』羅方在內，你跟他談判，更得小心，既不能答應他太多，也不能太少，那傢伙鬼得很，千萬不要惹起他的疑心。」
葉天愁眉苦臉道：「可是我答應他們的事，你教我以後怎麼解決？」
丁長喜輕輕鬆鬆道：「那還不簡單？你答應他們的，都是尋到寶藏之後的事，只要寶藏沒有著落，一切事情也就迎刃而解。」

王頭深以為然地直點頭。

葉天卻連連搖頭道：「以我看，恐怕不會那麼簡單，到時候他們一定咬住我不放，你想叫他們斷念，絕對不是一件容易的事。」

丁長喜道：「也不會太難，那個時候神衛營那批人已經死得差不多了，丐幫的司徒幫主不可能長久留在襄陽，『鬼捕』羅方非回去交差不可。日子拖得一久，大家自然會把這件事慢慢淡忘。」

王頭忙道：「我們三個怎麼辦？」

丁長喜道：「就和現在完全一樣，你做你的捕頭，他做他的鎖匠，我做我的龍府總管，一點點痕跡都不能露出來。」

王頭道：「那甚麼時候才能起出那批寶藏呢？」

丁長喜道：「你放心，寶藏只要有，就一定跑不掉，時間拖得越久，對我們越有利。」

王頭迫不及待地問：「大概要多久？」

丁長喜道：「那就得看情形了，也許一兩年，也許三五年……」

王頭不待說完，便已嘆了口氣，道：「就怕我活不了那麼久了。」

丁長喜哈哈一笑，道：「誰說的！像你這種身體，還有得活呢。何況活在希望裡的人，往往比一般人要長壽得多。」

王頭也只好苦笑一陣，忽然道：「丁總管，我能不能請教你一個問題？」
丁長喜含笑道：「王頭有話只管說，請教二字可不敢當。」
王頭乾咳兩聲，遲疑著道：「按說我對你們並沒有甚麼利用價值，你為甚麼要拉著我？是不是有甚麼特殊理由？」
丁長喜道：「當然有，這件事非同小可，如果沒有特殊的理由，我怎麼可能拉你王頭合作！」
王頭道：「你能不能把理由說給我聽聽，也好讓我心裡先有個底！」
一旁的葉天也往前湊了湊，顯然他也很想聽聽是甚麼緣故。
丁長喜想了想，道：「第一，這些年來王頭跟我們一向處得不錯，能有機會互相合作，也算是人生大快事，你說是不是？」
王頭聽得連連皺眉，連一旁的葉天都直搖頭。
丁長喜繼續道：「第二，我需要瞭解官府的動態，上面有甚麼風吹草動，你的消息一定比任何人都靈通……」
王頭截口道：「如果只是這件事，以你丁總管平日的手面，輕而易舉的就可以買動我，何必要拉我合作？」
丁長喜立刻道：「當然，還有一件比較重要的事情，非得仰仗王頭的大力不可。」
王頭道：「甚麼事？你說！」

丁長喜道：「我需要當年吳青天任上的那張縣治詳圖，你能不能替我弄到？」

王頭蹙眉道：「哪個吳青天？」

丁長喜道：「就是傳說中被害死在任上的那位吳方舟吳大人。」

王頭呆了呆，道：「那已經是一百多年之前的事了，那個時候的東西，你教我到哪裡去找？」

丁長喜道：「別人或許找不到，你一定可以。你在縣衙已經幹了四五十年，歷經七位知縣，是縣衙裡資歷最老的人，縣裡所有重要物件的存放流程，你應該比任何人都清楚才對！」

王頭道：「話是不錯，可是年代如此久遠的東西，誰也不敢說到今天還保存著。」

丁長喜道：「像那一類的東西，年代再久也不可能銷毀，一定還在。」

王頭道：「就算還在，也沒有人知道究竟壓在哪個庫房的角落裡，只怕比大海撈針還要困難！」

丁長喜道：「就是因為困難，所以我才找你合作。」

王頭愁眉苦臉道：「原來你拉我合作，是為了這件事？」

丁長喜道：「不錯，我想了又想，也只有以你在縣衙的資格，做起來才比較順手，換了別人，只怕比你還要困難得多。」

說到這裡，才想起旁邊的葉天，忙道：「葉大俠，你說是不是？」

葉天這時才恍然大悟地笑了笑，道：「丁兄估計得對極了，這件事如果連王頭都做不到，其他的人連想都不必想了。」

丁長喜立刻接道：「所以那張圖你一定得想辦法弄到。只要你把它交到我手上，你後半生不但大富大貴，而且我保證你的子子孫孫都吃不完。」

王頭臉上的皺紋一掃而光，道：「真的？」

丁長喜道：「當然是真的。」

王頭嚥了口唾沫，迫不及待道：「你們打算分給我多少？」

丁長喜想也沒想，便已伸出一根手指，道：「一成。」

王頭大失所望道：「才一成？」

丁長喜笑笑道：「這批寶藏龐大得很，一成已經不得了，我們龍府上上下下、裡裡外外，也只不過才想拿個兩成而已。」

王頭道：「其他那七成呢？」

丁長喜指了指葉天，道：「當然是人家的，尋寶開門、流血拚命都是人家的事，人家當然得多拿。」

葉天急忙道：「其實我們這邊人頭多得很，每個人也分不了多少。」

丁長喜也忙道：「也許連葉大俠自己都分不到一成，你極可能是這些人裡拿得最多的一個。」

王頭吐了口氣，道：「好吧！我就找找看，但願還能找得出來。」

丁長喜道：「記住，千萬要保密，知道的人一多，將來分起來就更零散了。」

王頭點頭道：「我知道了，不過……萬一找不到呢？」

丁長喜道：「那麼那批寶藏也就永遠找不到了，咱們也就不必做甚麼發財夢，以後安安分分的過日子算了。」

葉天在一旁長噓短嘆道：「如此一來，王頭以後的日子可就慘了。」

王頭翻著眼睛，渾然不解道：「葉老弟的意思是……」

葉天搖著頭，道：「我跟丁總管年紀還輕，再苦個十年八年還無所謂，可是王頭一旦錯過了這個機會，以後想要翻身就難了。將來靠幾個微薄的退休俸金過日子，那可是清苦得很啊！指望兒女回頭接濟，那種日子就更不好過了，你說是不是？」

王頭終日忙碌，似乎從未思考過這個問題，如今聽葉天唏噓道來，不禁整個愣住了。

就在這時，忽然有一名捕快自門外匆匆衝了進來，緊緊張張地在王頭身邊嘀咕了一陣。

王頭聽得神色陡然一變，目光炯炯的凝視了丁長喜片刻，又飛快地轉到葉天臉上，嘎聲道：「是你，一定是你做的好事！」

葉天摸了摸鼻子，道：「葉某心地一向善良得很，每天做的好事不計其數，但不知王頭指的是哪一件？」

王頭道：「就是你送給我的那一件！」

葉天道：「那不過只是二十兩銀子，區區之數，王頭何必放在心上！」

王頭咳了咳，道：「我指的不是這個，是我家裡的那一份。」

葉天搔著頭，回望著丁長喜，道：「丁兄可曾派人到王頭家裡送過銀子？」

丁長喜含笑搖頭。

王頭搶著道：「不是銀子！」

葉天道：「不是銀子是甚麼？」

王頭又匆匆回顧一眼，道：「是那具……黑裡透紅的東西。」

丁長喜恍然笑道：「莫非是跟方才包起來的那六份是同樣的……禮物？」

葉天又摸了摸鼻子，道：「好像差不了多少。」

王頭頓時跳起來，道：「你們不會把那六份也送到我家裡去吧？」

葉天立刻擺手道：「王頭且莫緊張，那六份送給哪一個，我們一時還沒想到適當的對象，如果王頭有興趣的話，那我們就省事多了。」

王頭急忙走到葉天面前，深深作了個揖，差點跪下來，道：「小葉，葉老弟、葉大俠，你就饒了我吧！我年老氣衰，職位又低，那種大禮，我實在承受不起，你們要送，也應該往高處送……」

葉天忙道：「哦？依你看，我們送給哪一位比較妥當？」

王頭道：「年紀比我輕、職位比我高的人有的是，你們送給誰都比送給我強。」

葉天點點頭，道：「好吧，既然王頭這麼說，我們也只好另謀出路了。」

丁長喜也立即道：「而且以後我們也儘量不給你添麻煩，以免耽誤了你的大事。」

王頭道：「那我就先謝了，至於方才所談的那碼事，請二位放心，我就是拚了這條老命，也非把那張東西翻出來不可。」說完，手臂一揮，率眾而去，行色十分匆忙，顯然要趕回去處理那具屍體。

伙計們重又將店門掩上，每個人都在注視著葉天，好像正在等待他下一步的指示。葉天卻怔怔地站在那裡，動也不動。

丁長喜咳了咳，道：「方才沒有經你同意，就替你許出去一成，你不會見怪吧？」

葉天漫應道：「當然不會，這件事，丁兄處理得漂亮極了。如果沒有那張東西，就算把殘月環湊齊也未必能找出那批寶藏的正確方位。」

丁長喜又道：「至於龍府那兩成，我只不過是隨口說說，葉大俠千萬不要當真。」

葉天依然漫不經心道：「那怎麼可以？今後借重龍府和丁兄處尚多，分給你們兩成，我覺得一點也不冤枉。」

丁長喜微微皺眉道：「你是不是在想該把那六具屍體送到甚麼地方？」

葉天搖首道：「那是曹老闆的事情，用不著我們來傷腦筋。」

丁長喜不禁奇怪道：「那你還在想甚麼？」

葉天偷偷瞟了丁長喜一眼，敲著腦門道：「我正在想，要用甚麼方法，才能把那兩個傢伙擺平？」

丁長喜道：「哪兩個傢伙？」

葉天道：「當然是江大少和孫濤！」

第十四回　牆裡牆外

孫濤已經在蕭家酒鋪坐了整整四個時辰。

店裡店外也早已擠滿了人，這些人當然都是跟隨江老爺子多年的弟兄。

江邊上也靠滿了船，那些船當然也是江老爺子留下來的，但是不論是人還是船，現在都不再是江家的了，因為凡是在這裡的，都絕對忠於孫濤，每一個人，每一條船，都唯孫濤的馬首是瞻。

午後的陽光照耀著滾滾的江濤，陳舊的船只在波濤中搖擺，發出一連串相互撞擊的聲響。

坐在酒鋪內外的那些人，卻一點聲音都沒有，每個人的神情都很悲愴，但卻沒有人流淚，有的也只是從目光中閃露出來的一股憤怒的火焰。

整個店堂裡，只有一個人的表情與眾不同，那就是端坐在櫃檯裡的蕭紅羽。

她的表情顯得十分沉重，那張俏麗的臉上，再也找不到一絲笑容，兩隻眼睛一直焦急地瞟著門外，充滿了期待的神色。

就在這時，門外忽然傳來一陣亂哄哄的聲音，然而那陣聲音很快便靜了下來，店堂裡似乎比先前來得更加寧靜。

蕭紅羽迫不及待地站了起來，踮起足尖，撐著櫃面，環顧左右道：「這是怎麼回事？」可是接連問了兩遍，竟沒有一個人理她，因為每個人的眼睛都在望著坐在裡邊的孫濤，而孫濤卻向老僧入定一般，一點反應都沒有。

直到問到第三遍，門口才有人答道：「我正想問妳是怎麼回事，妳怎麼反倒問起我來了？」

答話的正是葉天，只見他不慌不忙地走進來，一直走到櫃檯前面，連看也不看眾人一眼。

蕭紅羽一把將他拉進櫃檯，跺著腳道：「小葉，你怎麼現在才來？可急死我了！」

葉天一副沒事人兒的樣子，道：「妳急甚麼？」

蕭紅羽嘴巴悄悄朝外面努了努，道：「你沒有看到這些人嗎？」

葉天道：「我又不是瞎子，當然看到了。」

蕭紅羽道：「他們都是等你的，已經在這裡等了幾個時辰了。」

葉天皺眉道：「他們等我有甚麼用？這種事我也幫不上忙！」

蕭紅羽嘆了口氣，道：「我也是這麼說，可是他們就是不肯走，你教我有甚麼辦法？」

說到這裡，孫濤才緩緩地站起來，遠遠一抱拳道：「閣下想必就是『魔手』葉天葉大俠吧？」

葉天忙道：「不敢，原來孫大哥也在這裡。」

孫濤微微一怔，道：「葉大俠認得孫某？」

葉天道：「如果我連孫大哥都認不出來，我在襄陽這幾年豈不是白混了？」

孫濤慘笑一聲，道：「葉大俠這麼說，實在讓孫某慚愧得無地自容。這些年一直沒有拜望你，直到遇到困難才找上門來，但願你不要見怪才好。」

葉天淡淡道：「孫大哥太客氣了，不知你今天找我，有甚麼指教？」

孫濤道：「我是來請你幫忙的。」

葉天沉吟著道：「如果是為了江老爺子那碼事，不瞞孫大哥說，我葉天實在是無能為力。」

蕭紅羽忙在一旁接道：「不錯，那是你們江家的家務事，任何人都不好插手。」

孫濤忙道：「蕭姑娘只管放心，我們來找葉大俠，既不是請他替我們撐腰，也不是求他主持公道，我們只想拜託他替我們作個見證。」

葉天一怔，道：「你們想叫我作甚麼見證？」

孫濤道：「我們這些人到江家，完全是為了去拜祭我岳父他老人家的遺容，既不想惹是生非，也不想爭論任何事情。假如他們想把我們這些人都留下，我們也認了，但我們絕不能丟了命，還讓人家給我們安一頂大逆不道的帽子，所以我們才不得不找個見證人，陪我們一起走一趟。」

葉天道：「你們找我，只是為了這件事？」

孫濤道：「不錯！」

葉天道：「除此之外，絕對沒有其他的原因？」

孫濤道：「沒有。」

葉天道：「那你們儘管安心去吧，那裡的見證人多得不得了，江大少再不孝，也不敢在江老爺子靈前，當眾跟你們翻臉。」

孫濤道：「他或許不敢，但是有人敢。」

葉天道：「甚麼人？」

孫濤道：「『冷面煞星』趙登和他那批手下。」

葉天笑笑道：「那就更不可能了，莫說你帶了這麼多的弟兄，就算只帶著『鉤鐮槍』馬玉麟一個人去，他們也未必能奈何得了，何況你孫大哥那十二柄飛刀，也不是好對付的。」

孫濤突然聲淚俱下道：「只可惜馬大叔已經遇害了……」

他話沒說完，旁邊的弟兄已個個大放悲聲，店裡店外頓時變得淒慘萬狀，顯然馬玉麟之死對這些人來說，遠比江老爺子歸了天還要讓他們傷心。

葉天整個傻住了，回首望了望蕭紅羽，她也正在一旁發愣，似乎事先也不知情。
過了很久，孫濤才大聲道：「葉大俠你說，在這種情況之下，不找個能夠鎮住他們的見證人，我敢帶著弟兄們過去嗎？」
他話一說出口，所有的哭嚎之聲立刻靜了下來，每個人都在瞪著葉天，好像都在等著他的答覆。
葉天咳了咳，道：「這是甚麼時候發生的事？」
孫濤淌著眼淚說道：「就是今天一早！」
旁邊立刻有人接道：「可憐他老人家死的時候，距離他那桿鉤鐮槍只有一步，只要讓他抓到那桿槍，兩個趙登也未必是他老人家的對手！」
葉天沉吟著道：「就算他沒有槍在手裡，憑『冷面煞星』趙登的身手，只怕也殺不了他。」
孫濤道：「可是他老人家確實是被『大力金剛掌』震斷心脈而死，這還錯得了嗎？」
旁邊又有人大聲喊道：「絕對錯不了！除了趙登那個王八蛋，還有誰能使出如此強勁的掌力？」
葉天道：「據我所知，江湖上以掌力強勁馳名的人太多了……」
孫濤截口道：「可是在襄陽，卻絕對沒有人比得上他！」
葉天搖頭道：「不，至少有一個人，就比趙登高明得多。」

孫濤詫異道：「哦?你指的是哪一個?」

葉天道：「『粉面閻羅』曹剛。」

此言一出，舉座嘩然。

孫濤急忙揚手將喧嘩之聲制止下來，道：「你說『粉面閻羅』曹剛已經到了襄陽?」

葉天道：「早就到了。」

孫濤怔了怔，道：「奇怪，像這麼重要的消息，我怎麼會沒有聽人說起?」他一面說著，一面環顧著身旁的那批弟兄，神態間充滿了責怪的味道。

葉天忙道：「你當然不會聽人說起過，因為他們這次的行動十分隱秘，每個人都把原來的面目遮蓋起來，你手下的弟兄再精明，也無法猜出他們的來歷。」

孫濤恍然叫道：「你指的莫非是那批黑衣人?」

葉天道：「不錯，那批黑衣人正是神衛營裡的大小嘍囉，那個帶頭的黑袍怪人，就是『粉面閻羅』曹剛。」

孫濤愣了一陣，道：「就算他是『粉面閻羅』曹剛，我們跟他無怨無仇，他也不至於向我們下手。」

葉天道：「那你就太不瞭解神衛營那批人了。他們從不重視個人恩怨，只對兩種人下手，不論對方是誰，出手絕不留情。」

孫濤道：「哦?哪兩種人?」

葉天道：「第一是對他們有妨礙的人，第二是對他們有威脅的人。」
孫濤道：「可是馬大叔已封槍多年，根本不會對他們有任何妨礙。」
葉天道：「妨礙或許沒有，但是威脅仍在。這次他們在襄陽的任務十分重要，絕對不能有任何閃失，試想，有個『鉤鐮槍』馬玉麟這種高手在旁邊，他們不先把他除掉，還能安心辦事嗎？」
孫濤道：「照你這麼說，他們應該鏟除的人太多了。像丁長喜、何一刀以及趙登等人，聲望都不在馬大叔之下，他們何以只對他老人家下手？」
葉天嘆了口氣，道：「那是你有所不知，其實今天早晨，他們已經向丁長喜和何一刀下手了，而且負責執行任務的，是武林中鼎鼎大名的『雙槍將』魏青，這個人，孫大哥聽說過吧？」
孫濤大吃一驚，道：「有這種事？」
葉天道：「當時我剛好在場，一切經過都是我親眼目睹，絕對錯不了。」
孫濤呆了呆，道：「結果如何？」
葉天道：「幸虧丁長喜老謀深算，事先早有防備，才算逃過一劫，否則那兩人的下場，只怕跟馬大叔也沒有甚麼差別。」
孫濤沉默片刻，道：「那麼趙登呢？為甚麼他們唯獨不向趙登下手？」
一旁陡然有人拍案而起，道：「對啊！是不是有人跟神衛營搭上了線？」

此言一出，立刻引起一陣騷動，似乎每個人都對江大少的立場產生了懷疑，包括孫濤在內。

就在亂哄哄的情況中，忽然有個大漢一頭衝了進來，氣喘喘地喊道：「啟稟大哥，大少爺好像來了！」

孫濤手臂一揮，雜亂之聲頓時靜止下來，只見他凝視著那名大漢，問道：「你說甚麼？」

那大漢擦了把汗水，道：「我看到大少爺的轎子朝這邊來了。」

孫濤急忙道：「趙登那小子有沒有跟來？」

那大漢想了想，搖頭道：「好像沒有。」

只聽得轟然一聲，所有的人都推座而起，似乎每個人都想衝出去。

孫濤大喝一聲，道：「坐下！」

一聲令下，店裡店外的人全都坐了下來，命令貫徹之效果，連葉天都暗自佩服不已。

只有孫濤還站在那裡，環視著眾人，道：「記住，沒有我的命令，誰也不准輕舉妄動！」說到這裡，忽然長嘆一聲，又道：「無論怎麼說，他總是咱們老爺子的親骨肉，非到萬不得已，絕對不可跟他鬧翻！」

其中有名弟兄又已忍不住叫道：「馬大叔這筆血債怎麼辦？」

孫濤道：「你們放心，這筆債我一定會討回來，如果真是趙登下的手，我一定會叫他償命！」

葉天也急慌道：「最好你們先把凶手弄清楚，以免教馬老爺子含冤九泉。」

說話間，門外已響起一片嘈雜之聲。

過了不久，江大少那頂小轎，便已晃晃悠悠地停在門前。

等江大少跨出轎子，所有弟兄幾乎不約而同地將頭撇開，連上去招呼一聲的人都沒有。

江大少頓時氣得臉色發青，怒沖沖地衝進店門，看也沒看葉天一眼，便已哇哇大叫道：「這倒好！老爺子剛剛才嚥氣，你們這批人就反了？」

滿堂的弟兄，竟沒有一個人吭氣，包括孫濤在內。

江大少大步衝到孫濤那張桌子前面，伸手抓住一名弟兄的後領，喝道：「滾開！」

只聽「嗤」的一聲，衣裳被撕下一大塊，那名弟兄卻動也不動。

江大少狠狠地把那塊衣裳往地上一摔，咬牙切齒道：「好，好！姓孫的，你果然招了一批好弟兄！」

孫濤冷冷道：「你錯了，這些人沒有一個是我孫濤招進來的，都是跟隨老爺子多年的老夥伴。」

江大少忽然笑了笑，道：「這麼說，這些人並不是你孫濤的屬下，應該都是我們江家的弟兄才對？」

孫濤道：「不錯，他們的確都是江家的好弟兄，問題是你還算不算江家的人！」

江大少獰笑道：「孫濤，你這番心思是白費了！我天生就姓江，這輩子做定了江家的大少爺，任何人都改變不了這個事實，你怎麼搶也搶不去的。」

孫濤也笑了笑，道：「你既然然這麼說，那就好辦了。這些人今後就再也不是江家的弟兄了。」

江大少滿不在乎道：「那就得看他們自己了，其實跟著你這種人混，那是他們自找倒楣，這輩子也就休想有甚麼出息了。」

孫濤冷笑道：「總比跟著你強，至少我可以跟他們同甘共苦，不像你，每天花天酒地，一擲千金，從來都不會想到弟兄們的死活。」

江大少惱羞成怒道：「那是我賺來的錢，我怎麼花，誰也管不到。」

孫濤即刻道：「但你也不要忘了，當初你做生意的本錢，都是誰幫你賺來的！」

江大少道：「那是我老子的錢，跟你們有甚麼關係？」

孫濤道：「你又錯了，那些錢雖然是老爺子的，但也都是弟兄們用血汗賺進來的。如果當初不交到你手上，如今弟兄們的日子也不會過得這麼苦，至少老爺子會多造幾條船，多建幾座碼頭，可以讓弟兄們多出幾條生路。」

江大少冷笑幾聲，道：「船我也可以造，碼頭我也可以建，可惜我不是傻瓜，因為我知道我做得再多，最後也要落在你孫濤手上！」

孫濤嘆了口氣，道：「那你就更應該檢討，為甚麼這批人寧願跟著我吃苦，而不要跟你去享福？」

江大少又是幾聲冷笑，道：「我今天不想跟你抬槓，我是來算賬的！」

孫濤一怔，道：「算甚麼賬？」

江大少環目四顧道：「馬大叔呢？」

孫濤慘然道：「甚麼？你居然還敢來找馬大叔？我真是服了你！」

江大少橫眉豎眼道：「我為甚麼不敢來找他？我江家父子對他一向不薄，無論如何他也不該領頭來對付我。我這次來，就是要親口問問他，他為甚麼要在這個時候向我下手？」

孫濤愕然道：「你在胡扯甚麼？馬大叔幾時向你下過手？」

江大少隔著桌子，狠狠地朝孫濤一指，嘶聲道：「你少他媽的跟我裝糊塗！他今天一早跑去殺死了趙登，你敢說你不知道？」

孫濤愣住了，所有的人都愣住了。

江大少繼續道：「你趕快把他叫出來，叫他帶著鉤鐮槍，乾脆把我也一起幹掉算了！」

孫濤長嘆一聲，道：「馬大叔不會殺你的，如果他要殺你，早就動手了，何必等到現在……」說著，語聲微微一頓，又是一嘆，道：「不過他老人家倒是一直想給你一點教訓，可惜現在已經來不及了。」

江大少道：「有甚麼來不及？我現在還沒有死，他要教訓，就叫他當面來好了，也免得以後再暗施手腳。」

孫濤道：「你放心，你這輩子再也嚐不到鉤鐮槍的味道了。」

江大少又怔了怔，道：「為甚麼？」

孫濤道：「你雖然沒有死，但是他老人家已經死了，今後你就更可以無法無天的去做你的江大少了。」

江大少又怔了一陣，才道：「你騙我！他殺了趙登還沒有幾個時辰，怎麼就死掉了？」

孫濤緩緩地搖著頭，道：「趙登不是他老人家殺的，他老人家一早就死在臥房裡，而且是被人用『大力金剛掌』震斷心脈而死的。」

江大少匆匆朝後退了兩步，尖叫道：「你胡說！你不要血口噴人！趙登絕對不敢向馬大叔下手，更何況，他死得也未必比馬大叔晚，他也是一早便死在自己的床邊上，而且以傷口推斷，極可能是死在馬大叔的鉤鐮槍之下！」

他一口氣把話說完，卻沒有一點回聲，匆匆朝四下一望，只見每個人都在斜著眼瞟著他，似乎沒有一個人肯相信他的話。

江大少急忙道：「我說的都是實話，你們不相信，我也沒辦法。本來我將爹的靈堂安頓好之後，就想過來找你們理論，可是……你們替我想一想，如果沒有葉大俠這種人在場，這個地方我敢來嗎？」
孫濤忍不住又嘆了口氣，道：「照你這麼說，殺馬大叔也不可能是趙登幹的？」
江大少挺胸道：「當然不可能。」
孫濤沉吟著道：「那麼會是誰幹的呢？」說到這裡，目光自然而然的朝葉天瞟去。
一直不曾插嘴的葉天，這時才慢慢從櫃檯走出來，道：「直到現在，你們還不明白嗎？」
孫濤道：「莫非真的是『粉面閻羅』曹剛那批人下的毒手？」
江大少聽得渾身一顫，失聲道：「你說甚麼？這次對付我們的，是神衛營的統領曹剛？」
葉天立刻道：「不錯，你們不妨想想看，除了曹剛之外，還有誰能同時派出三批人，分別去殺害三個武林頂尖高手？」
坐在櫃檯裡的蕭紅羽突然接口道：「據我所知，好像還不止三批。」
葉天愕然回顧道：「哦？還有哪個死在他們手上？」
蕭紅羽道：「有沒有死我是不知道，我只聽說楊百歲和彭光那兩個，被一批黑衣人追殺得很狠狽，結果如何，就不得而知了。」
葉天道：「妳是聽誰說的？」
蕭紅羽朝旁邊一指。二虎已從廚房探出頭來，笑嘻嘻道：「聽我說的。今天早晨老闆娘派我去找你，結果沒找到你，卻碰上了這件事。那批黑衣人凶得不得了，依我看，楊老頭和那個姓彭的是凶多吉少。」

葉天急急追問道：「以後怎麼樣了？」

二虎道：「楊老頭和那姓彭的跑得比兔子還快，我追不上，就只好回來了。」

葉天只得把目光又轉回蕭紅羽的臉上，道：「妳找我有沒有重要的事？」

蕭紅羽一笑，道：「你看孫大哥和江大少這件事，重不重要？」

葉天掃了兩人一眼，道：「那就得看他們自己的想法如何了。」

孫濤和江大少兩人同時望著葉天，雖然沒有說甚麼，但臉上的表情卻都很沉重。

葉天想了想，道：「其實我認為你們根本就沒甚麼好爭的，這副擔子，你們誰都挑不起來。」

江大少忍不住道：「這話怎麼說？」

葉天道：「就算沒有孫濤跟你爭，把水裡這幾百名弟兄的生計都放在你肩膀上，你接得下來嗎？」

江大少道：「我為甚麼接不下來？水裡有船，陸上有碼頭，只要大家跟著我苦幹，吃飯總還沒有問題。」

葉天道：「你錯了，過去船是新的，人也年輕，大家沒有甚麼負擔，可以跟隨江老爺子苦幹，可是現在不同了，不但船已破舊不堪，而且每個人都有了家室，像過去那樣勒緊腰帶幹活的日子已經過去了，他們一定得賺更多的錢養家活小。你要想帶他們，就得先籌幾十萬兩銀子出來，先替他們造船建碼頭，你辦得到嗎？」

江大少道：「這麼多錢，我當然拿不出來，但是孫濤也同樣拿不出來！」

葉天道：「孫濤拿不出來，大家沒話說，可是你拿不出來就不同了。」

江大少道：「為甚麼不同？」

葉天道：「因為孫濤不欠大家的。你欠！」

江大少頓時叫起來，道：「我幾時欠過大家的錢？」

葉天嘆了口氣，道：「江大少，你怎麼到現在還不明白這個道理！當年江老爺子把錢交給你，是指望你在陸地上賺了錢，再回頭幫水裡的弟兄擴充設備的，而那些錢一到你手裡卻一去不歸。你從來沒有回頭照顧過水裡這批苦弟兄，你甚至連你們江家是靠甚麼起家的都忘記了，你能怪這些弟兄恨你嗎？」

江大少攤手道：「可是……我的生意也只是表面好看，其實做得也艱苦得很。」

葉天道：「這就是我今天想告訴孫大哥和在座的各位弟兄的，在陸地上做生意跟水裡邊完全不同，大把的資金投下去，並不一定馬上見回收，而且為了支撐下去，有時非得充面子、擺排場不可，更何況旁邊還有龍府跟你寸土必爭。你能夠拿那麼少的本錢，把這塊地盤打下來，撐到今天還沒有倒下去，已經算是很不容易了，我說得對不對？」

江大少忙不迭地點著頭道：「對，對，葉大俠說得對極了。」

葉天道：「憑良心說，你江大少實在是個很有頭腦的生意人，只可惜你的資金太少了，如果再有個幾十萬兩銀子，讓你把目前的虧空還清，手裡還能有點周轉金，你的生意就好做多了。」

江大少唉聲嘆氣道：「那還用說！如果再有個幾十萬兩銀子的話，我的局面也不會這麼慘，我爹他老人家也就不會這麼早死了。」

葉天沒等四周的弟兄作出任何反應，便已大聲道：「所以我認為你現在最需要的，並不是這批苦哈哈的弟兄，而是大筆資金。因為你想靠這批弟兄替你賺錢還債，已經是不可能的事了，你就算把他們的肚子勒緊，把所有的破船都賣掉，也解決不了你的問題。」

江大少道：「這個我早就知道。」

葉天道：「既然這樣，你何不乾脆把水裡的事業交給孫濤，專心去忙你陸地上的買賣？這樣一來，你不是反而輕鬆得多了？」

江大少遲疑著道：「可是我們江家這一分，豈不正合了人家的心願？」

葉天道：「你是怕龍四爺那邊笑你？」

江大少道：「不錯。」

葉天道：「那你就太多慮了，孫濤根本就不是外人，你們兄弟分工合作，本是天經地義的事，我相信誰也不敢笑你們。」
江大少瞟了孫濤一眼，甚麼話都沒說。孫濤一聲沒吭，只等葉天繼續說下去。
葉天笑了笑，道：「還有一件事，恐怕你們還都沒有發覺。」
江大少忙道：「甚麼事？」
葉天道：「這些年龍府給你的壓力固然很大，可是你給他們的壓力也不見得小，其實他們目前的景況，比你們也好不了多少，只是丁長喜那傢伙詭計多端，掩飾得讓外人看不出來而已。」
江大少呆了呆，道：「此話當真？」
孫濤突然接口道：「這話我也曾經聽人說過，只是不太敢相信罷了。」
蕭紅羽也接道：「小葉的話，你們應該相信，他最近經常跟龍府的人接獨，對他們龍府的實際情況，一定比一般人瞭解得多。」
江大少輕哼了一聲，道：「這麼說，只要我們加把勁，將來哪個難看，還難說得很？」
葉天道：「可不是嘛？只要你們同心協力，我相信難看的絕不是你們江家。」
江大少沉嘆一聲道：「只可惜這筆資金難湊，否則不但我的生意好做，這批弟兄的生財器具也就全都解決了。」
孫濤也嘆了口氣，道：「幾十萬兩銀子不是個小數目，湊起來談何容易！」

兩人感嘆道來，狀似自言自語，眼睛都一直瞄著葉天，顯然這些話都是對他說的，在場的所有弟兄，目光也不約而同的落在葉天臉上，好像把一切的希望都已寄託在他身上。

葉天皺著眉頭想了半晌，才吞吞吐吐道：「我這邊倒是有個機會，就是不知能不能順利成功。」

江大少迫不及待道：「你指的可是那批寶藏？」

葉天道：「不錯，只要那批寶藏能夠找到，幾十萬兩銀子，應該不算甚麼大問題。」

江大少緊緊張張道：「你的意思是說，那批寶藏也有我們江家一份？」

葉天道：「我也有這個打算，不過你們得跟我好好配合，千萬不要給『粉面閻羅』曹剛製造機會，否則咱們不但寶藏無望，只怕連性命都難保，就像死得不明不白的馬大叔和趙登一樣。」

江大少猛地嚥了口唾沫，扭頭望著孫濤，似乎在徵求他的意見。所有弟兄們的目光，也同時轉到孫濤臉上，顯然每個人都在等著他的決定。

孫濤環視了眾人一眼，才道：「好，葉大俠請說，你叫我們怎麼跟你配合？」

葉天道：「首先你們得答應我，絕對不能窩裡反，因為只有團結，才有力量，我所需要的就是你們這股力量。」

孫濤道：「我想這個應該沒有問題。」
江大少立刻接道：「絕對沒有問題。」
葉天繼續說：「其次是你們要把跟龍府的恩怨暫時撇開，只要我們襄陽的人不自亂陣腳，『粉面閻羅』曹剛就沒有可乘之機，因為他對住在紅牆裡邊的那個人十分顧忌，有那個人在，他就不敢在城裡放手大幹，最多也只能偷偷放放冷箭而已。」
江大少稍許猶豫了一下，道：「可以。」
葉天道：「孫大哥這邊如何？」
孫濤道：「這種事只要他答應就算數，不過你能不能告訴我們，住在紅牆裡邊的究竟是甚麼人？」
葉天道：「『鐵翅神鷹』李光斗，這個人你該聽說過吧？」
孫濤駭然道：「原來是他！」
江大少也聞之變色道：「有他在襄陽，那批寶藏爭奪起來，恐怕就更加困難了。」
葉天笑笑道：「幸好那兩個人不是站在一條線上，咱們多少還有點機會。」
江大少遲疑了一陣，忽然道：「如果將來寶藏不幸落在他們手上，我們人也死了，又空忙一場，以後的景況豈不是比現在還要凄慘？」
葉天胸有成竹道：「這個你只管放心，就算那批寶藏沒有著落，你們的日子也會比以前好過得多。」

江大少怔了怔，道：「為甚麼？」
葉天道：「因為到那個時候，我『魔手』葉天自會站在你們這邊。」
蕭紅羽即刻接道：「還有我，只要有我們在，至少丁長喜和何一刀不敢亂動，龍四爺也不敢對你像過去那麼神氣！」
這時門口突然有人喊道：「還有我們弟兄三個。」
喊話的正是陳七，他的一名弟兄馬上接口道：「只要葉大俠站在你們這邊，就少不了我們弟兄三個。」
另外一個也緊接道：「我們弟兄雖然不是甚麼大材料，不過若是替人跑跑腿，探探消息，有的時候還是蠻管用的。」
話剛說完，後面又有個滿口京腔的人接道：「這種差事，我比他們可管用多了。」
孫濤一聽這種聲音，把飛刀都亮了出來，江大少和在座的弟兄們，也都慌裡慌張地閃到一旁。
葉天急忙朝孫濤擺擺手，道：「叫大家不必驚惶，羅頭是自己人。」
說話間，羅頭已自陳七弟兄三人身後擠出，神秘兮兮道：「葉大俠，你說是不是？」
葉天不安地乾咳兩聲，道：「你跑到這裡來幹甚麼？」
羅方道：「趕來共襄盛舉，這種事，怎麼可以少得我『鬼捕』羅方！」

葉天苦笑道：「羅頭真會開玩笑，我只是在替人家調解家務糾紛，又不是在計畫甚麼行動，你跑來湊甚麼熱鬧？」

羅方緩緩地搖著頭，道：「葉大俠，我真服了你，在這種時刻，你還有心情管別人的閒事。老實告訴你，你現在再不採取行動，就來不及了！」

葉天一驚道：「這話怎麼說？」

羅方道：「今天又有九名神衛營的高手進城了，九名高手加上十八名侍衛，就是二十七個人，你再等下去，這件事就更難辦了。」

葉天急忙道：「那九個人裡邊，有沒有『生死判』申公泰？」

羅方道：「據說那傢伙就在後面，可能兩三天之內就會趕到。」

葉天神色變了變，轉身朝江大少和孫濤一拱手，道：「方才我們所談的那碼事，就按照我們的決定進行如何？」

江大少和孫濤相互望了望，同時點了點頭。

葉天道：「我還有點事情要和羅頭商量，晚上我在哪裡可以找到你們？」

孫濤立刻答道：「我們今天晚上全部都在江府替我岳父守靈，我想在明天午時之前，應該不會離開。」

葉天點頭道：「那我就不留各位了，等我把事情安排好了後，我自會去江府找你們。」

江大少回望了孫濤一眼，道：「好！我們水陸七百名弟兄，就全看你葉大俠的了。」說完，微微拱了拱手，二人率眾匆匆而去。

羅方找個位子坐下來，眼睛卻一直瞟著櫃檯裡的蕭紅羽，道：「老闆娘想必就是鼎鼎大名的『十丈軟紅』蕭女俠了？」

蕭紅羽含笑道：「女俠二字可不敢當，倒是『鬼捕』羅頭的大名，我已經久仰多年，今天得以拜見，實在榮幸得很。」

葉天忙道：「算了，你們別再客套，還是談正事要緊。」

羅方道：「我現在正在談正事，我一直認為我們兩個的師門一定有點淵源，如今好不容易見面，總得弄清楚才行。」

葉天眉頭狠狠一皺，道：「你們的師門，怎麼可能扯得上關係？」

羅方笑了笑，忽然將腰間的紅色綾帶鬆開，隨手抖了出去，只聽得「砰砰」兩聲，兩扇店門陡然關閉，接著「啵」的一聲，連門閂也閂了起來。

站在門旁的陳七弟兄三人，頓時嚇了一跳，急忙躲到葉天身後。

羅方熟巧的把腰帶往腰間一紮，目光掃過葉天和陳七弟兄四人，然後才落在蕭紅羽俏麗的臉孔上，得意洋洋道：「妳看我這條紅綾，是否跟妳那條『十丈軟紅』有點相似？」

蕭紅羽展露出迷人的笑靨，連連頷首道：「嗯，顏色的確差不多。」

羅方呆了呆，道：「妳說……只有顏色差不多？」

蕭紅羽含笑不語。

葉天已忍不住「噗嗤」一笑，道：「可不是嘛？都是大紅色的，只是深淺少許有些差別而已。」

羅方哭笑不得道：「我問的是招式，你們難道沒有看清楚我這條紅綾上的威力嗎？」

葉天欲言又止地摸了摸鼻子，結果一聲都沒吭。

蕭紅羽卻已嬌喝一聲，道：「二虎，叫師傅們準備接傢伙！」喝聲未了，一條軟軟的紅綾，已如靈蛇吐信般飄出，同時人也自櫃檯裡邊緩緩轉了出來，但見她腰身手臂連連舞動，一連串的「劈劈啪啪」聲響中，每張桌子上的碗盤盞壺，都像長了翅膀一樣，相繼飛進廚房的窗口裡，不僅速度其快無比，而且動作之美妙，看得更是令人咋舌。

羅方雖然見多識廣，此刻也不禁整個嚇傻了，最後又是接連一陣「嘌嘌」之聲，幾扇木窗也全都合起來，店堂裡頓時一片昏暗。

只聽蕭紅羽又已嬌聲喝道：「陳七，你們弟兄愣在那兒幹甚麼？還不趕快幫我把柱子上的油燈點起來！」

陳七弟兄連忙答應，聲音卻整個都變了，聽起來猶如鬼叫一般。

剎那間幾盞油燈已經點起，店堂裡頓時回復了一片明亮，那條軟軟的紅綾，也早已疊落在蕭紅羽手上。

隨著燈光的晃動，羅方的臉色也時明時暗，過了很久，才陡然揚聲大笑道：「好，好，『十丈軟紅』果然高明！」

蕭紅羽笑盈盈道：「羅頭過獎了，其實我這條紅綾只不過長了一點，所以看起來才比較唬人，如果跟你那條腰帶一樣長短，想關上那兩扇門，恐怕都不容易。」

她不待羅方回答，又已向葉天道：「我要上樓換衣裳了，你們談談吧！」

說話聲中，人已飄然登上樓梯。

羅方目送她走上最後一級，才回身苦笑道：「葉大俠，看來你身邊的人才還真不少。」

葉天笑笑道：「如果再加一個『鬼捕』羅方，那就更齊全了。」

羅方神色一振，道：「你已經決定跟我合作了？」

葉天道：「我們不是早晨就決定了嗎？」

羅方道：「成頭呢？」

葉天道：「甚麼成頭？」

羅方道：「當然是那批寶藏。」

葉天道：「那是小事一樁，等東西到手，再談也不遲。」

羅方忙道：「那怎麼可以？事先不談定，你叫我跟上面怎麼交代？」

葉天道：「你為甚麼一定要向上面交代？我們合作的對象是你，不是京裡那批人。」

羅方急急道：「但是我對你的承諾，都得靠他們在背後安排，我自己甚麼事都辦不了。」

葉天搖首道：「根本就沒有靠他們安排的必要。是他們的人，自然不會來；不是他們的人，他們想阻止也無能為力。你說那種人，對我們有甚麼用？」

羅方期期艾艾道：「可是你莫忘了，官面上也很重要，如果你們這次的行動有官方作梗，那可就難辦了。」

葉天道：「你是擔心官方會站在曹剛那邊，聯手來對付我們？」

羅方道：「正是。」

葉天淡淡地笑了笑，道：「那你就白擔心了。老實告訴你，在你到達襄陽之前，縣太爺早就把眼睛閉起來了。」

羅方微微一怔，道：「你是說在我到達襄陽之前，京裡的密令已經到了？」

葉天道：「不錯，由此可見，你背後那些人想消滅曹剛那股勢力，比我們來得還要急迫，縱然沒有這批寶藏，他們也非幹不可。我們等於在替他們拚命，不收他們的工錢，已經對得起他們了，如果再付錢給他們，那我們豈不變成了傻瓜？」

羅方神色黯然道：「照你這麼說，我這個人對你們也毫無用處了？」

葉天道：「那你就錯了，你對我們的幫助比誰都大，只憑你告訴我的那些消息，就已經有資格等著分錢了。」

羅方沉默了一陣，道：「你好像已經跟丁長喜碰過面了？」

葉天道：「不錯，我這個人一向迷糊得很，如非經他指點，我還以為非靠京裡那些人不可呢！」說到這裡，猛地在自己頭上拍了一下，道：「對了，他還讓我告訴你一些話，我差點忘記。」

羅方又是一怔，道：「甚麼話，你說！」

葉天笑瞇瞇道：「他勸你清醒一點，多為自己想一想。京裡那些人胃口大得很，你就算每個人捧給他們三五萬兩，他們也不會滿足，說不定還要懷疑你中飽私囊，回過頭來對付你，到時候你後悔就來不及了。」

羅方沉默片刻，道：「丁長喜有沒有告訴你，這件事我應該怎麼辦？」

葉天道：「有，他說假如你聰明的話，就該想辦法離開那些人。他還請你想一想，如果你自己手上有幾十萬兩銀子，你下半輩子過的是甚麼日子……」

話還沒有說完，只聽「砰」地一聲，陳七一名弟兄突然摔倒。

原來那三人並排坐在一條長凳上，其中兩人忽然被那龐大的數目嚇得跳起來，另外一人連人帶凳子整個翻在地上。

羅方頓時哈哈大笑道：「這個丁長喜果然是個厲害角色，每件事都替我想得很周到，而且他所提出來的數字，也實在令人難以抗拒，只可惜像他那種人的承諾，我一個字也不敢相信。」

葉天依然笑容滿面道：「他還叫我轉告你，請你只管安心的跟我們合作。他說他的為人雖然厲害一點，而且也不太可靠，但是當中有個心地善良、誠信無欺的人直接向你負責，只要那批寶藏起出來，你所應得的那一份，絕對一個銅錢都不會少你的。」

羅方道：「哦？他指的那個心地善良、誠信無欺的人，不知是哪一位？」

葉天摸著鼻子，尷尬笑道：「巧得很，那個人剛好就是區區在下。」

陳七弟兄聽得個個像掩口葫蘆，在一旁偷笑不已，而這回羅方反而一點笑容都沒有，只悶聲不吭的凝視著葉天。

葉天也收起嘲笑的神情，靜靜地等著他的回答。

過了很久，羅方才猛一點頭，道：「好！既然有你葉大俠居中負責，那我就放心了。你說，你打算叫我怎麼跟你配合？」

葉天鬆了一口氣，道：「丁長喜說，叫你心裡不要有任何壓力，一切都按照原訂計畫進行。」

羅方怔了怔，道：「你們不是說，不再需要京裡那些人的協助了嗎？」

葉天乾咳兩聲，道：「丁長喜說，那股助力雖然沒有甚麼太大的作用，但是有總比沒有好，你說是不是？」

羅方狠狠地在桌子上拍了一掌，咬牙切齒道：「他奶奶的，我又上了那傢伙的當。」

葉天怔道：「丁長喜還讓我轉告你，你跟京裡那些人，千萬要保持常態，切莫引起他們的疑心。那些人成事不足，敗事有餘，一旦讓他們對你起了懷疑，以後的事反而不好辦了。」

羅方揮手道：「你不要再跟我提起那個姓丁的，我才不要聽他的鬼話，你只告訴我，你要我幫你甚麼忙？」

葉天想了想，道：「如果今天夜裡你有空的話，陪我到牆裡邊去一趟如何？」

羅方頓時跳了起來，道：「甚麼？你想去找李光斗？」

葉天道：「不錯。」

羅方聲色俱變道：「你瘋了！那個人你居然也敢去惹他？」

葉天淡淡道：「你不要緊張，我不是去惹他，只不過想去找他談談斤兩而已。」

羅方道：「你太天真了，那個人怎麼可能坐下來跟你談斤兩？如果能夠談，『粉面閻羅』曹剛早就去了，也用不著把殘月環都交給你了。」

葉天道：「可是還有兩只殘月環在他手裡，我若不去，問題豈不是永遠沒有辦法解決？」

羅方慢慢坐下來，道：「你就算非去不可，起碼也得先把這邊的力量集中起來。如果沒有一點聲勢作後盾，你這一去，就再也不要想出來了。」

葉天道：「你方才所說的聲勢，指的是不是丐幫那批人？」

羅方道：「不錯，至少他們人多，而且其中也不乏高手。當然最重要的是李光斗跟號稱天下第一大幫的丐幫之間，有解不開的深仇大恨，我想那老傢伙多少總會對他們有點顧忌。」

葉天連連點頭道：「嗯，有道理，我等一會馬上去找司徒幫主。」

羅方道：「你現在去找她已經來不及了，想叫她把人調動起來，最少也得給她三五天的時間。」

葉天笑笑道：「那倒不必，只要她點頭，日落之前，我負責替她把人湊起來。」

羅方呆了呆，道：「湊起來？」

葉天道：「是啊，襄陽別的沒有，叫花子滿街都是，想湊個三五百人，當非難事。」

陳七一旁笑嘻嘻接道：「眼前就有三個，你看像不像？」

他那兩名弟兄也同時咧著嘴望著羅方，好像正在等待他的評斷。

羅方只掃了他們一眼，就急忙道：「還有，至少你也得多帶幾個高手進去，憑我羅方，最多只能幫你認人指路，一旦動起手來，那可差遠了。」

葉天道：「我只想找他談談，並非去打架，帶那麼多人去幹甚麼？」

羅方神色不安的咳了咳，道：「多帶幾個人去壯壯膽也是好的。」

葉天翻著眼睛想了想，道：「好吧，我就多帶一個進去。」

羅方朝樓上指了指，道：「是不是她？」
葉天急忙接著道：「不是她，她還有更重要的事情要辦。」
羅方道：「那你想帶誰進去？」
葉天道：「『雪刀浪子』韓光怎麼樣？」
羅方神情一振，道：「他肯去？」
葉天稍微遲疑了一下，道：「我想他應該肯。」
陳七又已接口道：「不是應該肯，是一定肯。」
他的一名弟兄也立刻接道：「不錯，他還欠葉大俠一份人情，如果葉大俠一開口，絕對沒有問題。」
另一個忽然冷笑一聲，道：「如果他不肯去，咱們就把那二百兩金子討回來。二百兩金子可不是小數目，在襄陽至少可以買到十個不要命的人。」
羅方也冷笑著道：「那你就錯了，莫說是二百兩金子，就是二千兩，也買不到『雪刀浪子』那一刀。」
葉天緩緩的點著頭，道：「不錯，像『雪刀浪子』那種人，怎麼可以用金錢來衡量！」

× × ×

院子很小，大半個院落都遮蓋在牆邊一棵老樹的陰影下。

樹下擺著一個炭爐，爐上煎著草藥，小院中充滿了草藥的氣味。

韓光正坐在爐子前面，一面搧火，一面拭汗。拭汗所用的手巾是黑色的，就和擺在老樹根下的那柄刀的顏色一樣。

葉天一走進院門，眉頭就是一皺，道：「你的傷還沒有好？」

韓光立刻把抓好的刀又擺回原處，連頭也不回，便冷冷道：「你跑來幹甚麼？」

葉天道：「你不要緊張，我不是來找你算賬的，只是路經此地，順便來看看你的傷勢。」

韓光道：「誰告訴你我負了傷？」

葉天道：「沒有負傷，怎麼會煎傷藥？」

韓光道：「我是在路上撿到一條受傷的狗，一時心軟把他帶回來而已。」

房裡突然傳出一聲冷哼，好像對他的說詞極端不滿。

韓光這時才轉回半張臉，笑笑道：「那條狗傷得好像還不輕，我既然把他帶回來，你說我能不救他嗎？」

只聽房裡那人有氣無力道：「放你娘的狗臭屁！你龜兒子藥也甭煎了，煎好了你老子也不吃，你老子寧願死掉，也不要你救。」說完，緊接著就是一陣急喘的咳嗽聲。

葉天駭然叫道：「『索命金錢』彭光！」

韓光一副幸災樂禍的調調兒，道：「這次他沒有索到別人的命，自己的命倒被別人索去半條。他八成是快斷氣了，你趕快進去問問他，有沒有甚麼後事交代！」

話沒說完，葉天已衝進房裡，一進門就先鬆了口氣，原來彭光這時正躺在臨窗的一張床鋪上，臉色有點蒼白，胸前被包紮得像個粽子一樣，傷得雖然不輕，但一看就知道不至於要命。

彭光一見到葉天，便已撐起身子，氣急敗壞道：「葉大俠，請你快幫我叫輛車，送我回去。我寧願死掉，也不要領這龜兒子的人情。」

葉天甚麼話都沒說，只將窗戶打開一條縫，朝外邊指了指。

彭光一瞧韓光又搧火又拭汗的那副樣子，嘴巴再也硬不起來，不禁嘆了口氣道：「我真倒楣，怎麼偏偏被他救回來！」

葉天低聲道：「我看你是走運了，有人把你救回來，又趕著替你煎藥療傷，就算自己的兒子，能夠這樣對你，你也應該滿足了。」

彭光苦笑著往後一靠，似乎觸及了傷處，痛得直皺眉頭。

葉天道：「你受的是不是掌傷？」

彭光道：「不錯，那傢伙雖然打了我一掌，但我也掃了他一鏢。」

葉天眉梢微微蹙動了一下，道：「你是說你只掃中了他一點？」

彭光嘆道：「那傢伙武功高出我太多，能夠掃中他，已經不容易了。」

葉天忙道：「你用的是哪一種鏢？」
彭光道：「當然是真的，對付黑袍怪人那種高手，用假的怎麼行！」
葉天從窗縫瞄了外面一眼，故意提高嗓門，道：「你知道那個黑袍怪人是誰嗎？」
彭光兩眼緊盯著葉天，道：「是誰？」
葉天道：「他就是『粉面閻羅』曹剛，這個人你聽說過吧？」
彭光只默默地點了點頭，外面的韓光卻已大聲問道：「你說他是哪一個？」
葉天推開窗子，也大聲回道：「神衛營的統領曹剛，也就是『生死判』申公泰的頂頭上司，你怕不怕？」
韓光吭也沒吭一聲，扇子卻比先前搧得更急、更有勁。
葉天笑了笑，突然想起了彭光那支金錢鏢，急忙問道：「你打出去的那支真的，有沒有收回來？」
彭光腦袋朝外邊一偏，道：「那傢伙幫我找回來了。」
葉天笑道：「那傢伙就是嘴巴壞一點，其實對你還真不錯，你就是被他損幾句也划算。」
彭光沒話可說，只不斷地搖頭嘆氣。
過了不久，韓光便已捧著一碗熱氣騰騰的湯藥走進來，甚麼話都沒說，只寒著臉孔把藥碗擺在床頭的一張小矮几上。彭光也不客氣一聲，毫不猶豫的端起那碗藥，一口一口的喝了下去。
韓光有點出乎意外地望著葉天，冷笑道：「我還以為這傢伙不怕死，不肯喝這碗藥呢，誰知……嘿嘿，比誰喝得都快！」
彭光也冷笑道：「葉大俠，請你轉告他，生死我看得倒是很淡，我只是不想辜負人家一片孝心而已。」
韓光氣得差點把刀抽出來，道：「你說甚麼？」
葉天急忙道：「你們能不能賞我個面子，不要鬥嘴？我的時間不多，而且以後也不知還有沒有見面的機會，咱們何不坐下來好好的聊聊？」
彭光聽得大吃一驚，道：「葉大俠不會是想離開襄陽吧？」
葉天立刻道：「那倒不會，我已經答應過你們，在事情辦妥之前，我是不會開溜的。」
彭光道：「可是方才你說以後不知道有沒有見面的機會，不知道是甚麼意思？」
韓光也接道：「是啊！聽起來好像在訣別，倒也真嚇了我一跳。」
葉天笑笑道：「沒那麼嚴重。」說到這裡，突然遲疑了一下，才繼續道：「我只是要去一個很危險的地方，能不能回得來，連我自己也沒有把握，所以語氣上才難免有點走樣，其實也沒甚麼大不了的事，你們千萬不要把那句話放在心上。」
韓光神色微微一變，道：「你莫非是想到牆裡邊去一趟？」
葉天道：「不錯。」

韓光道：「你明明知道裡邊很危險，為甚麼還要非去不可？」

葉天嘆了口氣，道：「有兩只殘月環在那老鬼手上，你說我能不去嗎？」

彭光突然搶著道：「你為甚麼一定要進去？你可以想辦法把他引出來，只要他出來，危險性起碼少了一半。」

葉天道：「如果引不出來呢？」

彭光道：「我們可以在外面等，只要他要那批寶藏，遲早總會出來的。」

葉天搖搖首道：「等不及了，再等下去，神衛營的人就全都到了，到時候我們就真的只有夾著尾巴離開襄陽的份了。」

韓光變色道：「此話當真？」

葉天道：「那還假得了？今天他們又到了九個，不過你放心，這次還沒有申公泰，據說他要兩天之後才能趕到。」

韓光苦笑著在一張凳子上坐下來，道：「原來我的事情你已經知道了！」

葉天道：「所以我才趕來告訴你一聲，好讓你心裡先有個準備。」

韓光沉默了片刻，道：「這件事，是哪個告訴你的？」

葉天道：「『鬼捕』羅方。」

韓光眉頭一皺，道：「你怎麼跟那種人搭上了線？」

葉天道：「他已經不是那種人了，今天夜裡唯一陪我進去的人，就是他。」

韓光緩緩地搖著頭道：「你能夠買動『鬼捕』羅方那種人，倒也真不容易，我想你付出的代價一定不會太低。」

葉天也搖著頭，道：「也不算高，因為這次他來襄陽是有目的的，而他的目的剛好跟我們差不多，所以就算他拿不到任何代價，也非跟我們合作不可。」

韓光道：「莫非他也是為了那批寶藏而來？」

葉天道：「寶藏固然人人都想插一腳，但是他們最大的目的，還是想借重我們的力量，把『粉面閻羅』曹剛那批人除掉！」

韓光愕然道：「他們也跟曹剛有仇？」

葉天道：「比私仇來得還要嚴重，據說這是一場政治鬥爭，上面有批人非要把曹剛拉下馬不可，所以才一面示意官府閉上眼睛，一面暗派羅方來跟我們取得聯絡，只希望我們能把曹剛那批人留在襄陽，至於有沒有寶藏，對他們並不太重要。」

韓光恍然道：「原來如此。」

躺在床上的彭光，卻擔心的問道：「牆裡面的那個人，是站在哪一邊的？」

葉天道：「按照目前的情況看來，至少可以確定他不可能跟曹剛聯手。」

彭光聽了，反而把眉頭緊皺起來。

葉天笑了笑，道：「不過你放心，他也不可能跟我們站在一邊。據我猜想，他最大的心願是想獨吞那批寶藏，其他的事對他都不重要，所以我認為我們不但對司徒幫主的復仇行動毫無影響，說不定還能幫上她一點忙。」

彭光呆了呆，道：「原來你也早已知道司徒幫主的身分？」

葉天道：「我也是剛剛才聽人說起的，所以更想進去看看，順便也可以替司徒幫主探探路。」

韓光輕哼一聲，道：「就怕那老鬼把你留住，外邊的人可就麻煩了。」

葉天道：「除非他真有傳說中那麼厲害，否則想留住我葉天，也並不那麼簡單。」

韓光低著頭想了想，道：「你這次真的只是來看看我，沒有其他任何目的？」

葉天忙道：「沒有，絕對沒有。」

韓光道：「你不想讓我陪你一起走一趟？」

葉天搖頭擺手道：「不想，絕對不想。你跟我不一樣，你現在已拖家帶眷，萬一出了甚麼差錯，你叫我怎麼向梅花老九交代？」

彭光忽然撐起身子，道：「葉大俠，你能不能等我兩天？等我的傷勢少許好轉一些，我陪你去。我跟你一樣，光棍一條，無親無眷，哪兒死哪兒埋，毫無牽掛。」

不待葉天回答，韓光已冷冷道：「你算了吧！你的傷勢莫說兩天，就是二十天也好不了，而且你目前最好不要挪動，否則拖得更久。」

彭光瞪著眼道：「你少唬人！我自己的傷勢，自己心裡有數。」

韓光冷哼一聲，面帶不屑道：「就算你沒有負傷，帶你這種人進去又有甚麼用？

到時候非但幫不上忙，反而變成了人家的累贅，何必多此一舉？」

彭光狠狠地瞪了韓光一陣，最後居然沒吭聲就躺了下去，顯然不願再為此事多作爭辯。

韓光這時才將目光轉到葉天臉上，道：「其實你大可不必為我擔心，我和梅花老九的關係，我想你多少應該瞭解幾分，說不定我死在裡邊，對她反而是一種解脫……」

說到這裡，苦笑了一下，繼續道：「而且那個女人比你想像的要堅強得多，就算我死掉，她也不會掉一滴眼淚，你相不相信？」

葉天道：「你在開甚麼玩笑！梅花老九豈是那種無情無義之人？」

韓光嘆了口氣，道：「等哪一天我被人宰掉，你就知道了。」

葉天笑笑道：「那你就更開玩笑了，憑你『雪刀浪子』這柄刀，放眼武林，誰能宰得了你？」

韓光道：「你既然對我這口刀還有信心，那就更應該讓我陪你進去，我想多少總會對你有點幫助。」

葉天摸了摸鼻子，道：「既然韓兄這麼說，那我就鄭重拜託了。」

韓光道：「不必客氣，你準備甚麼時候進去？」

葉天道：「起更時分。」

韓光道：「那好，你只管去忙，到時候我自會在林邊等你。」

葉天連忙答應，同時轉對彭光道：「我這就去見司徒幫主，彭兄可有甚麼事要我轉告給她？」

彭光急忙道：「你最好叫輛車把我帶過去，我在這裡彆扭得很。」

韓光阻止道：「不行，你現在不宜挪動，再彆扭也得把傷治好再說。」

彭光搖著頭道：「不勞閣下操心，反正我是個沒用的人，生死對你們都不會有任何影響。」

韓光道：「誰說你沒有用？你的武功雖然差勁透頂，但那幾支金錢鏢倒還蠻有威力。萬一我不幸死在裡邊，外面多你這麼一個人，總比沒有強得多，所以你最好安心在這裡醫治，以梅花老九的醫道，大概有三五天的時間，你就可以下床走動了。」

彭光橫眼瞪了他一陣，才狠狠道：「好，我就聽你的，你只管安心去死吧！萬一你死掉，我發誓要將你親手埋葬，以回報你這次的相救之情。」

葉天聽得頓時嚇一跳，生怕韓光翻臉。

誰知韓光一點也不生氣，反而欣然拱手道：「那我就先謝了。」

葉天不禁愣住了，同時心中也陡然浮起一陣不祥的感覺。

韓光瞧他那副神態，立刻笑哈哈地走上來，在他肩膀上拍了拍，道：「你放心，我不會那麼容易就死的，就算死，我也絕對不會死在紅牆裡。」

葉天也勉強地笑了笑，道：「但願如此。」

× × ×

牆裡一片沉寂。

寬大的院落中，不見一個人影，四周的亭檯樓閣，也沒有一點燈火，彷彿一切都已沉睡在寧靜的黑夜裡。

葉天四下望了望，道：「這家人睡得倒蠻早的。」

旁邊的韓光冷笑道：「我敢跟你打賭，現在至少有一百隻眼睛在看著我們，你相不相信？」

身後的羅方接道：「我相信。」

葉天道：「有沒有一百隻我是不知道，但是現在最少有一隻已經盯上了我們。」

羅方一震道：「那是『白無常』杜大叔。」

韓光駭然道：「你說的可是『鐵索銀槍』裡的『銀槍』杜飛？」

羅方道：「不錯，葉大俠指的八成是他老人家。」

說話間，長廊盡頭出現一個白色身影，身形一晃，已到了三人面前。只見他身著白衣，手持銀槍，瘦長的臉孔上果然只有一隻眼睛，毫無疑問，此人正是當年名震武林的「黑白無常」中的「銀槍」杜飛。

杜飛那隻眼睛緊盯著羅方看了一陣，道：「你不是賀大哥的徒弟小羅嗎？」
羅方躬身道：「晚輩正是羅方。」
杜飛皺眉道：「你跑來幹甚麼？」
羅方忙道：「晚輩是專程來拜見李前輩的，順便想替他老人家引見兩個好朋友。」
杜飛道：「你既然是來拜見李老爺子的，為甚麼不打正門投帖求見？鬼鬼祟祟的從後院跳牆進來，成何體統！幸虧我方才瞧你這身打扮眼熟，沒有出手，否則……」
說到這裡，掃了葉天和韓光一眼，嘿嘿冷笑道：「只怕早就有人躺下了。」
沒等羅方答話，身後忽然有人接口道：「老二，你可不能在高人面前往自己臉上貼金，說不定躺下的是咱們弟兄兩個。」
那人一面說著，一面「嘩啦嘩啦」的走上來，細高的身材，瘦長的臉孔，長相跟「銀槍」杜飛極為神似，不同的是，他有兩隻眼睛，而且手裡拿的是一條鐵索，一看就知道是杜飛的老搭檔，人稱「黑無常」的「鐵索」尤一峰。
杜飛微微一怔，道：「你說哪個是高人？」
尤一峰一個字都沒有回答，只從後面默默地凝視那條正在夜風中飄舞著的黑色刀衣。
杜飛這才猛然一驚，道：「閣下莫非是名滿江湖的『雪刀浪子』韓大俠？」
韓光露齒一笑，道：「不敢，在下正是韓光。」
杜飛怔了怔，道：「難怪你們敢越牆而入，原來是有韓大俠這等高手壓陣！」

羅方急忙道：「杜大叔誤會了，我們不敢投帖求見，是因為不願被樹林裡那批人發覺，我帶著這兩位朋友來，是因為這兩位對李老前輩大有用處。」

杜飛道：「我明白了，你是怕我們對付不了外邊那種小場面，特地帶著兩位朋友來幫忙的！」

羅方道：「那倒不是，李老前輩身手邊高手如雲，再大的場面也不難對付，何需外人助拳？我這兩個朋友，可比杜大叔想像的要有用多了。」

杜飛頓時愣住了。

尤一峰立刻道：「還沒有請教，那位眼力挺不錯的朋友貴姓？」

葉天頭也不回道：「葉，樹葉的葉。」

尤一峰連忙道：「臺甫是……？」

葉天道：「單名一個天字，還請二位多多指教。」

杜飛聽得臉孔整個都變了形，接連倒退了幾步，陡然轉身飛奔而去。

三個人同時回首一看，尤一峰也已不見。

葉天莫名其妙地回顧著韓、羅兩人，道：「這是怎麼回事？他們為甚麼一聲不吭就跑掉了？」

韓光笑瞇瞇道：「這還用說？當然是被『魔手』葉天的名頭給嚇跑了。」

羅方也笑著道：「能夠把『黑白無常』嚇跑的人，放眼武林，只怕也找不出幾個，葉大俠已足以自傲了。」

葉天搖頭苦笑道：「你們兩個也真會開玩笑，他們哪裡是怕我？一定是李光斗正在找我，他們趕著進去報信了，你們當我不知道嗎？」

說話間，但見中廳燈光大亮，一個全身紅衣的中年女子，蓮步婀娜、搖曳生姿的走了過來。

羅方低聲道：「小心，那個女人就是『火蠍子』陸大娘！」

葉天和韓光聽得大吃一驚，「火蠍子」是武林中人見人畏的狠角色，誰也沒想到她也會出現在紅牆裡。

陸大娘人還沒到，便已「咯咯」蕩笑道：「小羅，你一定又在說我的壞話，是不是？」

羅方忙道：「沒有，沒有，大娘一向對我不錯，我怎麼會說妳壞話？」

陸大娘道：「那你方才在說我甚麼？」

羅方咳了咳，道：「我只是向他們介紹，來的就是武林中出了名的大美人而已。」

陸大娘這時已走到他的面前，在他臉上輕輕扭了一把，道：「你這張嘴倒也真會騙人！」

羅方紅著臉，吭也沒敢吭一聲。

陸大娘緊接在葉天身旁繞了一圈，緩緩停在他的背後，下巴幾乎貼在他的肩膀上，吐氣如蘭道：「你就是那個很討女人喜歡的『魔手』葉天？」

葉天正在不知如何回答，突然發覺屁股被人擰了一下，頓時跳出很遠，回首道：「妳……妳要幹甚麼？」

陸大娘「吃吃」笑著道：「我只不過想試試你的輕功，你緊張甚麼？」說完，目光才落在韓光臉上，又從臉上轉到刀上，嗲聲道：「江湖上都說你的刀法快得不得了，不知是真是假？」

韓光一面往後退，一面搖頭道：「假的，假的，我的刀法一點都不快。」

陸大娘怔了怔，道：「你……真的是那個『雪刀浪子』韓光？」

韓光遲遲疑疑道：「錯是不錯，不過大娘若是不喜歡的話……可以改，嗯，可以改。」

此言一出，非但大出陸大娘意料之外，連葉天和羅方也為之大惑不解，誰也不知道一向傲氣凌人的「雪刀浪子」韓光，何以表現得如此窩囊。

過了許久，陸大娘才長長嘆了口氣，道：「這年頭的年輕人一個比一個沒出息，真沒意思。」說著，擺動著水蛇般的身段，掉頭就走，走出幾步，才猛然回首，瞪著三人道：「你們還發甚麼愣？還不趕快跟我進來！」

三人好像就在等她這句話，沒等她把話說完，便已爭先恐後地跟了上去。

穿過長廊，走進了燈火輝煌的中廳。廳內只有兩名佩劍的年輕女子侍立門旁，一看就知道是陸大娘的貼身弟子，這時不待吩咐，已將廳門關了起來。

陸大娘一進門就大馬金刀的往椅子上一坐，大大咧咧地朝韓光和羅方指了指，道：「你，還有你，你們兩個在這裡等，只有葉天進去就夠了。」

葉天一驚，道：「就我一個人？」

陸大娘道：「是啊，你在江湖上也是個很有名氣的人物，總不會沒有膽子進去吧？」

葉天道：「那倒不至於。只是沒有羅頭帶路，我怕走錯了地方。」

陸大娘道：「你放心，門外只有一條路，只要你順著那條路走下去就行了，絕對不會迷路的。」

葉天咳了咳，道：「還有，『雪刀浪子』這個人的脾氣怪得不得了，留在這裡萬一得罪了大娘，反而不美，還莫如讓他隨我進去的好。」

陸大娘蹙眉道：「『魔手』葉天，你這個人好糊塗！」

葉天一怔道：「這話怎麼說？」

陸大娘道：「你到這兒來的目的，不是想見識一下殘月環的威力嗎？」

葉天呆了呆，道：「是又怎麼樣？」

陸大娘道：「你是收發暗器的頂尖高手，但他們不是。你帶著這兩人進去，豈不等於多了兩個累贅，你說是不是？」

葉天摸了摸鼻子，道：「大娘說的有理。」

陸大娘立刻粉首一擺，大聲吩咐道：「替葉大俠開門！」

那兩名弟子飛快地將通往內廳的廳門打開，風情萬種的凝視著葉天，靜待他出門。

葉天無可奈何的嘆息一聲，緩緩地往外走去，臨出門還轉身向韓、羅兩人攤了攤手。

「轟」的一聲，廳門重重的合起來，那兩名弟子就像突然中了邪一般，歪歪斜斜的倚在門板上。

陸大娘回首惡叱道：「妳們兩個是怎麼搞的？難道從來沒有見過男人！」

那兩名弟子沒有吭聲，韓光卻「嗤」的一笑道：「陸大娘，聽說妳一向精明過人，可是今天晚上，妳卻犯了兩個嚴重的錯誤！」

陸大娘愕然道：「哦？哪兩個錯誤，你倒說說看！」

韓光道：「第一，你不該低估『魔手』葉天對年輕女人的魔力；第二，妳不該距離我太近……」

話沒說完，但見刀光一閃，陸大娘反應奇快，就在這一剎那工夫，竟然連人帶椅子同時翻出丈外，只可惜椅子著地時已失去平衡，「砰」地摔倒在地上，陸大娘依然頭下腳上的拗在椅子上，身子卻再也不動彈一下。

韓光的刀仍在鞘中，甚至連站立的姿態都沒有改變，就像根本未曾動過手一樣。

羅方似乎整個人被這突如其來的變化嚇呆了，過了好半晌，才駭然叫道：「韓大俠好快的刀法！」

韓光淡淡道：「但不知陸大娘滿不滿意？」

拗得宛如一隻蠍子般的陸大娘，這時居然睜開了雙眼，正在狠狠地瞪視著韓光。

羅方又是一呆，道：「她……還沒有死？」

韓光道：「她當然不會死，我只不過在她穴道上輕輕砍了一下而已……」語聲稍微一頓，忽然笑了笑，道：「如果她的氣量太狹窄，萬一被氣死，那可不關我的事。」

陸大娘當然沒有辦法出聲，目光卻轉到她那兩名弟子的方向。

羅方這才想起身後還有兩個持劍的女人，急忙轉身錯步，一副如臨大敵的模樣。

韓光忙道：「不必擔心，那兩個早就被葉天給制住了。」

羅方鬆了口氣，道：「我怎麼沒有看到他動手？」

韓光道：「『魔手』葉天手腳之快是出了名的，一般人當然看不出來，我也是事後才發覺的。」

羅方不禁佩服得五體投地，道：「當真是人外有人，天外有天，今天兩位算給羅某開了眼界。」

韓光淡淡地笑了笑，道：「羅頭太客氣了，其實我們的本事都有限得很，比起人家陸大娘來，相差何止千萬里？」

羅方偷瞟了陸大娘一眼，渾然不解道：「這話怎麼說？」

韓光悠悠然道：「你看人家拗在那裡的姿態，多美妙，多自然，你行嗎？」

羅方不得不搖搖頭。

韓光道：「我也不行，我相信『魔手』葉天也未必做得到。」

陸大娘只氣得兩眼睜圓，目光充滿了忿恨之色。

羅方神情不安地咳了咳，道：「其實在葉大俠見到李老前輩之前，我們大可不必急著動手。陸大娘雖然囂張一點，平日尚無大惡，我們無端跟她結下樑子，實在是件很不划算的事。」

韓光道：「是啊，本來我也不想跟這種人結仇，可是葉天既然動了手，我能不出刀嗎？」

說話間，遠處已傳來一片殺喊之聲，同時其中還夾雜著一種「咻咻」聲響，顯然是殘月環的聲音。

韓光道：「你聽，對方已經翻了臉，幸虧我們先把她打倒，否則想要脫身就難了。」

羅方神色大變，道：「要不要出去替葉大俠打個接應？」

韓光想了想，道：「我看免了，咱們還是先替他打通退路要緊。」說完，身形一閃，便已出了廳門。

門外立刻響起一聲暴喝，鐵索之聲也隨之而起，一聽就知道「鐵索」尤一峰已經出手。前面的殺伐之聲也越來越近，羅方已無暇遲疑，也只有跟著衝了出去。

這時「雪刀浪子」韓光和「鐵索」尤一峰已然去遠，但一身白衣的「銀槍」杜飛卻正站在門外，手裡端著亮晃晃的銀槍，一隻眼睛正在緊緊地死盯著他。

羅方腳步停也不停，邊走邊指著前面，大喊道：「杜大叔，快！那小子殺了陸大娘，快把他截住！」

趁著杜飛微微一愣的工夫，羅方已從他身邊奔過，一面走著還一面向杜飛招手。

杜飛銀槍一抖，轉身就追，幾個箭步已趕上羅方，看也沒看他一眼，便已大步人超了過去。

就在杜飛擦身而過的那一剎那，羅方陡將腰間鐵牌甩出，正好砸在杜飛背後的穴道上。杜飛悶哼一聲，當場栽倒。

羅方好像還不放心，趕上去將杜飛渾身上下的穴道幾乎統統封住，才鬆了一口大氣，笑嘻嘻道：「有事弟子服其勞，杜大叔只管歇著，這種捉拿凶犯的事，我最拿手，交給我準沒錯。」

說完，頭也不回，直向正在和韓光纏鬥中的尤一峰背後奔去，邊走邊喊道：「尤大叔，小心點！這傢伙的刀法快得不得了！」

尤一峰聽得微微一怔，道：「老二呢？」

羅方道：「去搶救陸大娘了，這傢伙砍了陸大娘一刀，傷得好像還不輕。」

尤一峰一面將手中鐵索使得「嘩嘩」亂響，一面道：「她那兩個徒弟呢？」

羅方道：「早就躺下了，這傢伙連傷三人，你老人家可千萬不能讓他逃走。」

尤一峰冷笑，鐵索抖得更緊。

「雪刀浪子」韓光的刀法雖快，但在猛不可當的鐵索急攻之下，一時也奈何不得。

羅方此時已湊到尤一峰背後，正想故技重施，陡見尤一峰拚命逼開韓光的鋼刀，連人帶索竟直向他撲了過來。幸虧他早有防備，一個倒縱已飄出丈餘，口中駭然喊道：「尤大叔！你老人家怎麼衝著我來了？我是京裡來的小羅啊！」

尤一峰冷哼一聲，道：「我管你是井裡來的，還是河裡來的，你騙我，我就殺你。」

羅方急急爭辯道：「我……幾時騙過你老人家？」

尤一峰冷笑連連道：「你說陸大娘跟她那兩個徒弟在一起，是不是？」

他嘴裡說話，手上的鐵索卻毫不放鬆，招招都想置羅方於死地。

羅方一面點頭，一面倒退，好不容易找個機會回頭看了一眼，只見韓光正在抱刀而立，一副坐山觀虎鬥的樣子，似乎一點幫忙的意思都沒有，心中不禁叫苦不迭，幾次都險些被鐵索掃中。

尤一峰又冷笑道：「那師徒三人在一起，就算我們弟兄聯手，也休想將她們奈何，『雪刀浪子』是甚麼東西，只憑他一把刀，就能把她們師徒三人同時打倒？你當我跟老二一樣糊塗，那麼容易就上你的當？」說著，鐵索又已狠狠地揮到。

羅方邊躲邊指著前面道：「我沒有騙你，還好陸大娘已經來了，你不信可以問問她。」

尤一峰急忙收索回頭，後面甚麼都沒有，方知自己上了當。

羅方早已趁機衝到韓光身旁，氣喘如牛道：「韓兄，方才那老鬼罵你，你難道一點都不生氣？」

韓光淡淡道：「這有甚麼好氣的？人家說的也是實情，憑我一把刀想打倒那三柄劍，我還真的一點把握都沒有。」

羅方忙道：「打倒他總該沒問題吧？」

他邊說邊朝「鐵索」尤一峰指了指。

韓光笑而不答，雙手環抱著鋼刀動也不動。

尤一峰卻已忍不住冷冷道：「好小子，你果然反了！」

羅方翻著眼睛道：「怎麼樣，要不要跟我一塊反？這邊的條件可比你那邊好多了。」

尤一峰抖動著鐵索，喝道：「廢話少說，你們兩個只管一起上！尤某皺一皺眉頭，就不是好漢。」

韓光笑笑道：「你不必害怕，我這個人從來不打落水狗，我看你也別盡在這裡吹大氣，還是趕緊回去救救你的老弟兄『銀槍』杜飛吧，那傢伙八成已經遭了暗算。」

羅方立刻接道：「不是八成，是十成。」

尤一峰變色道：「你把他怎麼樣了？」

羅方慢吞吞道：「其實也沒怎麼樣，我只不過在他每個穴道上都點了一下而已。」

尤一峰駭然道：「姓羅的，你好狠！」

羅方忙道：「我一點都不狠，我每一下點得都很輕，你不信只管過去看看，他就躺在廳外的走廊上。」

尤一峰咬牙切齒道：「羅方，你給我記住，早晚有一天，我會把你碎屍萬段！」
羅方聽得渾身汗毛都豎立起來，急忙往韓光身旁閃了閃，道：「這……這個機會恐怕不大。」
韓光淡淡接道：「也不是沒有，那就得看閣下朝哪邊倒了。」
尤一峰冷冷笑著道：「無論他倒在哪邊，我都不會放過他，除非他躲起來，永遠別被我找到。」說完，瞄了瞄韓光那把烏黑的鋼刀一眼，掉頭狂奔而去。
羅方這才鬆了口大氣，急急道：「現在我們可以出去了吧？」
韓光道：「你怕的話，只管先請，我還要在這裡等他一會。」
羅方心神不寧地望了望遠處那片黑壓壓的屋脊，道：「奇怪，方才聲音分明就在那邊，眼看著就快出來了，怎麼忽然又沒消息了？」
韓光沉吟著道：「我想他一定在等。」
羅方道：「等甚麼？」
韓光道：「很可能在等第二只殘月環。」
羅方頓足嘆道：「果真如此，那他真是瘋了，那種東西也能等嗎？」
韓光道：「他就是為那種東西來的，如果不拿到手，這一趟豈不是白跑了！」
說話間，隱然又傳來一陣「咻咻」的聲音，殺喊之聲也隨之而起。
韓光「鏘鋃」一聲，鋼刀出鞘，眼盯著越過屋脊疾奔而來的人影，將頭微微一擺，道：「好像得手了，你先走！」

羅方忽然緊緊張張道：「我看還是你先走吧，否則你就走不掉了。」

就在兩人說話的工夫，幾條黑影已到了近前，奔在最前面的那人，果然是「魔手」葉天。

只見他身形突然一頓，回手甩出一只黑烏烏的東西，頓時「咻咻」之聲大作，所有追趕他的人幾乎都同時停了下來。

其中只有三條身影，一前兩後，疾快如飛的斜撲出去。為首那人凌空一個翻身，已將葉天打出的東西撈在手裡，緊接著又是一個空翻，龐大的身軀，剛好落在尾隨而至的那兩個人肩膀上，動作之輕靈，配合之美妙，令人嘆為觀止。

韓光倒抽了口冷氣，道：「那人是誰？」

他問的是羅方，答話的卻是葉天。

這時葉天已到了兩人身旁，氣喘喘道：「快走，那老傢伙就是李光斗，等他趕到，咱們這輩子就再也別想出去了。」說著，又從懷裡取出一只殘月環，隨手打了出去。

羅方嚇了一跳，道：「好不容易得來的東西，為甚麼又還給他？」

葉天沒有回答，只將他的手臂一托，兩人已越過高牆。

韓光也不慌不忙地收起了鋼刀，正待尾隨出牆，陡聞有個尖銳的聲音在高喊著他的名字，一聽就知道是「火蠍子」陸大娘，不禁大吃一驚，急忙擰身縱上牆頭，慌裡慌張的翻了出去。
陸大娘在牆裡嚷嚷道：「姓韓的，你這算甚麼英雄好漢？有種就不要跑！」
韓光頭也不回，拚命地往那片疏林裡跑。
陸大娘的罵聲已到了牆外，一路上窮追不捨，好像非要把韓光捉回去不可。
跑到前面的葉天，不由放慢腳步，好奇地回望著他，道：「你怎麼把她給惹翻了？」
韓光道：「不是惹翻了，是被我一刀給劈翻了。」
羅方也回頭，喘息接道：「而且翻在地上的姿勢難看得不得了，再加上他在一旁冷嘲熱諷，你說人家怎麼不會生氣呢？」
葉天恍然笑道：「原來如此，那就難怪這老太婆捨不得放走他了。」
說著，三人已奔到林邊。陸大娘依然追在後面，嘴裡仍在叫罵不休。
就在這時，突然一道纖影自林內躥出，越過三人頭頂，直向陸大娘撲去。
葉天奔出幾步，才想起那人是誰，急忙駐足高喊道：「小玉，妳瘋了！快回來！」
小玉沒有回聲，但她那柄短劍和陸大娘長劍交鳴的聲響卻已傳了過來。不過也僅僅幾聲，陸大娘似乎便將小玉甩開，又已舉劍狂奔而來。
小玉顯然也沒有受傷，正緊緊地跟在陸大娘身後，一副急著要拚命的模樣。
葉天想趕上去接應，突然被一個人拉住，側首一瞧，竟是「十丈軟紅」蕭紅羽，不禁埋怨道：「妳方才為甚麼不攔住她呢？」

蕭紅羽苦著臉道：「你放心，她死不了的，死了我替她償命，可以吧？」

說話間，陸大娘已到了近前，蕭紅羽站在幾人前面，卻動也不動。

就在這時，林內忽然星光連閃，剎那間幾百支火把同時燃起，頓時把林外照耀得一片通明。

陸大娘被這突如其來的變化嚇了一跳，急忙剎住腳步，以手遮光，極目四望。緊追在後面的小玉，這時已然趕到，對準她後心就是一劍。

陸大娘身子沒動，只回劍輕輕一撥，已將小玉逼退，直等她再度撲上，才轉身出劍，劍勢輕靈快捷，直取小玉咽喉。

但她的劍雖快，蕭紅羽的十丈軟紅更快，就在她劍鋒即將刺中小玉之際，猛然覺得大腿內側被一個軟軟的東西掃了一下，嚇得她整個彈了起來，劍勢也為之一緩。

而小玉也在這時平平地摔倒在地上，也不知甚麼時候，一雙腳腕已被一條紅綾纏住，但見紅綾一緊，小玉的身子竟然擦地倒飛而出，硬從陸大娘的胯下被拉了回來。

陸大娘一劍落空，還沒弄清楚是怎麼回事，身後已響起一片喝采之聲。

被拉回來的小玉，自地上一躍而起，恨恨地瞪著蕭紅羽道：「誰要妳多事？」

蕭紅羽苦笑著道：「我怕妳死了會有人傷心，才把妳請回來，妳就多包涵點吧！」

小玉哼了一聲，灰頭土臉的衝進林中。

一旁的韓光莫名其妙道：「這個女人怎麼一點都不講理？」

羅方道：「好像正在吃醋。」

韓光道：「就算吃醋，也不能不要命啊！」

羅方道：「是啊，那位姑娘不但劍法凶狠無比，吃起醋來也驚天動地，但不知是吃哪個的醋……」說到這裡，才想起葉天旁邊的「十丈軟紅」蕭紅羽，急忙把話收住。

林內卻忽然有人接口道：「不論吃誰的醋都是一樣，女人吃起醋來，一向是不要命的。」

火光映照下，但見楊百歲已笑哈哈地走出來，邊走邊道：「所以我奉勸韓老弟一句，以後最好還是規矩一點，免得梅花老九吃起醋來，在飯菜裡下點毒藥，跟你來個同歸於盡，到時候你後悔就來不及了。」

韓光乾笑兩聲，道：「楊老真會開玩笑，梅花老九怎麼會吃我的醋？」

楊百歲吭也沒吭一聲，只似笑非笑地望著他。

韓光咳了咳，又道：「何況我跟『魔手』葉天可不一樣，我是個規規矩矩的人，從不拈花惹草，她就是想吃我的醋，只怕也無從吃起。」

楊百歲立刻哈哈一笑，道：「果真如此，那就再好不過了。」

話剛說完，便聽陸大娘已直著嗓子喊了起來，道：「『雪刀浪子』韓光，你太令人失望了！你自己不敢露面，卻叫一個女孩子出來替你拚命，你這也算個男人嗎？你難道一點都不害臊？」

韓光笑了笑，道：「你們聽，這女人居然跟我用起激將法來了，真是太可笑了。老實說，這種方法，我在十歲的時候就已經用得不要用了。她在我面前用這一手，簡直是在班門弄斧，差得太遠了。」

楊百歲一副肅然起敬的樣子，道：「那你可比我這糟老頭聰明多了，不瞞你說，直到現在，我還經常栽在這一招上面。」

陸大娘又已喊著道：「姓韓的！你在江湖上也是個有名有姓的人物，怎麼如此不知羞恥？你既然有膽子調戲我，就該有膽子出來給我一個交代，躲在女人背後，算哪門子英雄好漢？」

韓光聽得頓時跳了起來，道：「我幾時調戲過她？這個女人簡直滿嘴胡說八道！」

陸大娘又在外面冷笑道：「姓韓的，你最好識相一點，乖乖地給我滾出來，否則我就把你方才在我身上做的臭事統統抖出來，看你以後還有甚麼臉做人！」

韓光一呆，道：「我……我甚麼時候在她身上做過臭事？」他慌忙衝到羅方面前，道：「羅兄弟，我一直和你在一起，你倒說說看，我方才有沒有碰過她一下？」

沒等羅方答話，陸大娘的喊聲又已傳了過來，道：「姓韓的，你給我聽清楚！我的耐性有限得很，沒空跟你在這裡窮泡。我現在從一數到十，如果你再不出來，我就對你不客氣了！」說完，果然「一、二、三……」的數了起來。

「鏘」的一聲，韓光已忍不住拔出鋼刀，轉身就想衝過去。

蕭紅羽急忙攔在他前面，道：「韓大俠，不要忘了，她是在跟你用激將法呀！」

韓光狠狠道：「管她用甚麼法，我非把她的舌頭割下來不可，省了她再血口噴人！」

葉天也一把抓住他，道：「韓兄，你可對我不仁，我可不能對你無義。我不得不奉勸你一句，你現在絕對不能出去。」

韓光掙扎著道：「為甚麼？」

葉天道：「你一出去，就算是假的，也變成了真的，到時候你跳進黃河，只怕也洗不清了。」

楊百歲也在一旁搭腔道：「不錯，這件事一旦傳揚出去，讓梅花老九知道了，可不是鬧著玩的。」

葉天「噗嗤」一笑，道：「那可就麻煩了，你以後不但吃飯喝茶要多加小心，連夜間睡覺都得離她遠一點，否則……」說到這裡，神情突然微微一變，道：「糟了，我的手……好像有點不大對勁！」

蕭紅羽一怔，道：「怎麼了？給我看看！」說著，就想去拉葉天的手，身後卻有人嬌喝一聲，道：「不要動他！」

眾人嚇了一跳，都以為是小玉又跑來吃醋，誰知道上來的卻是一身白袍的司徒姑娘。

只見司徒姑娘大步衝到葉天跟前，手中一根青竹竿連連點動，飛快地將他肩膀部位的穴道封閉，然後褪下白袍，撕裂袍襟，熟巧地把他的雙手緊緊包住，才緩緩地揭下頭罩，露出了一張端莊、嬌美，而且充滿了剛毅之色的粉臉。

葉天雖曾多次與她相晤，但卻還是第一次見到她的廬山真面目，不禁整個看呆了。站在一旁的韓光和羅方也同時傻住，誰也沒想到天下第一大幫的司徒幫主，竟是一個如此年輕貌美的女子。

司徒姑娘輕輕吐了口氣，道：「葉大俠，你要特別當心，你已經中了李光斗那老賊的暗算。」

葉天道：「我是不是中了毒？」

司徒姑娘道：「不錯，你是中了毒，而且是一種很厲害的毒。」

葉天輕輕鬆鬆地笑了笑，道：「管它厲不厲害，只要是毒，我就有辦法解。」

司徒姑娘和楊百歲卻憂心忡忡地互望了一眼，不約而同地搖了搖頭。

這時陸大娘早將數目數完，正在外面直著嗓子亂嚷嚷，嚷的幾乎都是些不堪入耳的話。

就在韓光聽得忍無可忍，剛想衝出去時，陡聞遠處有個內力十足的聲音喝道：「退下！」雖然僅僅兩個字，但對潑辣的陸大娘卻功效十足，不但立刻收住嘴，而且轉身就走，一刻都沒敢耽擱。

緊跟著是一陣疾快的步履聲，但見兩名彪形大漢並肩飛奔而來，直奔到林邊，才停住腳步。

那兩名大漢肩上坐著一個鬚髮銀白，面如滿月的老者，一雙眼睛猶如利劍般的朝林內搜索了一陣，最後終於停在楊百歲臉上。

楊百歲立刻排眾而出，縱聲暢笑道：「李光斗，你終於露面了。」

李光斗冷哼一聲道：「果然是你這個沒出息的小偷在跟我搞鬼。」

楊百歲面帶不屑的打量著他，道：「我雖然沒有出息，卻還有兩條腳，既不必躲在牆裡裝縮頭烏龜，也用不著叫人扛著走路，可比你自在多了。」

李光斗冷笑道：「你既然這麼說，我就先把你那兩腿廢掉，也讓你嚐嚐癱瘓的滋味……」說著，人已飛起，兩掌揮動，虎虎生風的直向楊百歲攻到。

就在這時，只覺白影一閃，司徒姑娘已從林口竄出，竹竿抖動，嗡嗡有聲，自楊百歲身邊擦過，剛好迎上李光斗急攻而至的雙掌。

連聲暴響中，兩人飛快地對了幾招，但見李光斗袍袖猛地一揮，身子在空中接連兩個疾翻，重又坐回那兩名大漢的肩膀上。司徒姑娘也匆匆退返林邊，持竿挺立，一派大將風範。

李光斗遠遠地凝視著她，道：「妳就是那個叫甚麼司徒男的丫頭？」

楊百歲即刻喝道：「住口！我們幫主的名諱，也是你叫的！」

司徒姑娘朝楊百歲一揮手，衝著李光斗冷冷一笑，道：「不錯，我就是司徒男。」

李光斗道：「妳的膽子倒不小，居然敢找上門來，我看妳是活得不耐煩了。」

司徒男淡淡道：「我就是來給你一個斬草除根的機會，你不必顧忌，只管放馬過來，我答應你今天絕對不打群架，勝負生死，都只限於我們兩個人，你看如何？」

李光斗昂首狂笑一陣，道：「好，好，夠豪氣，果然有幾分花子頭頭的味道，但不知妳的『打狗棍法』火候如何？」

司徒男橫竿錯步，道：「這可難說得很，你何不上來自己試試？」

李光斗忙道：「且慢，且慢。」

司徒男蹙眉道：「這可是個難得的機會，你還等甚麼？」

李光斗道：「妳要找死，機會多得很，我想殺妳，也有的是時間，可是『魔手』葉天的時間卻不多了。你們朋友一場，難道不想先替他準備一下後事？」

司徒男遲疑了一下，道：「哦？依你看，他還能撐多久？」

李光斗道：「十二個時辰，如果到明天這個時候還沒有吃下我的獨門解藥，保證神仙無救。」

司徒男道：「你是說他要想活命，就非得回來求你不可，對不對？」

李光斗道：「差不多，不過大可不必用求字，只要他把我要的東西帶來，就算他不求我，我也會替他解毒，因為這個人對我還蠻有用處，我還捨不得讓他死。」

葉天已忍不住大叫道：「李光斗，你少在那兒吹大牛！你敢不敢跟我打賭？沒有你的解藥，我也照樣可以活下去。」

第十五回　粉面閻羅

李光斗聽得冷冷一笑，似乎理也懶得理他，仍然凝視著司徒男，道：「初生之犢不怕虎，他從未跟我打過交道，自然不知厲害。我想妳應該比他清楚得多，如果他是妳的朋友，妳最好趕緊勸勸他，叫他千萬不可自誤，明夜之前，務必要來找我。時辰一過，就算我想救他，只怕也都無能為力了。」

司徒男甚麼話都沒說，依然目不轉睛地盯著他，一副嚴陣以待的模樣。

李光斗笑笑道：「至於我們之間的事，遲早解決都是一樣。如果能夠起出那批寶藏，連同那些價值連城的金銀財寶算在一起，彼此放手一搏，豈不比白白賭命來得更有意思，妳說是不是？」

說完，不待司徒男回答，便已緩緩往後退去，邊退邊笑，神態狂傲至極，好像早已料定沒人敢追上來，包括司徒男在內。

司徒男果然動也沒動，直等李光斗等人去遠，才迫不及待地衝回來，道：「葉天大俠，你覺得如何？」

葉天依然一副滿不在乎的調調道：「妳不要聽那老賊信口胡吹，我好得很。」

司徒男忽然長嘆一聲，黯然道：「他沒有胡吹，當年家父就是死在這種毒藥上。」

葉天怔了怔，道：「此話當真？」

司徒男道：「當然是真的。」

葉天難以置信道：「貴幫人才濟濟，深解毒性的高手極多，哪怕李光斗調配的毒藥再毒，也不該被他難倒才對。嗯，我想妳一定在騙我。」

司徒男愁眉苦臉道：「你看我像在騙你嗎？」

楊百歲即刻插嘴道：「我們幫主沒有騙你，當年他這劑毒藥不但難倒幫裡所有的人，連魯東的金婆婆和蜀中的唐大娘都束手無策，在她們兩位名家合力搶救之下，也只不過延長了老幫主七天的壽命而已，這種毒藥之難解，就可想而知了。」

葉天依然滿臉不服氣，道：「據說李光斗並非使毒名家，怎麼可以調配出如此厲害的毒藥？」

司徒男道：「其實這種毒藥的毒性並不太烈，只是所有的名家都摸不清其中一味主藥出自何處，可惜沒有機會得到他那種毒藥的藥樣，否則憑金婆婆和唐大娘那等高手，早就把那味藥分析出來了。」

楊百歲緊接道：「只要知道那味主藥是甚麼，就不難找出解毒之法，有了解毒之法，對付那老賊就比現在輕鬆多了。」

葉天神色一動，道：「你說只要可以弄到藥樣，就不難配出解藥？」

楊百歲道：「不錯。」

司徒男忙道：「就算有了藥樣，想配出解藥，多少也要耽擱一些時日，對葉大俠來說，只怕已遠水救不了近火。」

楊百歲沉吟了一下，道：「所以依屬下之見，還莫如現在衝進去，殺他個措手不及，說不定可以把解藥逼出來……」

司徒男截口道：「那麼一來，只會徒增傷亡，而且也毀了葉大俠的一線生機。」

葉天一怔，道：「聽幫主的口氣，好像想讓我進去向他求解藥？」

司徒男道：「事到如今，也只好如此，好在你在他心目中尚有利用價值。我想在那批寶藏起出來之前，他還不至於殺害你，且先保住性命再說。」

一旁的羅方立刻道：「司徒幫主說的有理，先保住性命，再謀求脫身之策也不遲。」

葉天搖首道：「我不去，活我要活得痛痛快快，死也要死得乾乾脆脆，讓我回去向他低頭，還不如乾脆死掉算了。」

韓光猛一點頭，道：「對，換了我，我也不去，夾著尾巴回去求人家饒命，那多窩囊？」

司徒男急道：「可是葉大俠是絕對不能死的，他是這批苦弟兄的希望所寄，他一死，大家的指望豈不全都落了空？」

葉天哈哈一笑，道：「幫主放心，我這人的命硬得很，憑這點毒藥，還毒不死我。」說著，四下望了望，道：「丁長喜呢？」

蕭紅羽輕聲答道：「好像還沒有露面。」

葉天呆了呆，道：「曹老闆有沒有來？」

蕭紅羽搖搖頭，道：「也沒有看到。」

葉天皺眉道：「奇怪，這兩個都不是言而無信的人，明明跟我約好，怎麼會沒有來？」

蕭紅羽沒有回答，四周也沒有一個人吭氣。

葉天無可奈何地嘆了口氣，又道：「陳七在不在？」

身後突然有三人齊聲答道：「在！」

葉天頓時嚇了一跳，道：「你們三個躲在後面幹甚麼？」

陳七道：「我們正在恭候葉大俠差遣！」

他那兩名弟兄雖然沒有出聲，卻同時點了點頭。

葉天道：「好，你們趕快陪我到『李泰興』去一趟，我跟李老太太有事要商量……」說到這裡，身子忽然有點搖晃。

陳七立刻轉到葉天前面，彎下身子，他那兩名弟兄一左一右的把葉天往他背上一托，三個人招呼也沒打一聲，揹著葉天，撒腿朝外就跑。

一直躲在暗處的小玉，忽然把三個人攔住，道：「小葉，要不要我陪你去？」
葉天伏首陳七肩上，有氣無力道：「我不是讓妳去保護司徒幫主嗎？」
小玉道：「司徒幫主武功比我高得多，何需我來保護？」
葉天道：「那妳就錯了，她的武功或許高過妳，但是反應卻並不一定比妳快。她的對手妳已經看過了，對付那種人，單憑武功是沒有用的。」
司徒男即刻接道：「葉大俠說得對極了，李光斗那老賊詭計多端，實在令人防不勝防，如果有小玉姑娘這等高手在我身邊，那就安全多了。」
葉天道：「妳聽，這可是司徒幫主自己說的，肯不肯幫她，就看妳了。」
小玉萬般無奈道：「好吧，既然你叫我去，我就去，不過……你可千萬不能死啊，你死了，就沒人幫我報仇了。」
葉天道：「妳放心，我不會那麼容易死的，就算我非死不可，也會想辦法把『粉面閻羅』曹剛帶走，行了吧？」
小玉緩緩地讓開去路，淚珠卻成串的滴下來。
葉天急忙撇開頭，朝蕭紅羽招了招手。
蕭紅羽像沒事人兒般的走上來，含笑道：「你想叫我幫你做甚麼？」
葉天也笑道：「想辦法幫我把丁長喜找來，越快越好。」
蕭紅羽道：「沒問題，還有呢？」

葉天想了想，道：「明天一早，替我把小桃紅送出襄陽，不管她願不願意，都把她趕走，至於存在她那兒的一百兩黃金，統統送給她，就算我對她的一點補償。這件事，妳能替我辦到嗎？」

蕭紅羽道：「沒問題，還有呢？」

葉天道：「還有，這兩件事辦完之後，妳最好把店門關起來，找個安全的地方躲一躲，李光斗這老賊的手段比曹剛可毒辣得多，如果他發現我沒有死，一定會從你們身上下手追人，妳可要特別當心。」

蕭紅羽道：「沒問題，還有呢？」

葉天凝視她一陣，嘆道：「萬一我死了，妳絕對不能替我報仇，也不要再守寡，趕快找個可靠的人嫁掉算了，不過，這次妳可得把眼睛擦亮一點，千萬不再找我和『雪刀浪子』韓光這種人，既不解風情，也不知珍惜自己的性命。嫁給我們這種人，只會害妳多做一次寡婦，其他一點好處都沒有。」

蕭紅羽沉默片刻，道：「好，你交代的事，我都記住了，你只管安心去療傷吧，我這就去替你辦事。」說完，大步衝出樹林，連頭都沒再回一下。

葉天也輕輕在陳七頭上敲了敲，道：「你在等甚麼？還不快走！」

蕭紅羽走出了樹林，沿著空蕩蕩的大街，拚命地往前奔跑，邊跑邊拭淚，還不停發出幾聲斷斷續續的嗚咽，顯然傷心已極，只是找不到合適的地方大放悲聲。直到迎面駛來一輛馬車，認清趕車的是曹老闆，才一頭躥進車廂，躲在裡面嚎啕大哭起來。

曹老闆頓時嚇了一跳，急忙勒韁住馬，回首追問道：「小……蕭姑娘，妳怎麼了？是不是跟小葉吵架了？」

蕭紅羽一面哭著，一面搖頭。

曹老闆忽然緊緊張張道：「總不會是小葉……被人宰了吧？」

蕭紅羽沒有回答，卻哭得更加厲害。

曹老闆神色整個變了，大聲道：「小葉真的死了？」

蕭紅羽這才強忍悲聲，淒淒切切道：「還沒有死，但也活不了多久。」說完，又哭了起來。

曹老闆急得直跳道：「小寡婦，打個商量怎麼樣？妳能不能把事情說清楚之後再哭？」

蕭紅羽只好將哭聲強忍下來，抽泣著道：「他中了李光斗的毒，據說最多也活不過十二個時辰，當年丐幫的司徒老幫主就是死在那種毒藥上。」

曹老闆呆了呆，道：「妳說他只是中了毒？」

蕭紅羽說：「不錯，那種毒藥厲害得不得了，連魯東金婆婆和蜀中唐大娘都束手無策，合兩人之力，也只不過將司徒老幫主的壽命延長了七天而已，妳想小葉還能活得成嗎？」她一面說著，一面流淚，說到最後，忍不住又發出了悲悲切切的嗚咽。

曹老闆卻陡然哈哈大笑道：「小寡婦，妳白擔心了，小葉根本就不會死。」

蕭紅羽愣住了，梨花帶雨的呆望著他，久久沒有吭氣。

曹老闆繼續說道：「老實告訴妳，沒有人可以毒死小葉，莫說是李光斗，就連金婆婆和唐大娘也辦不到。」

蕭紅羽怔怔道：「為甚麼？」

曹老闆匆匆回顧一眼，壓低聲音，神秘兮兮道：「因為……他背後有個使毒的老祖宗。」

蕭紅羽又是一怔，道：「是誰？」

曹老闆道：「就是『李泰興』的李老太太。」

蕭紅羽嚥了口唾沫，道：「真的？」

曹老闆道：「當然是真的，在這種時候，我還會跟妳開玩笑嗎？」

蕭紅羽半信半疑道：「你確定她比金婆婆和唐大娘還要高明？」

曹老闆面帶不屑之色，道：「金婆婆和唐大娘那點道行算得了甚麼！就連她的徒弟錢大小姐，也比那兩人高明多了。」

蕭紅羽一呆，道：「你說的錢大小姐，是不是『太白居』的老闆娘錢姐？」

曹老闆道：「不錯，正是她。」

蕭紅羽失聲道：「我跟她熟得不得了，我怎麼不知道她會使毒？」

曹老闆道：「那又何足為奇？她也跟妳熟得不得了，我相信她也絕對想不到妳就是大名鼎鼎的『十丈軟紅』蕭紅羽。」

蕭紅羽忸怩了一下，道：「照你這麼說，小葉是有救了？」

曹老闆道：「當然有救，如果我猜得不錯，他現在早就趕到李老太太家裡了。」

×　　×　　×

李老太太至少已經有六十多歲，但臉孔卻光嫩得猶如少女一般，看上去比葉天還要年輕。她的手也很沉穩，長約六七寸的金針，在她手上顫也不顫一下，一支支的刺進葉天的穴道裡。

躺在床上的葉天瞧得膽戰心驚道：「大娘，妳慢一點好不好，萬一扎錯就麻煩了。」

李老太太臉色一沉，道：「你叫我甚麼？」

葉天忙道：「乾娘，行了吧？其實大娘和乾娘還不是一樣，何必這麼認真呢？」

李老太太道：「誰說一樣？如果你不是我的乾兒子，我憑甚麼三更半夜辛辛苦苦的替你解毒？」說著，又是一針扎了下去。

葉天狠狠將眉頭皺了一下，道：「這種毒，妳確定能解得了嗎？乾娘！」

李老太太笑了笑，道：「如果解不了，我就不會動手了，不過這種來自苗疆的毒藥，毒性詭異得很，要想把毒性完全逼出，恐怕要不少時間。」

葉天急忙道：「可是我已經沒有時間了，妳一定得替我想辦法。」

李老太太道：「你急也沒用，就算我把你的體內的毒性控制住，你的雙手還是派不上用場。」

葉天一怔，道：「為甚麼？」

李老太太道：「因為你手上要敷藥，而且非包紮不可。」

葉天道：「不敷藥行不行？」

李老太太道：「行，不過那麼一來，『魔手』葉天很快就變成『無手』葉天了。」

葉天道：「妳是說……如果不敷藥，我這兩隻手就報廢了？」

李老太太道：「差不多。」

葉天道：「沒有手我還混甚麼？還不如乾脆死掉算了。」

李老太太嘆了口氣，道：「你說得可倒輕鬆，可是你有沒有想到，你一死不打緊，那兩個可憐的女人，只怕也要跟著你玩完了。」

葉天眼睛翻了翻，道：「哪兩個可憐的女人？」

李老太太道：「這還用問？當然是小寡婦和小玉了。」

葉天道：「這跟她們有甚麼關係？」

李老太太道：「怎麼沒關係？你死了，她們兩個還活得下去嗎？不抹脖子自刎，也非懸樑上弔不可。」

葉天哈哈大笑道：「乾娘，我看妳越老越糊塗了！妳當現在還是妳們那個時代嗎？這年頭的女人開通得很，能夠替男人守寡的已經不多，哪裡還有殉情的傻瓜？」

李老太太聽得似乎很不開心，一下子將手上的幾根金針統統扎在葉天身上。

葉天不禁緊張地叫了起來，道：「喂，喂！妳能不能慢點？」

李老太太沒好氣地板著臉孔，道：「這又不疼，你鬼吼甚麼？」

葉天道：「我並不怕疼，我是擔心妳忙中有錯，扎錯了地方，老實說，我現在還不想死。」

李老太太輕哼一聲，道：「你過去不是蠻英雄的嘛，怎麼現在突然變得如此怕死？」

葉天道：「那是因為我現在的處境與過去不同，過去我是窮光蛋一個，生死都無所謂，而現在，寶藏眼看著就已到手，突然死掉，多不划算！」

李老太太橫著眼道：「錢對你真的那麼重要？」

葉天道：「當然重要，這批寶藏可不是小數目，不僅可以幫助我恢復家業，也可以替襄陽這群苦哈哈的弟兄們解決不少問題。我準備這次凡是沾上邊的人，每個人都分給他們一份，有了這批錢，今後大家就再也不必你爭我奪，人人都有好日子過。」

李老太太聽得臉色頓時好看了不少，道：「好，好，你能這麼做，也不枉我救你一場。」

葉天很想摸摸鼻子，卻又不得不忍下來，笑瞇瞇道：「如果妳喜歡，我全把它分出去，一分不留也不妨。」

李老太太笑著站起來，道：「那種事等把寶藏起出來再說也不晚。你先好好睡一覺，我得在門戶上做點手腳，免得李光斗趕來把你抓走。」

葉天忙道：「妳先別忙，我還有個朋友要來。」

李老太太愕然道：「這麼晚，還有誰要來？」

葉天尷尬地咳了咳，道：「丁長喜。」

李老太太臉色又是一沉，道：「他來幹甚麼？」

葉天瞟了擺在燈下的兩只烏黑有光的殘月環一眼，道：「我要把這兩只東西交給他。」

李老太太跺腳道：「哎唷！你怎麼不早說？早知道這東西要交給他，上面的毒藥根本不必洗掉，索性把他毒死算了。」

葉天忙道：「千萬使不得！他現在正在幫我辦事，萬一死掉，那我可麻煩了。」

李老太太道：「他在幫你辦甚麼事？」

葉天道：「尋找寶藏的準確地點。」

李老太太道：「他找得到？」

葉天道：「只要把這兩只東西交到他手上，就沒問題。」

李老太太猛地把頭一點，道：「好，看在那批寶藏份上，我就放他一馬，不過你最好叫他天亮以前離開，以免被錢大丫頭碰見，多生枝節。」

葉天道：「妳放心，我一把東西交給他，馬上趕他走路。」說到這裡，長長的嘆了口氣，道：「那女人是怎麼搞的，叫她找個人，居然到現在還沒有消息！」

× × ×

蕭紅羽將臉上的淚痕拭抹乾淨，又不慌不忙地將外表打理一番，才從容不迫道：「曹老闆，能不能陪我到龍府去一趟？」

曹老闆微微一怔，道：「妳到龍府……莫非想去找丁長喜？」

蕭紅羽道：「不錯，小葉好像有件很重要的事，非跟他當面商量不可。」

曹老闆變色道：「糟了，我匆匆趕來，就是特地來給小葉送信的。」

蕭紅羽也微微怔了一下，道：「送甚麼信？」

曹老闆道：「丁長喜和何一刀兩人已被『粉面閻羅』曹剛等人困在江家的祠堂裡。」

蕭紅羽詫異道：「他們是龍府的人，跑到人家江家祠堂去幹甚麼？」

曹老闆道：「誰知道？我就看他們兩個鬼鬼祟祟，才跟去看看，誰知卻發現曹剛那批人也偷偷跟在後面，三十對二，情況危急得很。我正想趕去問問小葉，這件事該怎麼辦？」

蕭紅羽不禁嚇了一跳，立刻緊緊張張道：「這還用問？當然是救人要緊！」

但見紅光一閃，一截紅綾已然清脆的抽在馬臀上，健馬驚嘶，四蹄蹶動，沒等曹老闆坐穩，馬車已如脫弦箭般地衝了出去。

× × ×

江家祠堂內外一片沉寂。祠堂的大門關得很緊，門前的石階上橫躺著幾具屍體，旁邊的樹林裡也凝聚著一股濃烈的血腥氣味，顯然剛剛才經過一場激烈的搏鬥。

曹剛就坐在距離大門不遠的一塊巨石上，幾名身著黑衣、手持兵刃的大漢默默地侍立一旁，動也沒人動一下。

偶爾有風吹過，幾片枯葉翻滾到曹剛腳下，枯葉上沾滿了血漬。

曹剛垂首看了看，突然沉聲喝道：「準備火把！」身旁那幾名大漢依然動也不動，可是祠堂四周卻同時亮起了火光。

曹剛冷冷道：「丁長喜，你的暗器應該用得差不多了吧？」

祠堂裡傳出丁長喜的聲音，道：「只剩下最後一招了，是專門留給你的。」

那幾名大漢不待吩咐，已飛快地並排擋在曹剛前面，每個人的神情都很緊張，似乎對丁長喜所使用的暗器都十分畏懼。

丁長喜哈哈大笑道：「這算甚麼？是擋箭牌，還是肉牆？你這群屬下也未免太藐視你『粉面閻羅』曹剛了，簡直在拿你當小孩子看嘛！」

曹剛躲在幾人身後，連吭也沒吭一聲。

丁長喜又道：「其實你這些屬下也是人，每個人也只有一條命，你何必叫他們來送死？你『粉面閻羅』曹剛武功高出他們甚多，何不自己上來試試？」

曹剛緩緩地站了起來，將擋在他面前的人撥開，突然喝了聲：「燒！」

但見十幾支火把往四下同時飛起，齊向祠堂的屋頂落去。

就在這時，陡然一條人影閃電般的躥上屋頂，只見那人影手中一條軟帶連連舞動，「唦唦」連聲中，剛剛飛起的那十支火把，統統被捲落在祠堂前面，頓時把大門前照得一片雪亮。

緊跟著，那條人影也翻落在門前的石階上，正是手持十丈軟紅的蕭紅羽。

只見她手托紅綾，杏目含嗔地瞪著曹剛，道：「曹大人，你太過分了！江家與你無怨無仇，你怎麼可以半夜三更的偷偷來燒人家的祠堂？」

曹剛借著閃閃的火光，仔細打量她一陣，才冷哼一聲，道：「『十丈軟紅』蕭紅羽，妳的膽子倒也真不小，竟敢插手來管我的閒事！」

蕭紅羽道：「你這麼說就太傷感情了。你為甚麼不說我是來救你的？」

曹剛愕然道：「妳來救我？」

蕭紅羽道：「是啊，你想想看，江家水陸至少有七八百名弟兄，他們若是知道你燒了他們的祠堂，一旦報復起來，你曹大人受得了嗎？」

曹剛道：「如果沒人告訴他們，他們又怎麼會知道呢？」

蕭紅羽道：「曹大人的意思，莫非想叫我不要說出去？」

曹剛道：「正是。」

蕭紅羽道：「那怎麼行？這幾年江家待我不薄，我怎麼能夠吃裡扒外，胳臂朝外彎呢？」

曹剛獰笑一聲，道：「那我就只好把妳的嘴封起來，叫妳永遠開不得口。」

蕭紅羽卻「咯咯」笑道：「曹大人，如果你想殺我滅口，那你可就打錯了算盤，因為知道這件事的，並不止我一個人。」

曹剛道：「哦？還有哪個？」

蕭紅羽道：「還有你的一個本家曹老闆，這件事連我都是聽他說的。」

曹剛一怔，道：「妳說的可是那個要錢不要命的曹小五？」

蕭紅羽道：「不錯，正是他。」

曹剛目光飛快的朝暗處掃了掃，道：「他在哪裡？」

蕭紅羽道：「已經趕去給人送信了。」

曹剛忙道：「給甚麼人送信？」

蕭紅羽道：「給各路朋友。他的嘴巴一向大得很，說不定現在城裡已經有一半的人都知道了。」

曹剛突然笑一聲，道：「蕭紅羽，妳少唬我，曹小五是個很小心的人，而且也是『魔手』葉天的好朋友，如果他真的知道這件事，他絕對不會叫妳一個人趕來送死。」

蕭紅羽甚麼話都沒說，手中的紅綾陡然往後飄出，只聞半聲驚叫，一個烏黑黑的身軀已越過火去，「砰」地一響，平平摔落在曹剛等人腳下，喉間射起一條血箭，幾乎比人還高。

顯然不僅那人被蕭紅羽的十丈軟紅捲起，連喉管也在那一剎那間同時被割開。眾皆駭然閃避，只有曹剛動也不動的隔著火焰在狠狠地瞪著她。

蕭紅羽這才淡淡道：「那是因為他知道你這批手下殺不死我。」

曹剛道：「不錯，我的手下的確沒有幾個人可以殺得了妳，但是我可以。」

蕭紅羽急忙朝後退了兩步，道：「可是你莫忘了，你曾經答應過葉天不向我下手的。」

曹剛道：「我只答應過他不主動向妳下手，如今妳壞了我的事，殺了我的人，我還能放過妳嗎？」說道，便已一步一步地逼了上來。

蕭紅羽又往後退了退，叫道：「丁總管，你趕快出來！『粉面閻羅』這傢伙要殺我滅口。」

丁長喜的聲音又傳了出來，道：「妳放心，他不敢殺妳的。」

蕭紅羽道：「你看，他已經過來了。」

丁長喜道：「他只是嚇唬妳而已，如果他真要殺妳，早就到妳面前，哪裡還會容妳開口求救？」

這時祠堂後邊又是一聲慘叫，顯然是有人偷襲，已被何一刀放倒。

曹剛馬上停住腳步，獰笑道：「蕭紅羽，妳最好乖乖地站在那裡，只要一離開那個地方，我立刻要妳的命！」緊接著手臂一揮，喝道：「多準備火把，繼續給我燒！」

四周星火閃動，突然又有火光相繼亮起。

蕭紅羽卻「咯咯」嬌笑道：「曹大人，省省吧，你現在想放火，已經來不及了。」

曹剛愕然道：「為甚麼？」

蕭紅羽道：「你沒聽到已經有人來了嗎？而且好像還不止一個。」

曹剛側耳細聽，果然有了陣急驟的馬蹄聲響自遠處遙遙傳來，臉色不禁一變。

蕭紅羽得意洋洋道：「我看你還是趕快走吧，免得到時候下不了臺。」

曹剛冷笑一聲，道：「蕭紅羽，妳不要得意太早，來的莫說僅僅三個人，就算更多幾個，也救不了妳，只不過多幾個送死的罷了。」

那車馬蹄聲來勢極快，轉眼到了近前，只聽馬上的人大聲喊道：「住手！住手！」

蕭紅羽抬眼望去，來的果真只有三人三騎，不禁大失所望。

那三騎風馳電掣般衝進祠堂廣場，才陡然挫腰收韁，同時停在曹剛面前。動作畫一，神情剽悍，一望即知是訓練精良的幫會人物。

為首那人是個方臉大口的中年人，講起話來中氣十足，道：「在下司徒雷，是受朋友之託，專程趕來給各位傳個口信。」

曹剛目光朝那三人繫在鞍上的兵刃瞄了一眼，眉頭不禁一皺，道：「你們是萬劍幫的？」

司徒雷道：「不錯，還沒請教這位兄臺貴姓大名，是哪條線上的朋友？」

沒等曹剛開口，蕭紅羽已搶著說：「司徒舵主，你的膽子倒不小，居然敢跟神衛營的統領曹大人稱兄道弟，我看你是不想再在道上混了。」

司徒雷駭然道：「『粉面閻羅』曹剛！」

蕭紅羽不再出聲，曹剛也站在那裡冷笑不語。

司徒雷陡然翻身下馬，畢恭畢敬地朝曹剛一抱拳，道：「原來是曹大人，失敬，失敬。」

蕭紅羽頓時被他的舉動嚇了一大跳，連與他同來的那兩名弟兄，臉上也同時透出了茫然之色。

只有曹剛似乎對他的表現很滿意，微微點了點頭，道：「你的朋友讓你傳甚麼口信？說吧！」

司徒雷乾咳了兩聲，道：「其實也沒有甚麼，他只想請道上的朋友高抬貴手，放何一刀一馬，因為姓何的那條命，他要自己來取。」

曹剛冷笑道：「這算甚麼？憑他一句話就想叫我放人？」

司徒雷忙道：「當然，敝友萬萬想不到曹大人竟也對那姓何的有興趣，如果知道的話……我想他一定會親自趕來。」

曹剛道：「他親自趕來又當如何？難道我就非讓給他不可？」

司徒雷道：「那就看你曹大人了。」

曹剛又是冷冷一笑，道：「你倒說說看，你那個朋友是哪路人物？竟敢如此囂張！」

司徒雷一字一頓道：「『快刀』侯義。」

曹剛臉色微微一變，道：「原來是他！」

司徒雷道：「曹大人既然知道這個人，那就好說多了。」

曹剛立刻道：「一點都不好說，我跟他素不相識，毫無交情可言，只不過是聽說過江湖上有這麼一號人物而已，憑他的一句話就想叫我罷手讓人，只怕他的身價還差得遠。」

司徒雷呆了呆，道：「聽曹大人的口氣，好像一點賣他交情的意思都沒有？」

曹剛搖頭道：「沒有，所以你最好趕快回去告訴他，叫他不必再來襄陽多事，何一刀這條命我要定了，如果他不服氣，只管叫他到京裡去找我，我倒要看看他那把刀究竟快到甚麼程度。」

司徒雷忽然搖著頭道：「這種機會恐怕不會太大。」
曹剛一怔，道：「你這句話是甚麼意思？」
司徒雷笑笑道：「曹大人，咱們今天得以相見，也算是有緣，我不得不奉告閣下一句，與『快刀』侯義為敵，並不是一件好玩的事，你神衛營雖然兵多將廣，但『快刀』侯義在江湖上的影響力卻大得驚人，如果我把閣下的話原原本本傳過去，你還能不能活著返回京城，恐怕都是個大問題，你想在京城等他去送死，簡直是在做夢。」
曹剛霍然大怒道：「你說甚麼？」
司徒雷急忙道：「曹大人不必動氣，在下只不過是實話實說罷了。如果曹大人不想聽，在下回頭就走，絕不嚕嗦，你看如何？」
曹剛的雙掌緊握，官腔十足道：「司徒雷，你好大的膽子，竟敢幫著侯義跑來威脅我！你是不是認為有萬劍幫替你撐腰，我就不敢動你？」
司徒雷惶恐萬狀道：「曹大人言重了，萬劍幫幫小勢薄，自保唯恐不及，哪裡還有餘力來替在下撐腰！而在下在江湖上也只是個微不足道的小角色，縱有天大的膽子，也不敢跑來威脅你『粉面閻羅』曹大人。在下方才那番話，雖然不太中聽，卻句句都是為了曹大人著想，還請曹大人千萬莫要誤會才好。」
曹剛道：「誤會？你當我是聾子，還是傻子？如果真是為我著想，我還會聽不出來嗎？」

司徒雷嘆了口氣，道：「這大概就是所謂良藥苦口，忠言逆耳吧！其實曹大人只要冷靜地想一想，就不難明白我勸你不要與侯義為敵，究竟是錯還是對。」

曹剛仍然餘怒未熄道：「我為甚麼不能與他為敵？他算甚麼東西？」

司徒雷立刻道：「這就對了，『快刀』侯義的名氣再大，也不過是江湖上的一個混混，而曹大人卻是權重位尊的神衛營統領。以曹大人的身分，為了些許小事，而與侯義那種人結仇，划得來嗎？」

曹剛道：「有甚麼划不來？我就不相信他的刀能夠快到哪裡去。」

司徒雷道：「他的刀快慢姑且不論，他在江湖上的影響力卻絕對不可忽視。如果為了這種小事而衝突起來，雙方傷亡必定慘重，無論勝負如何，對曹大人來說，都是一件很不划算的事。」

曹剛道：「為甚麼？」

司徒雷道：「因為江湖上肯為侯義賣命的人，多得難以估計，而神衛營裡的各位大人雖然都是一時之選，但人數卻總歸有限得很，你說是不是？」

曹剛皺皺眉頭，半晌沒有吭聲。

司徒雷不慌不忙地繼續道：「更何況雙方的目的，都是為了要殺何一刀，侯義殺何一刀，是為了全義，而大人殺何一刀的理由無論是甚麼，結果都是落個殘害武林同道的罵名，像這種吃力不討好的差事，又有甚麼好爭的呢？」

曹剛沉吟了一下，道：「依你看，我應該怎麼辦？」

司徒雷道：「依在下愚見，大人還不如乾脆來個坐山觀虎鬥。如果『快刀』侯義贏了，大人不費吹灰之力，即可達到目的；如果他輸了，到那個時候，大人再出手也不算遲。」

曹剛聽得連連點頭道：「嗯，這倒是個好辦法。」

司徒雷往前湊了湊，笑瞇瞇道：「萬一到時候來個兩敗俱傷，也正合了大人一石二鳥的心願，豈不快哉！」

曹剛嘿嘿一陣獰笑道：「好，我就聽你的，我倒要看看這兩個人究竟哪個命長？」說完，手臂一揮，四周的火把同時熄滅，但見人影晃動，轉瞬間所有的人便已走得一個不剩。

司徒雷這才狠狠地啐了口唾沫，道：「他媽的，甚麼東西！」

遠處忽然響起幾下清脆的掌聲，只見曹老闆自街角緩緩地走了出來，邊走邊道：「司徒兄，真有你的，三言兩語就把那魔頭打發走了，實在不簡單。」

司徒雷張口結舌地盯著他瞧了半晌，才驚叫道：「『要錢不要命』曹小五？」

曹老闆笑呵呵道：「那個時代早就過去了，我現在可比以前聰明多了。」

司徒雷道：「哦？但不知聰明到甚麼程度？」

曹老闆道：「我現在是既要錢又要命，回去告訴你們邵幫主，如果有這種機會，千萬不要忘了通知我一聲。」

司徒雷哈哈大笑道：「你慢慢等吧，等我死掉之後，這種好事或許會輪到你頭上。」

祠堂裡忽然有個冷冷的聲音接道：「你要死還不簡單！」說話間，兩扇厚厚的木門霍然啟開，何一刀猶如猛虎般的衝了出來，掠過階前的蕭紅羽，跨過即將燒盡的火把，刀光一閃，直向司徒雷腦後劈去。

曹老闆迎面看得清楚，急忙飛身將司徒雷推開，同時「啵啵」連聲中，一條軟軟的紅綾已將何一刀的腰身繞住。何一刀凌空一個急轉，脫開蕭紅羽的十丈軟紅，「唰」的一刀，狠狠地砍了下去。

只聽司徒雷的坐騎一聲狂嘶，歪歪斜斜地衝出幾步，轟然栽倒在地上。

原來何一刀那一刀沒砍到人，卻結結實實地砍在馬背上，不但砍裂了馬鞍，而且深入馬腹，鮮血自破裂的鞍間泉湧而出，轉眼間馬便已氣絕。

「鏘鋃」一聲，三柄鐵劍同時出鞘，三張鐵青的臉孔緊緊地盯著何一刀。曹老闆急忙擋在司徒雷前面，將袍襟高高挽起，如臨大敵一般。蕭紅羽的十丈軟紅也跟著微微一抖，又將何一刀持刀的右臂纏住。

何一刀疾聲喝道：「蕭姑娘，不要攔我，我非把他劈掉不可！」

丁長喜這才從祠堂裡一拐一拐的走出來，唉聲嘆氣道：「何一刀，你瘋了？你把他劈掉，龍府怎麼辦？」

何一刀道：「這是我自己的事，跟龍府有甚麼關係！」

丁長喜道：「你是龍府的人，你所做的一切事情，龍府都得負責，怎麼能說沒有關係？」

何一刀道：「就算有關係又當如何？難道他們一個小小的幫會，還能把我們龍府怎麼樣不成？」

丁長喜道：「誰告訴你萬劍幫是個小小幫會？一個擁有兩萬七千名弟兄、六千五百匹健馬、還有上百艘船隻的萬劍幫，你敢說他是個小小幫會嗎？」

何一刀回首指著司徒雷，道：「那是方才他自己說的。」

丁長喜又嘆了口氣，道：「『翻雲覆雨』司徒雷的話，你居然也相信？像你這種人，除了惹禍之外，還有甚麼用？」

何一刀緩緩地垂下刀頭，再也不吭一聲。

蕭紅羽的那條十丈軟紅立刻收了回去。曹老闆也鬆了口氣，還不斷地在拭冷汗。

丁長喜勉強地朝司徒雷一抱拳，道：「方才多有得罪，還請司徒舵主海涵。我這就派人把我的坐騎牽來，請司徒舵主回程將就著使用吧！」

司徒雷冷冷道：「不必了，誠如閣下所知，萬劍幫馬匹多得是，死個一匹兩匹，還難不倒我。」只見他兩隻手指在空中一彎，頓時發出一聲尖銳的呼哨。

又是一陣蹄聲響起，一匹黑馬從暗中疾奔而出，剎那間已停在司徒雷的身旁。

曹老闆吃驚道：「好傢伙！原來你早有準備？」

司徒雷斜瞟了丁長喜一眼，道：「跟丁總管這種人打交道，不留點退步怎麼行？」

言下之意，好像丁長喜的分量比「粉面閻羅」曹剛還重要。丁長喜只有苦笑。

曹老闆急忙乾咳兩聲，道：「那是你對丁總管不太瞭解，其實他也是個蠻講義氣的人。」

司徒雷又朝丁長喜看了一眼，道：「今天我還得回去覆命，不能陪各位多聊，下次見面，咱們再好好喝一杯。」

曹老闆道：「你請客？」

司徒雷哈哈一笑道：「好，我請。」說完，縱上馬鞍，抖鞭就想衝出。

陡聞何一刀大喝一聲，道：「慢點！」

眾人同時一怔。

司徒雷等三人不約而同地橫劍勒馬，眼睛眨也不眨地瞪視著他。

何一刀道：「回去告訴『快刀』侯義，三天後的落日之前，我在這裡等他。無論如何一定叫他趕來。」

司徒雷道：「如果趕不及呢？」

何一刀冷笑一聲，道：「那你們就趕緊把襄陽分舵這批廢料撤走。後天太陽一落山，只要是你們萬劍幫的人，我見一個殺一個，見兩個殺一雙，一路往北殺，直殺到侯義露面為止。」

司徒雷倒抽了口冷氣，道：「你這麼做，難道就不怕我們萬劍幫報復？」

何一刀道：「你們只管放馬過來，我隨時歡迎，不過從現在開始，我何一刀便已脫離龍府，今後我所做的任何事，都由我自個兒承擔，與龍府完全無關。」

司徒雷聽得不禁愣住了。

何一刀冷冷地望著他，道：「如果我是你，我就不會待在這裡浪費時間，連夜趕路也得把消息傳回去，因為侯義只要晚來一個時辰，你們萬劍幫至少要拿十條人命來抵，兩個時辰就是二十條，倘若遲來一天，是多少條人命，你有沒有算過……」

沒等他說完，三人已瘋狂般的奔了出去。街邊暗巷裡，也陸續有人馬擁出，蹄聲愈聚愈多，越走越遠，轉瞬間便已消失在靜夜裡。

丁長喜長長地吐了口氣，凝視著何一刀，道：「你真的打算離開龍府？」

何一刀黯然道：「已經到非離開不可的時候了，如果我再待下去，只會給龍府帶來更大的災禍，到那個時候，你讓我有何面目面對龍四爺？」

丁長喜道：「難道你就不能不再胡亂殺人，老老實實的活下去嗎？」

何一刀道：「如果不叫我殺人，我這個人還有甚麼價值？我活在世上還有甚麼用處？」三人聽得相顧愕然無語。

何一刀嘆了口氣，又道：「我自幼苦練刀法，為的是報仇雪恨。當我大仇得報之後，我卻發覺自己除了揮刀殺人之外，其他甚麼都不懂。我當初與仇家同歸於盡就好了，也不會活得如此痛苦，可是那時卻被四爺無意中發現，硬把我從鬼門關裡拉了回來。我為了報答四爺的救命大恩，不得不活下去，我唯一回報他的方法，就是替他殺人，如果我不能再殺人，我留在龍府只會給四爺和丁總管多添麻煩，還不如早一天離開的好。」

蕭紅羽忍不住道：「我想丁總管的意思，並不是絕對不准你殺人，只是不贊成你濫殺罷了。」說完，立刻扭頭望著丁長喜，道：「丁總管，你說是不是？」

丁長喜道：「不錯，我正是這個意思。」

蕭紅羽又轉回頭，道：「你聽，我說的沒錯吧？」

何一刀緩緩地搖著頭，道：「不瞞蕭姑娘說，我也並不喜歡胡亂殺人，可是有時候我就是把持不住，糊裡糊塗便揮刀砍了下去，等到清醒的時候，人也殺了，禍也惹了，再後悔也來不及了。」

蕭紅羽呆了呆，道：「這樣怎麼得了？長此下去，早晚有一天你會被自己毀掉的。」

何一刀苦苦一笑，道：「我也知道長此下去，遲早會死在別人的利刃之下，只可惜武林中能夠殺死我的人太少了，但願這次『快刀』侯義不要叫我失望才好。」

言下之意，好像恨不得早一點死掉。三人不禁大為動容，每個人都流露出同情之色。

何一刀也不再多言，朝三人拱了拱手，轉身默默往祠堂後的樹林走去。剛剛走進林中，只聽得一聲慘叫。只見一具黑衣人的屍體自林內摔了出來，一看即知是曹剛留下來的眼線。

丁長喜似乎這時才想起要攔人，可是當他一拐一拐地衝到林邊，何一刀早已走得蹤影不見。

曹老闆匆匆趕上來，道：「要不要我幫你把他追回來？」

丁長喜遲疑了一陣，道：「算了，讓他走吧，這樣也許對大家都好。」

曹老闆急道：「可是他這一走……你好像又負了傷，咱們這邊的人手豈不是更單薄了？」

蕭紅羽也走過來，道：「是啊！少了你們兩個，更沒有人可以對付『粉面閻羅』曹剛了。」

丁長喜道：「對付曹剛那種人，不能只靠刀劍，因為他的武功確實高出我們一截，所以有沒有何一刀都是一樣。」

蕭紅羽道：「那要靠甚麼呢？」

丁長喜指著自己的腦門道：「靠這個。我的腿雖然受了點傷，腦筋還沒壞，只要各位肯跟我配合，想殺曹剛並非難事。」

蕭紅羽道：「你想叫我們怎麼跟你配合？」

丁長喜笑笑道：「這是後話，暫且不提。目前最讓我擔心的不是曹剛，而是申公泰。何一刀一走，我真找不出一個適當的人來對付他。」

曹老闆忙道：「『雪刀浪子』韓光怎麼樣？那傢伙刀法之快，絕不在何一刀之下。」

丁長喜搖頭道：「絕對不行，現在叫他去碰申公泰，等於去送死。」

曹老闆滿不服氣道：「你的意思是說，『雪刀浪子』的刀法還比不上何一刀？」

丁長喜道：「那倒不是，如以刀法而論，他比何一刀只高不低，但他缺少的是何一刀那種銳氣。」

曹老闆道：「你是怕他曾經敗給申公泰一次，心理會受影響？」

丁長喜緩緩地點著頭，道：「而且他後面還有個如花似玉的梅花老九。如果你床上有那麼一個女人，你還能了無牽掛的去拚命嗎？」

曹老闆好像翻著眼睛在想，半晌沒有出聲。

蕭紅羽卻已笑道：「如果你們以為『雪刀浪子』韓光和梅花老九是那種關係，那就錯了。據說那兩人的交情淡得像白開水一樣，就算『雪刀浪子』死掉，梅花老九也不會在乎，也許對她反而是一種解脫，你們相不相信？」

曹老闆立刻道：「我不相信，如果他們的交情真如你所說的那麼淡，早就分手了，哪裡還會在一起一纏就是十幾年？」

丁長喜也道：「是啊，對一個年輕的女人來說，十幾年可不是個短日子，尤其梅花老九是個很高明的賭徒，沒有十成的把握，她是絕對不可能拿自己全部的青春來做賭注的。」

蕭紅羽怔了怔，道：「可是這是韓光親口說的，總不會錯吧？」

曹老闆道：「那他一定是在跟妳開玩笑。」

蕭紅羽搖著頭道：「不會吧！他當時語氣莊重得很，一點都不像開玩笑。」

曹老闆笑笑道：「好在『雪刀浪子』並不是那麼容易死的人，是不是開玩笑都無所謂。」

丁長喜也笑了笑，道：「不錯，只要他自己不找死，別人想殺死他還真不容易。」

曹老闆忽然皺起眉，道：「可是除了他之外，還有誰能擋得住申公泰呢？」

丁長喜想了想，道：「幸虧咱們還有『魔手』葉天壓陣，以他那套神出鬼沒的相思魔棍，再佐以閣下當年的那股拚勁，想解決一個申公泰，應該還沒有甚麼問題。」

蕭紅羽急忙道：「我還沒有告訴你，小葉已經中了毒，看樣子好像還不輕。」

丁長喜大驚道：「有這種事？」

曹老闆馬上接道：「你放心，那點毒還毒不死他，最多三兩天就可復原。」

蕭紅羽愁眉苦臉道：「你莫忘了，他的毒是從雙手浸進去的，我就怕他那雙手到時候不聽使喚。」

丁長喜聽得臉色大變道：「那可糟了！我傷了腿，腦筋還可以派上用場，可是『魔手』葉天的手一旦不聽使喚，那他還玩甚麼？」

第十六回　浪子悲歌

葉天呆呆地望著他那雙纏裹著的手。

兩天的時間很快就過去了，正如蕭紅羽所擔心的，他全身都已復原，唯有那雙手依然麻痺不敏，一點都不聽使喚。

那六只得來不易的殘月環，早在兩天前就已全都交給丁長喜，現在他所等待的，就是王頭負責尋找的那張古老的襄陽縣治圖。

只要有了那張圖，就不難找出寶藏的準確方位，只要有了準確的方位，就不難找出那扇門，只要找出那扇門，哪怕當年「巧手賽魯班」公孫柳打造得再精密，他也非把它打開不可。

如今他最期盼的，就是李老太太師徒能將他的雙手醫好，以及王頭能順利的把那張圖帶來。

可是兩天來，不但他的手毫無起色，王頭的行蹤也如石沉大海，消息全無。反而其他各種消息，卻不斷地從各種人口中傳到他的耳朵裡，例如李光斗的手下如何在搜索他的行蹤、神衛營又有哪些人進城等等，不由使他更加心急。

但此時此刻，他除了呆呆地望著他那雙纏裹著的手出神之外，他還能做些甚麼？

遠處響起了更鼓之聲，轉眼又到了子夜時分。

錢姐冷著臉孔，端著菜碗走了進來。

葉天急忙站起來，口中稱謝不已，他對這位錢姐的神態，顯然比對李老太太還要客氣幾分，理由很簡單，因為他欠人家的人情。

當年如果沒有面冷心慈的錢姐出錢出力，葉天想在襄陽找個立足之地，恐怕都很困難，她這麼做，雖然是看在李老太太的面子上，但李老太太是他乾娘，而她不是，所以葉天永遠欠她的。

正因為如此，葉天每次和她見面，都是客客氣氣，從來不敢怠慢。

錢姐冷著臉孔，把菜碗往桌上一放，道：「這是今天最後的一劑，我在裡邊給你加了點料，有沒有效就看你的運氣了。」

葉天神色一振，道：「有效的話，幾天可以好？」

錢姐沉吟著道：「我想總要個七八天吧！」

葉天大失所望道：「這麼慢？」

錢姐冷冷道：「你還沒有問我要是無效會怎麼樣？」

葉天嘆了口氣，道：「好吧！妳說。」
錢姐道：「如果無效的話，你這雙手就完了。藥我是端來了，喝不喝隨你。」
葉天似乎想都沒想，端起藥碗，一口氣便把大半碗藥灌了下去。
錢姐冷冷地望著他，道：「你倒豪爽得很，居然連手都不要了！」
葉天嘴巴一抹，道：「手當然要，如果沒有手，我『魔手』葉天還混甚麼？」
錢姐道：「既然如此，你為甚麼毫不考慮的就敢把這碗藥喝下去？」
葉天笑瞇瞇道：「那是因為我知道妳不會害我，而且妳的醫道，我絕對信得過。」
錢姐臉上難得露出了笑容，道：「難道你就不怕我謀財害命，趁機把那一百兩黃金吞掉？」
葉天笑笑道：「那些金子我早就不想要了，妳乾脆拿它到衙門打點一下，別再叫吳大哥打官司了。」
錢姐臉孔馬上又冷下來，道：「我不要，這場官司我非打到底不可，我倒要看看他們黑到甚麼地步？」
葉天忙道：「這種事可不能鬥氣，再打下去，吳大哥可是要坐牢的。」
錢姐冷笑一聲，道：「只要他們敢抓他去坐牢，我就把那些黑官一個個統統毒死，然後遠走高飛，到別的地方再去另謀出路。」
葉天瞭解她的脾氣，知道爭下去也沒用，只是做了無可奈何的表情，道：「好吧！那妳就拿那些金子做跑路費吧！」

錢姐冷冷道：「你不必賄賂我，我已經盡了全力，至少七天，少一天都不成。」

葉天急急道：「如果我在這裡再躲七天，我外面那群苦哈哈的朋友們就慘了。」

錢姐道：「有甚麼慘？過去他們沒有指望著那批寶藏，也照樣活到今天。」

葉天忙道：「寶藏倒是小事，我就怕李光斗和曹剛那批傢伙找不到我，會向我那群朋友下手。」

錢姐呆了呆，道：「不會吧？」

葉天道：「誰說不會？那批傢伙個個心狠手辣，甚麼卑鄙的手段都使得出來，如果我再不露面，他們一定會從我的朋友身上開刀，非把我逼出來不可。」

錢姐緩緩地點著頭，道：「嗯，這倒有可能。」

葉天又嘆了口氣，道：「所以我明明知道出去是白白送命，可是我總不能自己躲在這裡養傷，而置外面那群朋友的生死於不顧啊！妳說是不是？」

他說得慷慨激昂，眼睛卻一直偷瞄著錢姐。

錢姐垂首思考了半晌，忽然道：「好吧！你既然這麼說，我也只好冒險幫你這個忙了，不過，你可千萬不能讓師父知道。」

葉天大喜道：「我就知道妳一定會有辦法。」

錢姐立刻沉著臉道：「你不要搞錯，我只是幫你想個自衛的方法，至於手傷，我實在無能為力，你就是逼死我也沒用。」
葉天只得退而求其次，道：「也好，妳快告訴我，甚麼自衛的方法？」
錢姐回首朝房裡瞄了一眼，才從懷裡取出一個拳頭大小的白布口袋，輕聲道：「遇到危險的時候，你可以把裡邊的藥粉撲在雙手的白布上。記住，千萬不能碰到皮膚上，當然也不能去抱女人，萬一沾在她們身上，那可不是好玩的。」
葉天急忙把布袋接過來，道：「總之，這種藥粉碰上誰，誰倒楣，對不對？」
錢姐點頭道：「不錯。」
葉天開口道：「有這種好東西，妳為甚麼不早一點給我？」
錢姐橫眉豎眼道：「早給你幹甚麼？叫你拿去害人？」
葉天乾笑兩聲，剛想抬手摸摸鼻子，門外忽然響起一聲輕咳，嚇得他幾乎把藥袋掉在地上。
只見李老太太走進來，先瞪了錢姐一眼，才道：「我警告你，手上撲了這種藥粉之後，千萬別摸鼻子，否則你縱然不被人殺死，自己也要笑死。」
葉天怔了一下，大失所望道：「我還以為是甚麼法寶，原來只是……」
李老太太冷哼了一聲，道：「如果你知道這種藥的名字，你就不敢再輕視它了。」
葉天瞧著那袋藥粉，笑笑道：「哦？這東西居然還有名字？但不知叫甚麼，能不能說來聽聽，也好讓我長點見識……」

說到這裡，似乎想起了甚麼，神色陡然一變，道：「『滿堂皆醉漢，一笑解千愁』。這種藥，莫非就是妳老人家當年毒遍武林的『一笑解千愁』？」

李老太太輕哼著道：「看起來，你的學問好像還不小嘛！」

葉天愣了一陣，突然往前湊了湊，嬉皮笑臉道：「妳老人家可否把『滿堂皆醉漢』也賜下少許，以備不時之需？」

李老太太寒著臉道：「你想都不要想。」

葉天忙道：「乾娘，不要小氣嘛！一點點就行了。」

李老太太冷冷笑道：「你叫我親娘也沒用，我說不給就是不給。」

錢姐急忙道：「小葉，算了吧！你能夠拿到一樣已經不錯了。」

葉天眼睛一瞪，理直氣壯道：「那怎麼可以？我是她的乾兒子，我連她當年威震武林的兩大法寶是啥東西都不知道，像話嗎？起碼她也得讓我見識見識才行！」

錢姐給他頂得啞口無言，只好默默地望著李老太太。

李老太太眉尖忽然蹙動了一下，道：「這麼晚了，還有哪個會來？」說話間，只聽「叭」的一聲，一塊小石頭之類的東西砸在牆上，剛剛好反彈在窗前。

葉天稍微思索了一下，道：「我看八成是『鬼捕』羅方那傢伙。」

錢姐道：「你的朋友怎麼都是夜貓子？專門半夜三更的往人家家裡跑。」

葉天道：「羅頭不是莽撞之人，他來找我一定有急事。」

李老太太忽然道：「你方才說，你想見識見識我的『滿堂皆醉漢』？」

葉天遲遲疑疑道：「是啊！不過……」

李老太太不等他說完，便朝錢姐使了個眼色，道：「妳去把那個叫甚麼『鬼捕』羅方的請進來，順便在後面替他們準備兩碗熱茶，越濃越好。」

錢姐答應一聲，一步一回頭的走了出去，臨出房門還衝著葉天嘆了口氣。

葉天卻看也不看她一眼，只緊盯著李老太太的雙手，硬是想瞧瞧這位施毒名家的施毒手法。

但李老太太卻一直站在他旁邊，從頭到腳連動都沒動過一下。

羅方輕快的腳步轉眼已到了門外，先輕輕地咳了兩聲，才撩起門簾，慢慢地走進來。一進門便先向李老太太施了一禮，道：「深夜打擾，情非得已，還請妳老人家多多包涵。」

李老太太很滿意地點了點頭，道：「客套免了，談正經事要緊。」

羅方目光立刻轉到葉天臉上，緊緊張張道：「葉大俠，告訴你一個不太好的消息，中公泰已經進了城。」

葉天頓時嚇了一跳，道：「你有沒有先去通知韓光一聲？」

羅方道：「去過了，可是他不在家，只有『索命金錢』彭光在那裡養傷。」

葉天道：「賭場呢？你有沒有去看看？」

羅方道：「有，彭光一告訴我，我馬上趕了去，結果也沒找到他，只看到梅花老九正在賭錢……」說著，身體忽然搖晃了一陣，酒意盎然道：「他奶奶的！那女人坐在賭檯上……跩得像二五八萬似的，居然……連理都不理我。」

只一會工夫，他說話的神態完全變了，語氣也顯得粗俗不堪，與先前判若兩人。

葉天大吃一驚，道：「羅頭，你方才有沒有喝過酒？」

羅方連連搖頭道：「沒有，如果我喝過酒……我非好好揍她……一頓……不可……」

他越說語聲越含糊，說到後來，舌頭也短了，腳也軟了，卻突然醉態可掬的指著葉天，笑嘻嘻道：「咿呀！你……醉啦！你看……你連站都……站不穩了，沒關係……我扶你……」

他一面說著，一面竟然搖搖擺擺的往葉天身上撲了過去。

葉天雙手負傷，無法扶他，只好用肩膀將他頂住，慢慢把他頂到一張靠椅上，自己也在旁邊坐下，急急問道：「你趕快告訴我，那個女人有沒有說出韓光的下落？」

羅方兩眼翻了翻，道：「哪個……女人？」

葉天急道：「當然是梅花老九。」

羅方敲著腦袋，道：「梅花……老九……咦？這個名字……熟得很，我好像……在哪裡聽過……」

葉天苦笑著搖搖頭，無可奈何地抬眼望著李老太太，道：「乾娘，看來妳的『滿堂皆醉』好像真有點門道。」

李老太太冷笑道：「豈止是一點門道，厲害的還在後面，你等著瞧吧！」

葉天笑笑，但笑容卻很快就不見了，猛地搖晃了一下腦袋，道：「咦？我的頭怎麼有點……昏昏沉沉的？」

這時羅方陡然大叫一聲，道：「我想起來了……梅花……老九……是個……女人……」

葉天神情駭然地跳了起來，兩腿一軟，又跌回在椅子上，急忙喊道：「錢姐，快！解藥……」

「噗」的一聲，門簾整個被人扯下來，錢姐的冷面孔又出現在門口，手上端著一只托盤，盤中兩只碗裡還在冒著熱氣。

葉天招手道：「快點，妳還站在那裡……幹甚麼？」

錢姐冷笑道：「真不中用，只一下子就醉成了這副德性。」

葉天迫不及待道：「廢話少說……快拿來，我跟他……還有重要的事……要談。」

錢姐這才慢條斯理地走過來，剛剛將藥碗遞到葉天手上，另外一碗已被羅方搶了過去。

只見他喊了一聲：「乾杯！」脖子一仰，竟將一碗熱氣騰騰的湯藥一口氣灌下肚去，然後張著嘴巴，不斷地呵氣道：「哇！這酒……真他奶奶的夠勁……」

說完，「噹啷」一響，藥碗掉在地上，人也縮在椅子上呼呼大睡起來。

葉天也小小心心的將解藥喝了下去，調息片刻，才站起來，望著依然動也沒動的李老太太，笑道：「原來方才不是妳親手施的毒。」

李老太太道：「事事都要我親手做，我收徒弟還有甚麼用？」

葉天連道：「是，是。」涎著臉往前湊了湊，又道：「妳老人家要不要再收一個徒弟？」

李老太太臉孔一繃，道：「你少來打我的主意！我沒把錢大丫頭給你的『一笑解千愁』收回來，已經對你不錯了。」

錢姐連忙道：「小葉，你不是跟羅頭還有重要的事情要談嗎？還不趕快把他叫醒！」

葉天這才想起事關韓光的安危，急忙在羅方椅上踹了兩腳，道：「羅頭，醒醒！」

羅方一副好夢乍醒的樣子，揉揉眼睛，道：「這是怎麼搞的？我好像忽然睡著了。」

葉天忙道：「你還沒有告訴我，梅花老九跟你說了些甚麼？」

羅方想了想，才道：「她甚麼都沒說，只顧專心賭錢，甚至連看都沒有看我一眼。」

葉天恨恨道：「這個該死的梅花老九，我真想狠狠地揍她一頓。」

羅方道：「我也是這麼想，可是她是『雪刀浪子』的女人，我不能那麼做，所以才趕來找你。」

葉天嘆了口氣，道：「你找我有甚麼用？我又不知道他會去甚麼地方。」

羅方瞄了李老太太和錢姐一眼，道：「至少你比我瞭解他多一點，你也許知道除了梅花老九之外，還有沒有其他戶頭？」

葉天皺眉道：「甚麼其他戶頭？」

羅方又掃了李老太太師徒一眼，低聲道：「戶頭就是相好的，就像你，除了蕭姑娘之外，還有甚麼小玉、小桃紅等等。」

葉天急咳一陣，道：「你胡扯甚麼？我哪有那麼多的等等！」

李老太太哼了一聲，道：「你的本事倒不小，來襄陽不到幾年工夫，居然被你騙上這麼多女人。」

錢姐也接腔道：「是啊！我一直覺得奇怪，像他這種人，既沒有人才，也沒有錢財，怎麼會有這麼多女人喜歡上他？」

葉天忍不住用袖管在鼻子上擦了擦，道：「其實也沒有幾個，小桃紅是老朋友不算，在襄陽結識的，也只有蕭紅羽和聶小玉兩個而已。」

錢姐「噗嗤」笑道：「聽你的口氣，好像兩個還嫌不夠似的？」

葉天忙道：「夠了，夠了！太多了。」

李老太太又哼了一聲，道：「我倒要看看，將來你用甚麼方法把這幾個女人擺平。」

羅方想起那天小玉醋勁十足的模樣，不禁搖著頭：「難！難！難！」

葉天瞪眼道：「你說甚麼難？」

羅方咳咳道：「我是說……現在想找到『雪刀浪子』，恐怕很難。」

葉天道：「難也要找，事到如今，咱們只有去拜託丁長喜，叫他發動龍府的弟兄，無論如何要在天亮之前把他找出來。」

羅方立刻站起來，道：「好，我這就去找丁長喜。你安心在這裡養傷，這件事包在我身上……」

話沒說完，葉天身形猛地往前一撞，羅方一時站立不穩，重又坐回原處。

只聽「呼」地一聲，一個沉甸甸的東西破窗而入，剛好嵌進羅方頭頂的牆壁上。

那東西金光閃閃，嵌進牆壁仍在「嗡嗡」作響。

羅方倒抽了一口氣，驚叫道：「好傢伙，它差點要了我的命！」

原來嵌在壁上的，竟是一支純金打造的金錢鏢。

錢姐嘆了口氣，道：「人在走運的時候真沒辦法，半夜三更，都有人趕著來送金子。」

葉天微微怔了一陣，才道：「錢姐快去開門，這是我的朋友『索命金錢』彭光。」

李老太太道：「就是在韓光家裡養傷的那個人？」

葉天道：「不錯，他的傷勢不輕，妳們可千萬不能在他身上動手腳！」

錢姐轉身走了出去，邊走邊道：「那就得看他順不順眼了！」

過了不久，彭光在錢姐的攙扶之下走了進來，一進門就靠在椅子上，雖然朝李老太太直拱手，卻連話已講不出來。

錢姐搖著頭道：「看來梅花老九的醫道也有限得很。」

李老太太喝道：「胡說！這種傷勢本來就不宜挪動，怎麼能怪人家梅姑娘？」

錢姐臉孔一紅，道：「我去弄副藥，先把他的傷勢穩一穩，您看如何？」

李老太太沉吟了一下，道：「也好，下藥小心一點，可不要替我丟人。」

錢姐一笑出房，神態間充滿了自信。

彭光好像這時才轉過氣來，道：「不要緊，我還撐得住。」

葉天瞟著壁上那支金錢鏢，笑笑道：「你受了這麼重的傷，居然還能使用這種東西，而且威力絲毫不減，倒也真不簡單。」

彭光嘴巴咧了咧，道：「只要我的手還能動，功夫就不會走樣。」

葉天目光閃動道：「你有沒有打過殘月環？」

彭光沒有吭聲，只愣愣地望著他。

葉天道：「你不必擔心，我只想藉用你的手，替我把殘月環打進鑰匙孔裡而已。」

彭光怔怔道：「甚麼鑰匙孔？」

葉天道：「當然是『寶藏之門』上面的鑰匙孔。『巧手賽魯班』公孫前輩以殘月環這種難以控制的暗器作鑰匙，我想這其中必定隱藏著一般人難以辦到的玄機，所以我才不得不找你幫忙。」

彭光忙道：「可是葉大俠施放暗器的手法，江湖上無出其右，何需我幫忙……」

葉天不待他說完，已將那雙纏裹著的手伸到了他的面前。

彭光傻住了，過了半晌才道：「我行嗎？」

葉天道：「只要你能保持方才施放那枚金錢鏢的火候，就沒有問題。」

彭光道：「既然葉大俠這麼說，我也只好試上一試了。」

葉天道：「不能試，只有一次機會，一旦失敗，所有進去的人就再也別想出來了。」

彭光聽得不但臉色大變，連一向沉穩的雙手都緊張得顫抖起來。

羅方不安的咳了咳，道：「葉大俠，看情形，咱們還是再等幾天吧！」

葉天搖頭道：「越等對咱們越不利，再等下去，咱們的人只怕都要被他們殺光了。」

李老太太忽然嘆了口氣道：「我看你們這班人都瘋了，為了錢，連命都不要了。」

葉天苦笑道：「現在已經不是錢的問題，就算我們決定就此罷手，李光斗和曹剛那批人也絕對不可能放過我們的。」

羅方也急急接道：「不錯，回頭路是萬萬走不得的。事到如今，咱們也只有跟他們拚了！」

李老太太一臉無可奈何的樣子，道：「好吧！就算你要拚命，也是後話。彭大俠負傷趕來，一定有很重要的事，你們何不先給他一個開口的機會？」

葉天和羅方這才住口，目光同時轉到彭光臉上。

彭光神情突然一緊，道：「對了，有件事我非要馬上告訴你們不可。」

葉天道：「甚麼事？」

彭光道：「方才梅花老九突然趕回來，拿了一瓶藥又匆匆走了。」

葉天一怔，道：「你有沒有問問她拿走的是甚麼藥？」

彭光道：「我沒問，按說她回來拿藥，也不算甚麼大事，不過她臨走留下幾句話，我覺得很反常，所以才急忙趕來告訴你一聲。」

葉天緊張地道：「她留的是甚麼話？」

彭光道：「她叫我轉告『笑臉』金平，說對他的約束到此為止，叫他儘快離開襄陽；並且將所有的錢都留下來，叫我統統轉交給他。你瞧這件事是否有點不太對勁？」

葉天怔了怔，道：「這簡直是在做最後交代嘛！」

彭光道：「是啊！我也覺得有點訣別的味道。」

葉天猛一頓足道：「糟了！我看她八成是在賭場裡聽到韓光負傷的消息，才跑回家取藥，準備去替他療傷的。」

羅方立即道：「嗯，有此可能。」

李老太太卻幽幽地道：「也可能她聽到的是韓光被殺的消息，跑回去拿藥，是為了要自戕。」

羅方乾笑兩聲，道：「那是妳老人家太不瞭解韓光，想殺死他談何容易？」

葉天也笑笑，道：「不錯，前兩天丁長喜還談到，除非他自己想死，否則……」說到這裡，忽然把話頓住，慌不迭地轉向彭光道：「那女人有沒有說要到甚麼地方？」

彭光搖頭道：「沒有。等我想起要問她的時候，她的車子已經去遠了。」

葉天皺眉道：「甚麼車子？」

彭光道：「賭場裡接送她的專開雙套馬車，快得不得了，想追都追不上。」

葉天道：「那你也總該聽出車子是朝哪個方向走的吧？」

彭光道想了想，道：「好像朝北。」

羅方道：「那就不會錯了，申公泰一定從北邊進城，韓光想攔他，極可能等在渡口附近。」

葉天道：「走！咱們去找找看。」說完，連招呼都沒打一聲，兩人便已衝出房門。

彭光趕緊站起來，朝李老太太拱了拱手，又將嵌在壁上的金錢鏢收起，也慌裡慌張的跟了出去。

這時候錢姐剛好端著托盤走出來，一見到彭光要走，急忙追在後面喊道：「彭大俠！你的藥……」

彭光道了聲：「謝啦！」回手抄起藥碗，邊喝邊走，邊走邊喝，一直奔出大門。

錢姐怔怔地站在那裡，還沒有弄清楚是怎麼回事，只聽得「嗡」的一聲，一隻空碗已落在她的托盤中。

× × ×

那輛雙套馬車正停在江邊的一座殘破的小廟前。

廟堂中間燃著一堆火，韓光就躺在火堆旁邊。覆蓋在他身上一條雪白的毛毯已被染紅了一大半，但他臉上卻一絲痛苦的表情都沒有。

梅花老九也一點都不悲傷，只緊緊地擁著韓光，嘴裡還在哼著小曲。倒是站在門外毫不相干的車伕，反而滿面淚痕，傷心得猶如死了親人一般。

葉天一衝進去，就不禁愣住了。

韓光居然對他笑笑，道：「我早就猜著了，第一個趕來的一定是你。」

葉天急忙走上去，道：「你傷得怎麼樣？」

韓光慘笑道：「這次真的要完蛋了。」
葉天忙將目光閃開，道：「那個姓申的呢？」
韓光道：「走了，被他那兩個侍衛抬走了。」
葉天神情一振，道：「你是說……那傢伙也負了傷？」
韓光笑笑，道：「任何人想要我『雪刀浪子』的命，多少都得付出點代價。」
葉天連連點頭道：「那當然，我相信他的傷勢也一定輕不了。」
韓光似乎想了想，才道：「嗯，的確很嚴重，比我的還嚴重，不過我的傷會死人，他的傷卻還可以活下去。」
旁邊的梅花老九突然「吃吃」地笑了起來，笑得好像還蠻開心。
葉天不禁又愣住了。
這時羅方也趕過來，緊緊張張道：「那姓申的走了多久？」
梅花老九搶著道：「已經有一會了，不過他們走不快，你要想追還來得及。」
韓光忙道：「不要追，讓他走吧！他是堂堂正正贏我的，不要為難他。」
羅方急道：「可是這個人是個禍害，無論如何留他不得！」
韓光道：「你放心，他這趟是白來了，對你們已經不會構成任何威脅……」
說到這裡，忽然一陣急咳，鮮血也不斷地噴在覆蓋著的那塊毛毯上。
葉天、羅方以及剛剛走進來的彭光，不禁相顧變色，都不知該當如何是好。

梅花老九卻不慌不忙的取出一只酒罈，灌了韓光幾口，自己也喝了幾口，又將罈塞蓋緊，小心的收在身邊。

彭光眼睛眨也不眨地瞪著那罈酒，道：「梅姑娘，妳方才帶出來的那瓶藥呢？」

梅花老九面泛紅霞道：「已經滲在酒裡了。如果沒有這瓶東西，他疼也疼死了，還哪裡可能像沒事人兒一樣，跟你們在這兒聊天呢？」

彭光鬆了口氣，道：「原來是止痛藥，那我就放心了。」

韓光幾口酒下肚，立刻又回復了原狀，笑瞇瞇地望著彭光，道：「你也跑來了，那太好了，我剛好有句話要問你。」

彭光急忙往前湊了湊，道：「韓兄有話請說，在下洗耳恭聽。」

韓光道：「那天你答應我的事，算不算數？」

彭光怔了怔，忽然在自己臉上打了一記耳光，道：「那天是我胡說八道，韓兄你千萬不能當真。」

韓光臉色一沉，道：「甚麼?你想賴賬?」

彭光囁嚅道：「我……我當然不敢賴賬，不過……誠如韓兄所知，我現在百傷在身，實在無力挖坑，如果韓兄想死，也等我傷勢痊癒之後再死也不遲。」

韓光輕輕一咳，道：「等不及了，你隨便把我埋掉算了。如果沒有力氣，可以挖得淺一點，好在我身上油水不多，野狗也不會有胃口……」

彭光沒等他說完，便已撲倒在地，放聲痛哭起來。

葉天和羅方也不禁垂首一旁，惻然無語。

韓光又開始咳嗽，咳得比以前更厲害。梅花老九又取過酒罈，灌了他幾口，自己也喝了幾口，然後在耳邊搖晃了一下，發覺罈中餘酒無多，索性統統給他灌了下去。

葉天微微怔了怔，道：「梅姑娘，妳說這罈酒是止痛的？」

梅花老九道：「是啊！」

葉天道：「韓光喝這種酒可以止痛，妳喝這種酒有甚麼用？」

梅花老九道：「那是因為我比韓光更怕痛。」

葉天道：「可是妳並沒有受傷啊？」

彭光也忽然止住悲聲，抬眼望著她，臉上充滿了疑問的表情。

梅花老九甚麼話都沒說，只淡淡地笑了笑，目光在三人臉上緩緩掠過，猛地將身子往前一撲，整個壓倒在韓光的胸膛上。

葉天立刻發覺情況不對，大喊一聲：「使不得！」想衝上去搶救，已經來不及了。

但見一截雪亮的刀光已自梅花老九背部透穿而出，顯然是她的死意已堅，早將「雪刀浪子」視若生命的那柄鋼刀隱藏在毛毯中。

鮮血不停地自刀口處沁出，剎那間已將梅花老九雪白的衣裳染紅。

三人全都駭然地傻在那裡，每個人都是一臉驚惶失措的神色。

韓光也怔住了，看看那雪亮的刀尖，又看看梅花老九那張扭曲的臉龐，好像仍然不敢相信自己的眼睛，道：「咦？妳這是幹甚麼？」

梅花老九眉尖緊鎖，喘吁吁道：「你死了，我活著還有啥意思？還不如陪你一道走，也免得你一個人在陰間寂寞。」

韓光頓時叫起來，道：「妳胡來！妳怎麼可以這麼做？妳為甚麼不先跟我商量一下？」

梅花老九狀極痛苦的呻吟著，道：「我才不會那麼傻，我跟你商量，你還肯讓我死嗎？」

韓光怔怔地望了她一陣，突然瘋狂般的喊道：「『魔手』葉天，快！快幫我救救她，我不能讓她死，我不准她死，我一定得叫她活下去！」

葉天急忙走上去，蹲在他的面前，道：「韓光，你冷靜一點，她的時間已經不多，我想她一定還有很多話要跟你說。」

韓光一把抓住葉天的衣襟，道：「你是說她沒救了？」

葉天黯然地點點頭。

韓光頹喪地鬆開了手，目光呆滯的又轉回到梅花老九的臉上。

梅花老九也正望著他，眼中充滿了柔情蜜意，道：「你知道嗎？當年我一遇上你，我就知道我完了。」

韓光呆呆道：「為……為甚麼？」

梅花老九道：「因為我一眼就看出你不是一個長命的人。那個時候我就下定了決心，你死，我就死；你活一天，我就陪你一天。」

韓光道：「那妳為甚麼不早告訴我？如果妳早說，也許我們可以活得久一點。」

梅花老九搖頭道：「十幾年已經不算短了，比我估計的已長出很多，我已經很滿足了。」

韓光直到這時才開始傷心，眼淚才一顆顆掉下來。

梅花老九依然面帶微笑，一面憐惜的替他拭淚，一面附在他耳邊道：「韓光，你能不能再答應我一件事？」

韓光嗚咽道：「甚麼事？妳說，就是一百件我也答應。」

梅花老九道：「我不要一百件，我只要一件。」

韓光道：「好，一件就一件，妳說！」

梅花老九聲音小得幾不可聞，道：「你能不能答應我，下輩子一定娶我？」

韓光忙道：「我答應，我當然答應。只要妳肯嫁給我，我發誓我一定娶妳。」

梅花老九的手指漸漸自韓光臉上滑落，身子完全癱軟在韓光的手臂上。她似乎鬆了一口氣，也是最後的一口氣，正如韓光所說，她至死都沒有掉下一滴眼淚。

韓光卻已像淚人兒一般，不斷地大喊著：「梅花老九……梅花老九……」

可是梅花老九卻再也沒一點反應，再也不會答應他一聲。

韓光終於緊緊抱住她，放聲大哭起來。

一旁的葉天也忍不住淚如雨下，彭光更是早已泣不成聲，連一向面冷情絕的「鬼捕」羅方，也轉過身去在不斷地拭淚。

韓光的哭聲愈來愈小，臉色也愈來愈蒼白，蒼白得已近於死灰色。

身旁的火堆將成灰燼，地上的鮮血也逐漸凝固，斷垣殘壁間已微微透進曙光，天就快亮了。韓光的哭聲終於靜止下來，雙眼也已合起，連掛在眼角的淚珠也完全停頓在臉頰上。

三人不禁同時感到一股寒意，每個人都默默地盯著他的臉，都以為他已跟隨著梅花老九走了。

誰知這時韓光卻忽然又睜開眼睛，望著三人幽幽詭笑起來，邊笑邊道：「我突然想到一個問題……一個很趣的問題，很想向三位請教一下再走。」

葉天愣愣道：「甚麼問題？你說！」

韓光道：「如果一個男人，那話兒只剩下了一半，你們說他還能不能討老婆生孩子？」

三人聽得全都傻住了，過了許久才想通是怎麼回事，忍不住齊聲大笑起來，但也僅笑了幾聲，便又不約而同地停住。隨之而來的，卻是一片令人窒息的悲傷氣氛。

因為韓光就在這轉眼工夫，已面帶著得意的微笑，手擁著梅花老九，走完了他短暫而又燦爛的一生。

門外人聲嘈雜，似乎已將這座小廟整個圍住。廟中的三人卻宛若不聞，依然蹲跪在韓光身旁動也不動。

首先衝入廟堂的是靠江水吃飯的龍頭孫濤，消息特別靈通的曹老闆也緊跟著趕到。每個人一走進廟中，都不免被這片悲傷氣氛感染得難過不已，個個垂首呆立一旁，默然不語。

距離韓光最近的葉天哭得最傷心，一直不斷地用衣袖拭淚，淚水卻又不斷地湧出。也不知哭了多久，突然有個手掌搭在他肩上，同時一塊充滿汗酸味的手巾也遞到他面前。葉天一嗅那股味道，就是一怔，急忙拭乾眼淚，回首一瞧，赫然是久候不至的王頭。

第十七回　武林名刀

陽光透過天窗，直射在房中一張寬大的檯子上。

王頭小心翼翼地將那張陳舊不堪的縣治圖攤在桌面上，圖上的字跡雖已模糊，但在陽光下仍可勉強看出大概的輪廓。

丁長喜早將那六只殘月環的圖樣，描在一張薄如蟬翼的油紙上。六只殘月環頭尾相連的繞成了一個圓形，從每只殘月環的結合處畫出一條細線，三條細線成對角形的連接在一起。

在場的每個人都目不轉睛的瞧著那張圖樣，誰也搞不清楚是啥名堂。

丁長喜不慌不忙地把它覆蓋在鋪在桌面的縣治圖上，經過一陣挪動之後，突然停下來，取出一根細細的鋼針，刺在那三條對角線的交叉點上。

那張薄薄的圖樣揭開來，鋼針依然直直地釘在陳舊的縣治圖上。

葉天指著鋼針，怔怔道：「你的意思是說，這根針刺的地方，就是寶藏之門的地點？」
丁長喜只點了點頭。
羅方立刻叫了起來，道：「咦！這個地方我好像去過，這不就是那天葉大俠和『粉面閻羅』曹剛交手的那塊荒地嗎？」
葉天點頭道：「不錯，看來準確的地點，極可能就是曹剛曾經站在上面的那個小土堆。」
在場的人幾乎都知道那個小土堆，不禁同時朝丁長喜望去，似乎都想急於知道下一步應該怎麼做。
丁長喜咳了咳，道：「王頭，你知道那塊地是誰的嗎？」
王頭想也沒想，便道：「那是城東盧老太爺的產業，當年為了地界問題，曾經跟江老爺子打過官司，我記得還很清楚。」
孫濤立刻接道：「對，我也記得那件事。」
丁長喜道：「只要有主就好辦，想辦法把它買下來。」
王頭眉頭一皺，道：「恐怕不太好辦，那位盧老太爺是靠炒房地產起家的，一向難磨得很，想從他手裡把那麼大一片土地挖過來，只怕要很費點工夫。」
丁長喜道：「沒關係，用銀子去砸他。如果要價太高，只要買下其中一小塊也行，好在埋葬兩個人並不需要太大的地方。」

葉天聽得怔了一下，道：「慢點，慢點，你想埋葬哪兩個人？」

丁長喜道：「這還用說！當然是『雪刀浪子』韓光和梅花老九兩位。」

葉天忙道：「可是……這兩個人已經死了！」

丁長喜道：「就是因為死了，所以才要埋葬。」

葉天臉色一寒，道：「丁總管，你這麼做就太過分了，你怎麼可以連死人都要利用？」

丁長喜面不改色道：「其實我也不喜歡這麼做，但要想在不惹人注意的情況下把那塊地買到手裡，除了利用這個理由之外，你還能想得出更好的藉口嗎？」

葉天道：「無論怎麼說，我總認為利用已死的朋友，是件有失厚道的事。」

丁長喜淡淡地笑了笑，道：「也不見得，我倒認為對他們兩位是件好事。你不妨想想，把他們葬在那塊有紀念性的地方，長年享受不斷的香火，豈不比隨便埋在亂葬崗裡要好得多？」

葉天又是一怔，道：「你說甚麼長年不斷的香火？」

丁長喜道：「我想這次的事情過後，襄陽的弟兄們一定很感念各位對他們的好處，也一定很懷念那塊埋葬著兩位好朋友的地方。在這種情況之下，香火還會斷得了嗎？」

孫濤也道：「不錯，無論這次的事情結果如何，我想襄陽的弟兄們一定不會忘記各位為他們所付出的血汗。」
葉天嘆了口氣，道：「既然兩位這麼說，那麼買地的事，就交給我去辦吧！」
丁長喜很意外地望著他道：「你行嗎？」
葉天道：「巧得很，那位盧老太爺剛好是我一位好友的岳丈，有他居中介紹，一定好談得很。」
曹老闆怔道：「你說的那位好友，莫非是城東馬家店的馬大哥？」
葉天道：「正是他。」
曹老闆不安道：「利用他辦這種事，恐怕不太好吧？」
葉天道：「有甚麼不好？人家丁總管可以利用死朋友騙人，我為甚麼不能利用活朋友買地？」
曹老闆急道：「可是萬一被他發覺事情的真相，到時候你怎麼向他交代？」
葉天道：「你放心，補償活朋友可比補償死朋友要簡單得多，只要寶藏能夠起出來，甚麼事都好辦。」
曹老闆道：「萬一落空呢？」
葉天道：「那我們也就對他毫無虧欠，自然也就不必補償了。」
曹老闆瞟了丁長喜一眼，道：「也對，看來跟活朋友打交道的確比跟死朋友打交道簡單多了。」

丁長喜愁眉苦臉地笑了笑，道：「既然如此，那就有勞葉大俠趕緊跑一趟，最好能夠趕在日落之前付定。」

葉天皺眉道：「為甚麼要這麼急呢？」

丁長喜道：「因為你一付定，我們就可以開挖。」

一直在旁邊調息的彭光，也忽然接道：「對，趕在何一刀跟侯義決鬥的時刻動手，倒也理想得很。」

葉天忍不住又嘆了一口氣，道：「這倒好，咱們不但活朋友死朋友都利用過了，連生死兩不知的何一刀也要利用他一下，看來咱們這批人都有資格跟曹老闆拜把了。」

曹老闆怔怔道：「這跟我有甚麼關係？」

葉天道：「誰說沒有關係？你是要錢不要命，我們是要錢不要朋友，你說我們的關係是不是又近了一層？」

曹老闆眼睛翻了翻，道：「我又沒得罪你，你怎麼找上我了？」

葉天也翻著眼睛道：「不找你怎麼行？你不替我趕車，日落之前我怎麼趕得及付定？」

×　×　×

黃昏時分。

江家祠堂的大門早已關閉，對街幾戶人家也將柴門合起，平日游蕩在街頭的孩童雞犬都已被關在門內，整個廣場顯得空空蕩蕩，一片沉寂。

何一刀背向夕陽，靜靜地坐在廣場中央的那塊巨石上。

他已經在那裡坐了很久，不但身子動也不動，連眼睛都沒有睜開過，只有手指在不時的移動，輕輕撫摸著他那柄殘舊的刀鞘。

夕陽已漸漸隱入林梢。

林梢搖擺，晚風漸起，何一刀血紅的刀衣開始在風中舞動。

一陣清脆而單調的馬蹄聲響，也就在此時隨風傳了過來。

何一刀睜開眼睛，嘴角也掀起一抹冷冷的笑意。

蹄聲愈來愈近，一匹通體烏黑的健馬，終於出現在空蕩蕩的大街上。

馬型高大，騎在馬上的卻是一個身材瘦小的中年人。只見他一身灰布褲褂已沾滿灰塵，清瘦的臉孔上布滿了疲憊之色，但他那柄鑲滿寶石的刀鞘卻是一塵不染，寶石在夕陽照射下，閃爍著耀眼奪目的光彩。

那柄刀就掛在馬鞍上，馬行緩慢，刀鞘輕敲著馬鞍，發著「叮叮噹噹」的聲響。

何一刀慢慢地站了起來，先伸了個懶腰，然後開始扭腰踢腿，顯然已在活動筋骨，準備決一死戰。

但馬上那人卻看也不看他一眼，策馬徐馳過他身旁，直到祠堂門前才翻身下馬，同時也隨手將一柄寒光閃閃的鋼刀自鞘中拔出。

那匹馬似乎停也沒停，又昂首闊步地從何一刀另一邊走了過去，一副目中無人的樣子。

何一刀不禁往後退了兩步，好像生怕被咬一口，直待那匹馬去遠，才遠遠地瞪著中年人道：「你，就是侯義？」

那人道：「『快刀』侯義。」

他身材瘦小，聲音卻極洪亮。

何一刀冷笑道：「我就是你要找的何一刀，『江南第一快刀』何一刀。」

侯義緊盯著他那口刀道：「膏藥張是不是死在你的刀下？」

何一刀冷冷道：「死在我刀下的人太多了，我哪裡會記得那麼清楚？你不論想替哪個報仇，只管衝著我來就好了。」

侯義道：「我從不胡亂殺人，也從不胡亂結拜，膏藥張是我結拜的大哥，他的仇我非報不可，你最好不要含糊其詞，他究竟是不是你殺的，請你明明白白的告訴我。」

何一刀「鏘」地一聲鋼刀出鞘，在手上掄了個刀花，然後只告訴了侯義一個字：「請！」

侯義連道：「好，好……」第二個字剛剛出口，刀鋒已到了何一刀面前。

何一刀冷笑一聲，不退反進，對迎面砍來的鋼刀視若無睹，竟也揮刀直劈而出。

刀鋒過處，風聲颯颯，疾如閃電，霸氣十足，硬將侯義給逼了回去。

看來空無一人的四周，突然響起一片驚嘆之聲，顯然藏在暗處觀看的人還不在少數。

侯義一個倒翻已落回原處，對四周的聲音充耳不聞，只凝視著何一刀，道：「原來這就是江南第一快刀！」

何一刀道：「你『快刀』侯義也不過如此。」

遠處忽然有人喊道：「對，『快刀』侯義也沒有甚麼了不起！何大俠只管放手與他一搏，後面有我曹某替你掠陣。」

何一刀眉頭一皺，道：「『粉面閻羅』曹剛？」

那人道：「正是。」

何一刀喝道：「你算甚麼東西！我跟你又不是一道的，要你來掠甚麼陣？滾開！」

那人冷笑一聲，道：「不識抬舉的東西！」說完，便不再開口。

侯義卻已哈哈大笑道：「想不到閣下倒也是一條漢子！」

何一刀冷冷道：「廢話少說，拿出真本事來吧！像方才那種溫吞水刀法，是唬不倒我的。」

侯義笑笑，忽然神情一整，鄭重道：「閣下可有甚麼未了之事？」

何一刀怔了怔，道：「你是問我有沒有遺言？」

侯義道：「不錯。如果閣下還有甚麼未了的心願。儘管交代一聲，只要在下力所能及，一定替你達成。」

何一刀居然認真的想了想，道：「你聽說過『生死判』申公泰這個人嗎？」

侯義道：「出鞘一刀，生死立決。」

何一刀道：「正是他。這個人馬上要來襄陽，萬一我死在你的刀下，請你替我把他擋回去。」

侯義道：「好，還有呢？」

何一刀道：「其他不敢有勞，閣下可有甚麼交代？」

侯義也想了想，道：「如果我死在你的刀下，有勞你把我的屍體交給『魔手』葉天，請他把我跟我的拜兄膏藥張一起埋葬。反正我已經欠他一筆，索性再多欠一點，來生報答起來也比較方便。」

何一刀點頭道：「我知道了，你出刀吧！」

侯義忙道：「且慢，在下還有兩件事，想讓閣下知道。」

何一刀道：「你說，我在聽。」

侯義道：「第一件，據說申公泰已經傷在『雪刀浪子』韓光刀下，傷勢如何，尚不得而知，不過你放心，只要他還能動，我就一定把他趕出襄陽。」

何一刀神色一振，道：「好，好。第二件呢？」

侯義道：「第二件事關閣下生死，希望你能仔細聽道。」

何一刀不耐道：「甚麼事？快說！」

侯義陡然高舉鋼刀，喝道：「『快刀』侯義的刀不是唬人的，是殺人的……」

喝聲未了，刀鋒已到了何一刀面前，與先前如出一轍。

何一刀也暴喝一聲，又是一刀直劈而出，刀勢比方才那一刀更快速、更威猛。

但侯義這次卻沒有倒退，只見他刀鋒一帶，已欺進何一刀懷中，就在何一刀側身回刀之際，侯義瘦小的身體已自他肩上翻過，人刀緊黏在他背後，同時滑落下去。

而這時，何一刀威猛的刀鋒已疾若流星般劈到。

侯義急忙飛撲出去，他動作雖快，但頭頂上長髮仍被削下了一大片。長髮隨風飄起，散得遍地皆是。

目光所及，四周依然人影全無，但驚呼之聲卻從四面八方傳了出來。

最後一抹夕陽，也逐漸從何一刀臉上消失，只聽得「噹噹」兩聲，他手中鋼刀已先落地，緊跟著身體一陣搖晃，龐大的身軀也終於直挺挺地朝後倒去。

侯義卻在這時陡然從地上彈起，飛也似地撲向停在街道上那匹烏黑的坐騎。

祠堂兩扇厚厚的門忽然啟開，江大少、孫濤、曹老闆、羅方以及龍府總管丁長喜等人統統從門裡衝了出來，將何一刀的屍體團團圍住，同時也有幾十條人影自林中竄出，阻住了侯義的去路。

那幾面緊閉著的柴門也先後敞開來，「粉面閻羅」曹剛在十幾名神衛營高手的護衛之下，自門中闊步而出，距離侯義至少尚有兩丈遠，便停下腳步，官腔十足道：「姓侯的，你殺了人就想一走了之嗎？」

侯義昂然道：「曹大人只管放心，你現在趕我都趕不走的。」

曹剛道：「哦？莫非你也對那批寶藏感興趣？」

侯義道：「寶藏是『魔手』葉天的，我不想跟他搶。」

曹剛冷笑一聲，道：「如果葉天死了呢？」

侯義道：「那麼那批寶藏也就永無出土之日，我更沒有插手的必要了。」

曹剛怔了怔，道：「既然如此，你還留在襄陽幹甚麼？」

侯義道：「我在等你曹大人。」

曹剛又是一怔，道：「等我幹甚麼？」

侯義道：「等你曹大人交人，你甚麼時候把申公泰交給我，我甚麼時候走路。」

曹剛仰首哈哈大笑道：「好，好！想不到你侯義倒也是個言而有信的人。」

侯義道：「人無信不立，侯某答應過人家的事，就非替人辦到不可。」

曹剛臉色一寒，道：「『快刀』侯義，憑良心說，你的刀法的確不慢，不過你要想在我曹某面前撒野，只怕還差了點。」

侯義笑笑道：「也許，所以直到現在我還站在這裡，沒有貿然出刀。」

曹剛冷笑道：「看來你想不出刀也不行了。」

侯義面色陡然一冷，道：「曹大人，如果你識時務的話，最好不要逼我動手。」

曹剛飛快地朝四周掃了一眼，道：「聽你的口氣，你帶來的人好像還不少？」

侯義道：「也沒有多少，只不過三五百人而已。」

曹剛暗吃一驚，道：「人呢？」

侯義道：「都在對岸等我。」

曹剛似乎有點不相信自己的耳朵，道：「甚麼？你說你帶來的幫手，都在江那邊等你？」

侯義道：「不錯。你一定急於想聽聽他們不跟隨我過江來的原因，對不對？」

曹剛道：「說下去！我正在聽著。」

侯義道：「那是因為這次隨我前來的，是萬劍幫邵幫主本人。」

曹剛冷冷地笑著道：「是邵幫主本人又怎麼樣？是不是因為他的分量太重，怕把渡船壓沉，所以不敢過江？」

侯義道：「那倒不是。真正的原因是當年邵幫主為了營救一位好友，曾經與李光斗約法三章，只要李光斗在襄陽一天，邵幫主就絕不過江，所以他才不得不留在對岸等我。」

曹剛恍然一笑道：「如此說來，就算我把你宰掉，邵幫主也幫不上你的忙？」

侯義道：「那當然，不過那麼一來，邵幫主就有理由過江來找李光斗興師問罪了。」

曹剛一怔，道：「人是我宰的，他找李老前輩問哪門子的罪？」

侯義道：「是啊！到時候李光斗也一定會這麼說，但只憑這句話，就想把邵幫主大批人馬趕回去，恐怕是不太可能的事。你猜最後李光斗會怎麼辦？」

曹剛道：「你說呢？」

侯義道：「我想他為了急於想把邵幫主趕離襄陽，以免影響他的大事，非親自動手把元凶找出來不可。那時你曹大人就知道殺我侯義或許容易，想要收拾後面無窮無盡的後患，只怕就難了。」

曹剛聽得一聲沒吭，只默默地瞪著他，似乎正在等他繼續說下去。

侯義不慌不忙接道：「所以如果我是你曹大人，我絕對不會硬幹。你要知道把我侯義留在襄陽，無論是死是活，對你曹大人說來，都是一件極端不利的事。」

曹剛依然沒有搭腔，原來那副趾高氣揚的神態，卻已隨之一掃而光。

侯義立刻又道：「曹大人不妨回去仔細權衡一下，一旦有了決定，隨時派人通知我一聲，我在城北的曹家老店靜候佳音。」

曹剛眉頭猛地一皺，道：「城北的曹家老店？」

侯義道：「不錯，也就是江湖上大名鼎鼎的『要錢不要命』曹小五所經營的那間老店，如果曹大人不知道在甚麼地方，不妨直接問問店主，他現在就站你後面的廣場裡。」

曹剛匆匆回顧了一眼，只見使他頭痛的那批人全都在緊盯著他，目光中充滿了敵意，好像何一刀是死在他手上一般，當下忍不住冷哼一聲道：「原來你早就跟那批人聯上手了！」

侯義笑笑道：「曹大人太多疑了，我雖然投宿在他的店裡，至少目前還沒有跟他們聯手的打算。只要你肯放人，申公泰前腳過江，我後腳就走，絕不在襄陽多留一天，不過我希望日子不要拖得太久，否則以後的事可就難說了。」

曹剛低下頭，似乎已開始權衡得失。

侯義不待他回話，便已將鋼刀還進鞘中，轉身跨上馬鞍，輕輕把繩一抖，那匹馬已踏著碎步，擦過曹剛身旁，緩緩往前走去。

直走出四五丈遠，曹剛才陡然大喝一聲道：「慢著！」

侯義懶洋洋地回望著他，道：「曹大人還有甚麼吩咐？」

曹剛揚手北指，道：「好，你走！你現在就離開襄陽，我保證三天之後派人把申公泰送回去。」

侯義緩緩搖搖頭，道：「那我就在曹家老店裡等三天。總之還是一句老話，申公泰一天不走，我就一天不離開襄陽。」

曹剛陰森森道：「姓侯的，你太不識抬舉了！你以為我真的不敢動你嗎？」

侯義淡淡道：「你當然可以動我，好在你已知道我的住處，你隨時可以派人把我趕出去……不，依我看還是由你自己動手的好，因為你手下除了已經負傷的申公泰之外，實在沒有一個是我的敵手，派來也是白送死。如果你不信，就不妨試試看。」

說完，策馬從容而去，連頭都沒回一下，好像早已料定曹剛那批人不會追趕。

曹剛果然動也沒動，直待侯義的蹤影完全消失，才緩緩回轉身子，目光如電的朝祠堂前面的廣場望去。

可是廣場上原有的人，不論死的活的都已一個不見。只有蕭紅羽正倚在祠堂門前的柱子上，還在不斷地向他招手。

曹剛愣住了，心中遲疑了半晌，才小心翼翼、一步一步的走過去。

他的那批手下不待吩咐，已將祠堂包圍住，而且個個刀劍出鞘，一副如臨大敵的模樣。

蕭紅羽站在那裡動也不動，連她那條十丈軟紅還都繫在腰間，解都沒解下來。

曹剛走到她面前，就像欣賞一朵花似的上下打量了半晌，方道：「蕭紅羽，憑良心說，我還真有點佩服妳，妳居然敢一個人留在這裡，實在夠豪氣，可比那些大男人強多了。」

蕭紅羽淡淡地笑了笑，道：「老實說，我也正在佩服你曹大人。那姓侯的在你面前如此傲慢無禮，也虧你忍得下來，如果換了我，拚著那批寶藏不要，我也非把他宰了不可。」

曹剛傲然道：「小不忍則亂大謀，如果我連這點事都不能忍，我還能成甚麼大事？」

蕭紅羽道：「可是我真有點替你發愁，這件事一旦宣揚出去，今後你還有何面目在江湖上走動？」

曹剛臉孔一板，道：「這件事不勞妳操心，妳只要老實告訴我，丁長喜那批人躲在哪裡就行了！」

蕭紅羽「噗嗤」一笑，道：「誰說他們在躲你？」

曹剛道：「如果不是躲我，為甚麼只一會工夫，所有的人就全不見了？」

蕭紅羽道：「那是因為他們去趕著辦事，把我留下來，就是叫我知會曹大人一聲，以免日後你怪我們把你甩掉。」

曹剛神色一動，道：「哦？妳倒說說看，他們都去趕著辦甚麼事？」

蕭紅羽神秘兮兮道：「去挖坑。」

曹剛緊緊張張道：「在哪裡挖坑？」

蕭紅羽道：「就在後面那塊荒地上。」

曹剛皺起眉頭道：「奇怪，這種時刻，他們趕著在那塊荒地上挖坑幹甚麼？」

蕭紅羽也蹙眉嗔目道：「曹大人，你莫非被『快刀』侯義給唬糊塗了，怎麼這點腦筋都轉不過來？如果我說他們是為了趕著埋葬何一刀，你相信嗎？」

曹剛想了想，道：「我當然不相信。」

蕭紅羽道：「那你還站在這裡幹甚麼？」

曹剛又沉思了一陣，才猛一甩頭道：「走，帶我過去看看！」

第十八回　恩仇了了

天色已晚，樹林裡十分昏暗。

曹剛的臉色也顯得格外陰沉。他悶聲不響地跟在蕭紅羽身後，眼看著就要走出樹林，突然喝了聲：「等一等！」

蕭紅羽似乎嚇了一跳，撫胸回首，滿面驚惶地望著他，道：「甚麼事？」

曹剛道：「妳說妳方才留在那裡，只是為了要告訴我這件事？」

蕭紅羽道：「是啊。」

曹剛道：「是誰叫妳留下來的？」

蕭紅羽道：「當然是丁長喜。」

曹剛道：「『魔手』葉天呢？」

蕭紅羽道：「在監工。」

曹剛道：「監甚麼工？」

蕭紅羽道：「我不是跟你說過他們在挖坑嗎？小葉雖然受了傷，不能親自動手，但那種事只有他內行，沒有他監工怎麼行？」

曹剛冷笑一聲，道：「那就怪了！這種事缺了葉天不行，而我卻是個門外漢，沒有我照樣可以辦事，他為甚麼這麼好心，特意叫妳留下來等我？」

蕭紅羽道：「咦？你們不是早就約好要合作的嗎？」

曹剛冷笑連連道：「這種說詞只怕連三歲孩童都不相信，你們想來騙我，就未免太幼稚了。」

蕭紅羽唉聲嘆氣道：「曹大人，你也真奇怪！『快刀』侯義說的明明全是謊話，你居然深信不疑，而我們跟你說的句句實言，你反而一句都不肯相信，你這個人也未免太難伺候了。」

曹剛微微一怔，道：「妳怎麼知道侯義跟我說的全是謊話？」

蕭紅羽道：「是丁長喜告訴我的。」

曹剛道：「丁長喜又是怎麼知道的？」

蕭紅羽道：「當然是猜的。」

曹剛面帶不屑道：「我還以為他有甚麼根據，原來只不過是猜測之詞而已。」

蕭紅羽道：「丁長喜的猜測之詞就等於根據，不由人不信。」

曹剛冷笑道：「那是妳的看法，我跟妳可不同。我寧願相信侯義，也不會相信他丁長喜。」

蕭紅羽笑笑道：「那好。我說侯義今晚絕對不會住在曹家老店，你相不相信？」

曹剛說：「我當然不相信。」

蕭紅羽道：「丁長喜說方才你一定會派人跟蹤下去。我想那個人也該回來了，侯義究竟有沒有騙你，少時即知分曉。」

曹剛冷笑不語，目光卻忍不住朝後面掃了一下。

蕭紅羽忽又嘆了口氣，道：「至於他說邵幫主在對岸等他，更是可笑之極，我真不明白曹大人怎麼會相信他這種鬼話！」

曹剛理直氣壯道：「我為甚麼不相信？萬劍幫邵幫主和『快刀』侯義的交情，武林中哪個不知道？」

蕭紅羽道：「可是你為甚麼不想一想，邵幫主既然陪他遠道而來，哪有在對岸等他的道理？那豈不是完全失去了陪同他前來的意義！」

曹剛道：「咦！莫非你們這些人耳朵都出了毛病，沒聽到侯義所說的話嗎？」

蕭紅羽道：「他說邵幫主曾與李光斗約法三章，所以不便過江，對不對？」

曹剛道：「不錯。」

蕭紅羽道：「如果真有其事，那麼隨同他趕來的那三五百名屬下，至少也可以開過來一部分，縱然幫不上大忙，替他助助威也是好的，可是卻一個也沒過來，你不感覺奇怪嗎？」

曹剛道：「那有甚麼奇怪？顯然是他們之間的約定，也包括萬劍幫所有的弟子在內。」

蕭紅羽道：「那就不對了，果真如你所說的那樣，那麼三天之前替侯義傳信的那三個人，又怎麼可以進城呢？」

曹剛略加思索，道：「我想那三個人一定是偷偷溜進來的。」

蕭紅羽立即道：「可是萬劍幫的襄陽分舵卻堂而皇之的設立在城裡，那又怎麼說？」

曹剛不再開口，但目光卻向身後的林中瞄去，似乎已有所發現。

過了不久，果見一名大漢急急奔來，直奔到曹剛身旁，才眼瞟著蕭紅羽，俯首曹剛耳邊，小小心心地嘀咕一陣，好像唯恐被蕭紅羽聽了去。

蕭紅羽一瞧曹剛的神態，便已笑道：「怎麼樣？丁長喜沒有猜錯吧？」

曹剛哼一聲，道：「那姓丁的還說了些甚麼？」

蕭紅羽翻著眼睛想了想，道：「他還說曹大人生性多疑，必定不肯相信我們的誠意……不過沒有關係，他說好在掘寶的地點離此不遠，大人不妨先派人過去察看一番，等證實我們說的的確是實話之後，再過去主持大局也不遲。」

曹剛目光閃動道：「這些話都是丁長喜說的？」

蕭紅羽道：「是啊。」

曹剛道：「他真的說過叫我過去主持大局？」

蕭紅羽道：「是啊。」

曹剛垂首鎖眉道：「奇怪，那傢伙怎麼忽然乖巧起來？嗯，這其中一定有花樣。」

蕭紅羽一副哭笑不得的樣子，道：「曹大人，你的膽子也未免太小了。你連派個人過去都不敢，你還怎麼跟李光斗爭奪這批寶藏？」

曹剛眼神一亮，道：「我明白了，原來你們是怕李老前輩。」

蕭紅羽道：「那當然，如今我們這邊死的死，傷的傷，不找個有力的靠山怎麼行。」

曹剛沉吟著道：「丁長喜有沒有說為甚麼會找上我？按說李老前輩的實力比我強大得多，找他合作，對你們豈不更加有利？」

蕭紅羽道：「我本來也是這麼想，可是他的看法卻不同。他認為跟你曹大人合作，多少還能撈點油水，如果跟李光斗合作，最後不但啥都撈不到，恐怕連性命都難保。不瞞你曹大人說，直到現在，我還在懷疑他的看法是否正確。」

曹剛道：「看來他的確比妳聰明得多。」

蕭紅羽道：「但願如此。」

曹剛笑了笑，突然大聲喝道：「楊泗英有沒有跟來？」

遠處立刻有人就道：「屬下在。」

只見一個年輕人大步跑上來，畢恭畢敬地站在曹剛面前，眼角卻在偷瞟著蕭紅羽，半張臉孔上還充滿了譏笑的味道。

蕭紅羽忍不住狠狠地瞪了他一眼，同時內心對這個名叫楊泗英的年輕人不禁產生了一股說不出的厭惡感。

曹剛卻像對他十分器重，和顏悅色道：「泗英，過去探探這些人究竟在搞甚麼鬼？」

楊泗英嘴裡連聲答應，腳下卻動也不動。

曹剛眉頭微微蹙動了一下，道：「你還有甚麼意見？」

楊泗英又朝蕭紅羽掃了一眼，道：「依屬下之見，大人只要將這位蕭姑娘牢牢看住，哪怕丁長喜再神，也玩不出甚麼花樣。」

曹剛揮手道：「你只管放心去吧，這個女人跑不掉的。」

楊泗英衝出幾步，忽又折回來，道：「還有，大人最好待在這裡不要挪動，屬下總覺得這附近的氣氛有些不太對勁。」

曹剛聽得神情一緊，急忙前前後後、上上下下地察看了一陣，才道：「好，我就在這裡等你。你也小心一點，那姓丁的詭計多端，千萬不要中了他的暗算。」

楊泗英傲然一笑，轉身而去，臨走還向蕭紅羽瞄了一眼。

蕭紅羽搖頭嘆氣：「有甚麼樣的主子，就有甚麼樣的奴才，曹大人已經夠多疑的了，想不到這姓楊的比曹大人的疑心病還要重，我真服了你們。」

曹剛只笑了笑，突然大喝一聲：「來人哪！」

只聽四下應聲雷動，每棵樹幹後面都有一名大漢現身。

曹剛繼續道：「替蕭姑娘準備個座位，你們好好一旁伺候著。她是『魔手』葉天的女人，咱們可不能虧待了人家。」

話沒說完，一張軟凳已送到蕭紅羽的面前，同時幾名大漢也紛紛在她四周坐下，剛好把她圍在中間。

曹剛也已靠在一張虎皮軟椅上，雖有幾名高手在旁保護，好像仍然不太放心，目光還在不停地四下搜索，一副生怕有人刺殺他的模樣。

蕭紅羽卻神態安然的坐在那裡，索性連眼睛也閉了起來。

林中的光線愈來愈暗，曹剛的臉色也顯得陰陰沉沉，而且眉間已漸漸流露出焦急之色，而蕭紅羽仍舊坐在那裡動也沒動一下，遠遠望去就像睡著了一般。也不知過了多久，曹剛霍然站起，往前走了幾步，兩眼直視著林外的方向。

蕭紅羽也不由睜開眼睛，隨著曹剛的視線望了過去。

只見遠處一條身影疾奔而來，轉眼工夫已到了眾人眼前，正是剛剛被派去察看丁長喜等人動向的楊泗英趕了回來。

曹剛不待他開口。便已迫不急及待問道：「那邊的情況如何？」

楊泗英臉不紅、氣不喘，不慌不忙道：「已經挖出了一塊石碑。」

曹剛一怔，道：「甚麼石碑？」

楊泗英道：「據說那就是寶藏的入口，上面沒有文字，只刻滿了圖案，那些圖案大概也只有『魔手』葉天才看得懂。」

曹剛皺眉道：「你說那塊石碑只是寶藏的入口？」

楊泗英道：「不錯。」

曹剛道：「出口呢？」

楊泗英道：「葉天正在拿著一張地圖核對，直到屬下離開，好像還沒有對出來。」

曹剛忽然將嗓門壓低，道：「依你看，這批人對咱們有幾分誠意？」

楊泗英也小聲道：「這可難說得很，不過據屬下觀察，他們怕牆裡邊那個人倒好像不是假的。大人不到，恐怕他們連那塊石碑都不敢揭開來。」

曹剛一面聽著一面點頭，最後又把眉頭緊皺起來，道：「奇怪，像這麼重要的時刻，那姓李的老怪怎會沒有露面？難道他手下那批人都死光了？」

楊泗英苦笑道：「那是因為丁長喜掩飾得法，他利用埋葬『雪刀浪子』韓光和梅花老九為理由買下了那塊地，挖地埋人都在光天化日之下進行，旁邊不但沒有人守衛，而且還擺著兩具棺材，誰也不會想到他們是在掘寶。」

曹剛讚嘆道：「『袖裡乾坤』丁長喜倒也是個厲害角色，他不僅騙過了牆裡那批人，也同樣騙了我們，如非他急於找人撐腰，只怕直到現在我們還矇在鼓裡。」

楊泗英忙道：「不過如今『魔手』葉天和丁長喜已公開露面，恐怕就瞞不久了。依屬下之見，大人還是早些過去的好。」

曹剛深以為然地點了點頭，目光緩緩地環視了眾人一眼，大聲道：「大家聽著！等一會兒萬一遇上李光斗，千萬不可硬碰。你們只負責毀掉他下面那兩個人就行了，他本人自有我出手對付，至於其他的人……格殺勿論！」

眾人齊聲答應，連坐在蕭紅羽身邊的那幾個人也站了起來，個個摩拳擦掌，四周頓時充滿了緊張的氣氛。

曹剛陡地將手掌在楊泗英身上一搭，道：「你小心替我把丁長喜看緊，萬一發現情況不對……殺！」

楊泗英道：「屬下遵命。」

曹剛這才將目光轉到蕭紅羽臉上，道：「蕭姑娘休息夠了嗎？」

蕭紅羽只好道：「差不多了。」

曹剛道：「那好，現在我們就過去，有勞姑娘在前面帶路吧！」

蕭紅羽道：「我走在前面，大人放心嗎？要不要封住我的穴道，或者把我綁起來？」

曹剛哈哈一笑，道：「那倒不必，我再糊塗，也不會在這個時候跟『魔手』葉天傷感情。姑娘請吧！」

蕭紅羽不再多言，緩緩起身，輕移蓮步往前走去，眾人遠遠跟隨在後，只有楊泗英距離她最近，目光也盯得她最緊，好像隨時都在提防著她跑掉。轉眼已至林邊，林外的景色已然在望。

蕭紅羽忽然停住腳步，輕輕在自己頭上打了一下，道：「哎唷！丁長喜還有一件事叫我務必轉告大人，我險些忘了。」

曹剛也急忙收步，道：「甚麼事？」

蕭紅羽道：「他說『快刀』侯義其人機警無比，大人派去盯他梢的人，一定會被他反盯回來，說不定現在他就跟在我們後面。」

曹剛頓時嚇了一跳，正想回頭看看，卻聽楊泗英大喊道：「大人小心！這娘兒要開溜。」

蕭紅羽立刻雙手插腰，直著嗓子嚷嚷道：「放你娘的屁！我為什麼要開溜？我看該溜的是你，我愈看你這傢伙愈有問題。」

楊泗英呆了呆，道：「我有甚麼問題？」

蕭紅羽道：「你怎麼沒有問題？我問你，你一直從中挑撥是非，是何居心？這批寶藏落在李光斗手上，對你有甚麼好處？」

楊泗英急得滿臉通紅道：「妳——妳胡扯甚麼！這批寶藏怎麼可能落在李光斗手上？」

蕭紅羽道：「誰說不可能？你把我們跟曹大人挑翻，你說這批寶藏會落在誰手上？」

楊泗英被她堵得啞口無言，只有用眼睛狠狠地瞪著她。

蕭紅羽得理不饒人，又道：「所以我愈想愈不對，你一定是李光斗派在曹大人身邊臥底的，否則你不會為他如此賣命。」

楊泗英大聲喝道：「妳胡說！我是曹大人從京裡帶來的人，怎麼會跟那姓李的老怪扯上關係？」

蕭紅羽道：「那可難說得很，李光斗雖然身在襄陽，但他在京裡還有影響力，而且還有一幫很有權勢的朋友，你一定是他的朋友推薦給曹大人的，對不對？」

楊泗英昂首哈哈大笑道：「蕭紅羽，妳血口噴人的手段實在高人一等，只可惜這次妳是枉費心機了，因為曹大人對我的底細十分瞭解，妳說甚麼也沒有用的。」

蕭紅羽冷笑一聲，道：「你怎麼知道沒有用？曹大人是何等精明的人，他就算相信你，起碼也得想想當初推薦你的那個人是不是可靠，可不可能是李光斗那傢伙的死黨！」

楊泗英忍不住回頭瞧了曹剛一眼，只見曹剛果然低著頭在想，而且耳朵還在不時的微微顫動。

就在這時，林中陡然響起一聲暴喝，緊跟著就是一聲慘叫，顯然是後面有人遭了暗算。楊泗英神色大變，「鏘」地一聲，回手自肩上拔出了長劍。

蕭紅羽立刻叫了起來，道：「曹大人你看，這傢伙要殺我滅口了！」

楊泗英似已無暇與她爭辯，只對曹剛說了聲：「屬下過去看看。」便已循聲趕去。

蕭紅羽輕哼一聲，道：「分明是趁機開溜，還說過去看看！其實有甚麼好看的？我敢拿項上人頭打賭，來的鐵定是『快刀』侯義無疑。」

話剛說完，又是一聲淒厲的慘叫，距離好像也比先前那聲近了不少。

曹剛似乎根本就不把屬下的生死放在心上，只冷森森地盯著蕭紅羽，道：「姑娘說得如此肯定，莫非是你們早就約好的？」

蕭紅羽道：「倘若是我們約他來的，丁長喜就不會叫我警告你。你曹大人若要懷疑，還是去懷疑你那位姓楊的屬下吧，說不定當初就是那傢伙建議你派人跟蹤，才把侯義引了來。」

曹剛不講話了，兩道眉毛已緊緊皺起。就在這時，只聽楊泗英大喊道：「『快刀』侯義，果然是你……」「你」字剛剛說出一半，聲音陡然中斷。

侯義洪亮的聲音立刻傳了過來，道：「年輕人，你最好不要輕舉妄動！我這口刀快得很，你一動，我就切斷你的喉嚨。」

楊泗英吭也沒吭一聲，顯然已被侯義制住。

侯義又道：「說，你叫甚麼名字？」
楊泗英顫聲答道：「在下……晚輩楊泗英。」
侯義道：「開封威遠鏢局的楊老鏢頭，是你甚麼人？」
楊泗英道：「那是家父。」
侯義冷笑一聲，道：「原來你就是楊家那不肖子！」
楊泗英居然答道：「是，是。」
蕭紅羽聽得不禁連連搖頭，連曹剛都忍不住嘆了口氣，好像對楊泗英的表現十分失望。
只聽侯義又道：「好吧，看在令尊份上，饒你一死。下次再被我發現你跟曹剛這群敗類混在一起，我刀下絕不容情。滾！」
驚呼聲中，只見楊泗英自一棵樹後摔出，跌在地上半晌才爬起來，神態狼狽之極。同時侯義也從樹後竄出，身形微微一晃，又已撲進另外一棵樹後，無形中又將雙方的距離縮短了一丈有餘。
曹剛終於沉不住氣了，回首沉喝了一聲：「葛天星何在？」
他呼喚的分明是一個人，卻有三人同時應聲而出。那三個同樣矮胖的體型，同樣考究的穿著，連扛在肩上三把金光閃閃的掃刀也完全一樣，任何人都不難猜出這三人正是曹剛身旁永遠攻不破的「九曲三星連環刀」。

蕭紅羽雙腳不由自主地朝後縮了縮，似乎對這三人十分厭惡。

剛剛從地上爬起來的楊泗英，也急忙讓到一旁，好像唯恐擋住這三人的去路。

曹剛卻倒背雙手，只將下巴往前一伸，道：「替我把他做掉！」

那三人同時回首瞧了楊泗英一眼，同時皺起了眉頭，其中一人咳了咳，道：「請問大人，你叫我們把哪一個做掉？」

曹剛瞪眼喝道：「廢話！當然是那個姓侯的。」

話沒說完，三人已從三個不同的角度飛撲出去，動作敏捷之極。可是這一出去，就像石沉大海一般，再也沒有一點回聲，連「快刀」侯義也同時失去了蹤跡。

曹剛臉上露出了不耐之色，目光也不停地在四下掃動。

就在這時，忽然有個人自樹後走出來，笑嘻嘻道：「曹大人，恭喜你，『快刀』侯義已經被你三名手下給嚇跑了。」

曹剛一見那人，臉色整個變了，駭然倒退兩步，道：「楊百歲！你是怎麼混過來的？」

原來那人正是「神偷」楊百歲，此刻正滿臉堆笑的湊上來，道：「老朽就是這麼一步一步走過來的，老朽身子輕，腳步聲音不大，所以才沒有被人發覺。」

站在三丈開外的楊泗英，猛地跌足嘆息道：「屬下平常就跟大人說過，在任何情況下，都不能把葛氏弟兄派出去，如今那三人一走，大人身旁的最後一層防禦網也等於撤掉了，所以才會被人摸到身邊來……」

曹剛截口喝道：「住口……」

楊百歲立即道：「請問曹大人，要不要老朽替你把這個討厭的傢伙也做掉？」

楊泗英一聽，臉都嚇白了，急忙躲進樹後，再也不敢開口。

曹剛逼視著楊百歲，冷笑道：「看來你們早就設好圈套，準備在此地與我決一死戰？」

楊百歲急忙收步，道：「曹大人誤會了，老朽只是趕來催駕的，絕無與閣下交手的意思，否則我大可多帶些幫手來，何必一個人跑來拚老命？」

曹剛匆匆朝他身後瞄了一眼，道：「此話當真？」

楊百歲道：「這還假得了嗎？不瞞閣下說，『魔手』葉天和丁長喜已經快急瘋了，萬一李光斗比你曹大人早一步趕到，其後果就不堪設想了。」

蕭紅羽也急忙解下那條十丈軟紅，雙手捧到曹剛面前，道：「如果曹大人還不放心，不妨把我綁起來當人質好了！」

曹剛機警地往旁邊一讓，喝了聲：「閃開！」揮掌便將蕭紅羽推了出去。

誰知蕭紅羽的身子雖被推出，但她那條十丈軟紅卻已將曹剛的雙腿緊緊纏住。只見她借著身體衝出去之力，猛將紅綾往外一帶，曹剛在毫無防備的情形下，一時重心頓失，身不由己地栽倒在地上。

距離他不遠的楊百歲，忙不迭地趕了上來，嘴裡喊道：「曹大人小心！」手中的旱煙桿已先人而至。

曹剛暴喝一聲，單掌在地上一撐，人已倒翻而起，同時另一隻手掌已向楊百歲全力擊了過去。

就在他掌力完全用盡之際，陡見一道窈窕身影自枝頭疾衝而下，對準尚未站穩的曹剛背上就是一劍。

曹剛慘呼一聲，飛身撲出，背上已多了一條長約尺許的傷口，鮮血也很快地湧了出來，但他身體剛剛著地，馬上又已一躍而起，面目猙獰地轉身回望，只見聶小玉正仗劍挺立在他不遠之處，臉上還掛著一抹冷笑。

他似乎很想撲過去，不過從他的神態看來，好像已經力不從心了。

這時隱在樹後的神衛營高手都已現身疾撲過來，可是手持青竹竿的丐幫幫主司徒男也陡然從樹上縱下，在楊百歲的協助之下，硬將七八名高手擋住。曹剛龐大的身軀已開始搖晃，終於漸漸地萎縮下去。

小玉也終於鬆了口氣，誰知就在她稍一疏忽的一剎那，曹剛已然癱軟的身體忽然一竄而起，左手抓住小玉的鋒刃，右手一拳搗出，結結實實地擊在小玉的胸口上。

這突如其來的變化，把正在一旁暗自慶幸的蕭紅羽整個嚇傻了。

小玉的身子已被擊得飛了出去，直撞上二丈開外的一棵樹幹，又被彈落在樹根下。

幾乎在同一時間，那柄短劍也釘在那棵樹幹上，如非小玉身子被彈回來，那柄短劍只怕早已貫穿了她的胸膛。

曹剛這時已然變成了一個廢人，但仍威風凜凜地挺立在那裡，狠狠地凝視著爬起來重又摔倒在地上的小玉。

正與神衛營眾人纏戰在那棵老樹旁的司徒男，陡然竹竿輕挑，將釘在樹幹上的短劍撥在小玉面前不遠的地方，叫道：「快！再補他一劍！」

可是小玉身子雖已勉強撐起，腳下卻已無法挪動，好像連拾劍的力氣都沒有了。

而就在這時，蕭紅羽陡然發出一聲嬌喝，那條十丈軟紅已如靈蛇般將小玉捲起，直向曹剛飛去。只聽「砰」的一聲，兩人同時摔倒在地，兩個身子並排躺在那裡，再也不動一下。

小玉胸前嘴角均已漸漸淌出鮮血，而曹剛唯一沒有染到血跡的胸前，卻已多了一點東西，原來正是小玉一直藏在懷中的那柄匕首，這時已連根沒入了曹剛的胸膛。

神衛營那批高手一見統領曹剛已死，再也無心戀戰，頓時一哄而散。

蕭紅羽第一個趕到小玉身旁，高聲大喊道：「小玉！小玉——」

司徒男和楊百歲也相繼趕來，也在一旁拚命叫喊，可是小玉卻動也不動，看上去連一點氣息都沒有。

大家都以為她死了，不禁相顧神傷不已。蕭紅羽更是難過得眼淚都淌下來，淚珠一顆顆地落在小玉蒼白的臉上。

誰知這時小玉忽然一口氣轉過來，睜開眼睛道：「那傢伙死了沒有？」

三人被她嚇了一跳，又開心得同時笑了起來。

蕭紅羽使勁地在曹剛身上踹了一腳，道：「妳看，已經死透了。」

小玉眼中開始有了神采，臉色也比較好看多了。

楊百歲笑呵呵地走過來，彎下身子就想拔曹剛的屍體上的那柄匕首。

小玉連連擺手道：「不必拔了，那些東西本來就是為他準備的，乾脆送給他陪葬算了，反正我以後也用不著了。」

蕭紅羽聽她的語氣，不禁擔心道：「妳的傷勢怎麼樣？」

小玉慢慢坐了起來，道：「妳放心，我只是受了點內傷，死不了人的。」說完，解開衣領，把護胸護背統統拉了出來，那塊堅硬的護胸，竟然整個變了形。

蕭紅羽呆了呆，道：「難怪曹剛打不死妳，原來妳戴著這種東西！」

小玉狠狠地將那兩塊東西往曹剛身上一扔，道：「這些以後也沒用了，索性全都送給他吧。」

可能是由於用力過猛，話一說完便開始咳嗽起來，同時鮮血也不停地自口中噴出。

蕭紅羽急忙道：「看情形我得先帶她去治傷了，小葉那邊的事，就偏勞兩位了。」說完，扶起小玉，十丈軟紅輕輕一抖，已將她綁在背上，背著她匆匆而去。

司徒男和楊百歲目送兩人去遠，也急急離開了樹林。

就在四人離去不久，李光斗已率領著龍一峰、杜飛、陸大娘等高手出現在曹剛屍體前面。

只見李光斗坐在那兩名大漢肩上，垂望著血液早已凝固的曹剛，不斷地搖著頭道：「笨哪！像這種人，怎麼當得上神衛營的統領！」

身旁的陸大娘立刻接道：「現在神衛營可比當年您老人家在的時候差遠了！」

李光斗道：「可不是嘛！如果當年神衛營都是他們這種貨色，只怕直到現在還在看守神壇，哪裡還會受到當朝的賞識！」

陸大娘道：「是啊，而且我發覺他們這批人不但功夫不行，腦筋也差勁得不得了，頭頭已經死了，居然還有人留在這兒等機會，您說好笑不好笑？」

李光斗道：「他們這批人所犯的最大錯誤，就是貪念太重，凡事不知量力而為，所以才會落得如此下場。」

陸大娘嘆了口氣，道：「只可惜距離太遠，屬下的功力不夠，否則真想把他請下來。」

李光斗伸手道：「我來！」

陸大娘足尖輕輕一撥，已將小玉遺留下來的短劍挑起來，短劍在空中打了個轉，劍柄剛好落在李光斗手中。

李光斗短劍在手中一掂，頭也不回便打了出去。

五丈開外忽然傳來一聲慘叫，只見一個人從一棵樹上頭下腳上的栽了下來，只在地上掙動了兩下便已氣絕，那柄短劍剛好橫貫在那人的頸子上。

那人看來年紀輕輕，長得一表人才，原來正是深受曹剛所器重的那個楊泗英。

× × ×

荒地上隆起的小土堆已完全陷了下去，剛好變成了一個可以埋葬兩口棺材的土坑。那兩口棺材仍然擺在坑外，十幾名工人正準備把棺材葬下去。

李光斗坐在兩名大漢肩上，一馬當先地趕過來，遠遠便已大聲喝道：「等一等！等一等！」

所有的工人都停下手，吃驚地望著他，誰也猜不透他坐在人家肩膀上在玩甚麼把戲。

李光斗匆匆掃視了眾人一眼，道：「『魔手』葉天呢？」

其中一名類似工頭的人昂首答道：「你找的是不是廟口的小葉？」

李光斗道：「不錯，正是他。他人呢？」

那人道：「走了。」

李光斗道：「到哪裡去了？」

那人摸著腦袋，遲疑了半晌，才道：「算了，反正說出來你也不會相信。」

李光斗忙道：「你說，我絕對相信你。」

那人又遲疑了一陣，才朝坑裡指了指。

李光斗道：「你是說他已經下去了？」

那人道：「對，跟他一起下去好幾個。我看這群人都瘋了，萬一找不到出口怎麼得了？」

李光斗淡淡道：「你放心，他們自有辦法找得到出口。」

那人嘆口氣道：「他們也是這麼說，可是人到地底下還能不能回來，那就得看老天爺了，人的話是作不得準的。」

李光斗笑了笑，道：「你們幾位是龍府的人，還是江老爺子的手下？」

那人搖頭道：「都不是。我們只是小葉僱來替他埋棺材的，卻沒想到把他也埋在裡面。」

說到這裡，又長長地嘆了口氣，道：「十二個人十兩銀子，價錢實在不錯，不過……我總覺得這些錢賺得有點作孽。」

李光斗道：「你們還想不想賺些不作孽的錢？」

那人一怔，道：「怎麼賺？」

李光斗道：「你們有沒有見到一塊石碑？」
那人呆了呆，道：「你說的是不是蓋在洞口的那塊大石板？」
李光斗點點頭道：「對，對，那塊石板現在在哪裡？」
那人回手一指，道：「也跟著陷了下去了，恐怕早就被壓碎了。」
李光斗道：「不管是整的還是碎的，只要你們給我挖出來，我給你們二十兩。」
那人「咕」地嚥了口唾沫，道：「二十兩銀子？」
李光斗道：「不錯，整整比小葉給你們的多了一倍，怎麼樣？」
沒等那人答話，站在身後的陸大娘已將一塊白花花的銀子拋在他腳下。
那人拾起了銀子，也拾起了鐵鍬，毫不遲疑地轉身就跳進坑中。其他人也急忙抓起傢伙，一個個地跟下去，不一會工夫，第一塊碎碑便已飛出坑外，緊跟著第二塊、第三塊也接連著扔了上來。
陸大娘等人也忙著將碎碑一塊塊地拼合在一起，過了不久，大半塊石碑已攤在李光斗面前。
李光斗忽然大喝一聲：「夠了！」
坑裡坑外所有的動作頓時靜止下來，每個人都不吭不響地抬頭望著他的臉。
李光斗低著頭在那石碑上看了一陣，陡然朝日落的方向一指，道：「走！」
身下那兩人一聽，撒腿就跑，尤一峰、杜飛等人也緊隨在後面而去。只有陸大娘師徒三人依然留在原處，六隻水汪汪的大眼睛眨也不眨地緊盯著坑裡那個類似工頭模樣的人。

那人也翻著眼睛，咧著嘴巴，呆望著陸大娘師徒三人，道：「三位大娘還有甚麼事叫我們做的？」

那兩個年輕弟子聽得狠狠地朝他啐了一口，陸大娘卻笑吟吟道：「你們真的不是龍府和江家的手下？」

那人慘兮兮地道：「如果我們是龍四爺和江老爺子的手下，我們還要來幹這種苦活嗎？」

陸大娘又仔細朝十二個人打量一眼，道：「那好，你們不是那兩個手下，事情就好辦了。」接著，又從懷裡取出一錠銀子，道：「你們想不想再多賺十兩？」

那人瞪著那錠銀子，連話都說不出來了，只拚命地點頭。

陸大娘道：「你知道這兩口棺材裡面裝的是甚麼人嗎？」

那人搖頭道：「我只知道一個是男的，一個女的，男的要埋在左邊，女的埋在右邊，絕對不能埋錯。」

他旁邊忽然有個年輕人道：「我知道這兩個人是誰。」

陸大娘瞇著眼睛瞄著他，道：「哦？你倒說說看？我看你有沒有搞錯？」

那年輕人道：「男的是『雪刀浪子』韓光，女的是梅花老九，對不對？」

他在前面說著，後面還有另外一個年輕人用手比劃著，說到「雪刀浪子」韓光時，他就以掌做刀狀的砍了砍，說到梅花老九時，他就做出摸牌狀，兩人就像演雙簧似的，樣子十分滑稽。

陸大娘那兩名女弟子都被逗得「吃吃」地笑起來。

陸大娘卻神色鄭重道：「不錯！這兩個人都是江湖上很有名的人物，也是小葉的好朋友。你們最好把棺材埋得深一點，墳也要堆得高一點，千萬不能被野狗扒出來。你們要按照我的話做好，這十兩銀子就是你們的了。」

那人胸脯一拍，道：「妳放心，這種事我最內行，我保證把這座墳做得結結實實，不但叫狗扒不動，連人也扒不開，不管是從裡邊還是從外邊，妳看如何？」

陸大娘似笑非笑地望著他，道：「你這個人好像蠻聰明嘛？」

那人得意洋洋道：「所以我才能做工頭。」

陸大娘笑了笑，抖手便將那錠銀子扔在他懷裡。

十兩銀子分量雖然有限，但從陸大娘手中扔出，力道卻重得出奇，硬把那人砸了個跟頭，而且腦袋剛好碰在一塊石頭上，頭頂頓時鼓起一個大包。那兩個年輕人急忙跑過去，一個替他搓揉，一個在一旁吹氣，看上去緊張得不得了。

陸大娘瞧得似乎非常滿意，粉首輕輕一擺，帶領著兩名弟子揚長而去，臨走還在那大半塊拼對起來的石碑上踩了幾腳。

那人立刻推開身邊那兩個年輕人，撲到坑邊一看，不禁倒抽了口氣，道：「我的媽呀！那老太婆真厲害，只看她隨便踩了幾腳，居然把那塊石碑踩得粉碎！」

其中一個年輕人哼了一聲，道：「那老太婆武功雖然厲害，但腦筋可比老大差遠了。」

另外那個也接道：「可不是嘛？不但人被老大騙得團團轉，而且還丟下三十兩銀子，看來今天夜裡咱們又有酒喝了。」

那似工頭的人抬手把綁在頭上的一條布巾拉下來，額頭赫然露出個眼睛大小的疤痕，原來他竟是「三眼」陳七，那兩個年輕人，當然是他那兩名弟兄了。

陳七先拭了把汗，又把雙手擦抹乾淨，然後才從懷裡把那三十兩銀子掏出來，道：「來來來！意外之財，大家都有份，你們每個人分三兩，我們弟兄三個有三兩就夠了。」

站在他旁邊那個弟兄立即接道：「對，留太多反而不好，萬一醉死可不是好玩的。」

另外一名弟兄忽然皺起眉頭，道：「可是這些銀子是整的。怎麼破開來呢？」

突然一個土裡土氣的小伙子走上來，道：「我有辦法。」

只見他抓過那塊較小的銀錠，隨手一捏，已被他捏下一小塊，在手上掂了掂，道：「嗯，三兩一錢五分，大概還不至於醉死。」

陳七頓時嚇了一跳，不由自主地縮到坑邊，手指著他，叫道：「你……你……」

那小伙子咧著嘴巴言道：「你不是龍府的人，我們是。」

另外一個人緊接著道：「我們都是丁總管派來保護你的，你是『魔手』葉天的弟兄，我們絕對不能讓你出任何差錯。」

後面又有個人指著腳下，道：「是啊，主意是我們丁總管出的，萬一出了差錯，我們怎麼對得起正在下面為襄陽弟兄們拚命的葉大俠？」

×　×　×

葉天左手高舉著火把，右臂緊拖著有傷在身的彭光，拚命地往下衝，司徒男、楊百歲、孫濤和丁長喜依次跟隨在後。走在最後面的是曹老闆，他手上也舉著一支火把，邊走邊回顧。

隧道很窄，七人所經之處，相繼倒塌下來，洪水般的泥土石塊，就緊追到曹老闆身後，隨時都有被掩埋的可能。

連一向最沉得住氣的丁長喜都已變了顏色，曹老闆卻像沒事人一樣，連催都不催前面一下。

突然「轟」地一聲，一面石牆猶如巨閘般的自頭頂落下，順著斜坡直滑下來。

曹老闆還沒弄清楚是怎麼回事，身子便已被那石牆推得飛了起來，整個摔了出去，同時也把前面的丁長喜撞得直撲在孫濤背上，幸虧孫濤生活在江浪上多年，下盤功夫極穩，才沒有被撲倒。

緊接著又是一聲巨響，那面石牆陡然與四壁結合在一起，把緊追在後的泥土飛石全部隔在牆外。

後面排山倒海般的聲音頓時靜止下來，眾人這才發覺腳下已經平穩，四周也變得十分寬敞。

剛剛摔倒的曹老闆已一躍而起，不但吭也沒吭一聲，連手上的火把都沒有熄滅，表現得極為剽悍。走在最前面的葉天和彭光反而同時癱軟在地上，火把也已丟在一旁，一副筋疲力盡的模樣。

丁長喜急忙趕上去，拾著火把，照著葉天汗淋淋的臉孔，道：「你覺得怎麼樣？」

葉天朝身旁的彭光比了比，喘了喘道：「累啊！這傢伙比一條死牛還重，拖都拖不動。」

彭光哼了一聲，道：「老子如非被那姓曹的龜孫打傷，保證揹著你都比你跑得快。」

葉天哈哈一笑，道：「你不要吹了，還是好好休息一會吧，從現在開始，就看你的了。」

彭光聽得神情一緊，立刻盤膝閉目，默默調息起來。

葉天也匆匆自地上爬起，在丁長喜和曹老闆手中的火把照耀下，仔細地在四下察看了一番。

原來這時大家正在一間只有五丈方圓的圓形石屋中，石屋四壁皆為巨石所砌，地面也由同樣大小的石塊鋪設而成，牆壁與地面的石塊相互銜接，中間沒有一點縫隙，就連剛剛將隧道隔絕的那面石牆也已完全結合在一起，看上去既完整又堅固，宛如一個巨大的圓桶一般。

唯一讓人感到格格不入的，就是頭上那面高高的圓形石頂。

遠遠望去，只見石頂上雕刻著三條似龍非龍、似蛇非蛇的東西，頭部都正對著石頂正中的一顆圓盤，雕工雖然不很精緻，卻顯得十分蒼勁有力，極可能是出自一位武林高手的刀下。

葉天看了半晌，才低下頭，捶著自己的頸子道：「這是甚麼意思，怎麼刻了個三龍搶珠圖？」

丁長喜沉吟道：「那三條龍，也許是影射當年飛環堡主麾下那三名弟子。」

曹老闆立刻接道：「那麼中間那顆圓盤，指的想必就是這批寶藏了？」

大家一聽寶藏兩字，精神全都來了，每個人抬頭望著那顆圓盤，連正在調息的彭光也忍不住睜開了眼睛。

葉天卻忽然嘆了口氣，道：「只可惜上面的光線太暗，找不到鑰匙孔，不知應該從哪裡著手。」

丁長喜道：「如果能將火把插在距離屋頂較近的石壁上就好了，但不知哪位有這份功力？」

曹老闆道：「上去也許不難，但想貼在壁上，把火把插進石頭裡，恐怕就不太容易了。」

葉天聽得連連點著頭，目光卻悄悄地朝站在身後的楊百歲瞟了過去。

楊百歲急忙擺手道：「不要看我，我也不行。」

葉天笑道：「楊老誤會了，我只是想問問你，司徒幫主不知能不能辦得到？」

楊百歲遲疑了一下，道：「這個嘛……我也搞不清楚，你還是直接問問她本人吧！」

司徒男不等他開口，便已淡淡一笑，道：「恐怕我也沒有這份功力，不過如果有孫大哥幫忙的話，我倒可以勉強一試。」

孫濤頓時嚇了一跳，道：「幫主說的可是在下？」

司徒男道：「沒錯，正是閣下。」

孫濤呆了呆，道：「我能幫妳甚麼忙？這又不是在水裡。」

司徒男笑了笑，道：「你的飛刀帶來沒有？」

孫濤怔怔地望著她，道：「帶來了，可是在這種地方，飛刀有甚麼用？」

司徒男將手上的青竹竿往前一伸，道：「那就有勞孫大哥，找兩支沒有用過的火把，將把手部位削得跟這根竹竿一般粗細，每支削個五六寸長就可以了。」

孫濤鬆了口氣，道：「原來妳只是叫我辦這點小事，沒問題，看我的！」

說完，從背上取出兩支備用火把，但見刀光連閃，木屑紛飛，片刻間便已完成，削得果然與司徒男手上的那青竹竿同樣粗細。

司徒男過來看了看，道了聲：「好極了！」

只見她將一支銜在口中，一支在曹老闆的火把上點燃，腰身陡然一撐，已如脫弦箭般地竄了上去。

就在她身形已達屋頂，剛一下墜之際，陡然嬌喝一聲，已將青竹竿借力插進了石壁，緊接著身子匆匆在壁上一貼，青竹竿已然拔起，那支火把也在那一瞬間插入被青竹竿穿破的那個小洞裡。

同時她停也沒停，已將另一支火把點燃，雙足猛地在壁上一蹬，整個人又如巨鷹般平飛出去，身子凌空一捲，已到對面的牆壁，只聽「噗」的一聲輕響，青竹竿又已插進了堅硬的石壁中。

拔竹竿、插火把，剎那之間已完成，人也輕飄飄落在眾人面前，不但臉不紅、氣不喘，著地時更是一點聲音都沒有。

每個人瞧得都傻住了，過了許久，丁長喜才鼓掌道：「幫主端的好身手，實在令人佩服。」

葉天緊跟著嘆了口氣，道：「我也很想拍拍手，可惜我的手受了傷，才被別人著了先鞭。」

司徒男笑笑道：「你看插的地方還可以吧？」

葉天道：「當然可以，不高不低，恰到好處。」

丁長喜忙道：「你現在能不能找出鑰匙孔在甚麼地方？」

葉天抬著頭，沉吟著道：「丁兄，你看屋頂那塊圓盤上的花紋，是不是曾經在哪裡見過？」

丁長喜立即道：「是啊，這跟我描在薄紙上的那三只殘月環的圓樣，倒有幾分相似。」

曹老闆大聲叫道：「豈止相似？依我看，簡直完全一樣！」

葉天道：「所以我認為那六個鑰匙孔，極可能按照那塊圖形，隱藏在圓盤的上面。」

丁長喜緩緩地點著頭，道：「嗯，不但可能，而且也很合理。」

司徒男忽然道：「我方才匆匆朝那塊石盤上面掃了一眼，那上面的確不太一樣，好像完全是金屬打成的，而且真的還有幾個孔。」

葉天道：「那就對了。」

司徒男急忙道：「不過那些孔寬得很，一點都不像鑰匙孔。」

葉天想了想，道：「妳有沒有注意到那塊圓盤與屋頂之間的距離？」

司徒男道：「大概總有個一尺左右吧。」

葉天道：「妳確定只有一尺？」

司徒男道：「我想應該錯不了。」

葉天點著頭，緩緩的走到彭光面前，在他肩膀上輕輕一拍，道：「彭兄，現在該輪到你幫我的忙了。」

彭光抬眼望著他，怔怔道：「我能幫你甚麼忙？」

葉天沒有回答，只向丁長喜使了個眼色。

丁長喜立刻走上來，將六只殘月環整整齊齊地排列在他面前。

彭光瞧了瞧那六只殘月環，又瞧瞧葉天，道：「你想叫我幫你把這六只東西打到那面圓盤上面的洞穴中？」

葉天笑了笑道：「那不是洞穴，那是鑰匙孔。」

彭光霍然站起來，抓起一只殘月環，比了比，道：「你說，先從哪個地方打起？」

葉天急忙攔住他，道：「慢點！慢點！剛剛司徒幫主的話你應該聽到了，上面只有一尺寬，你的殘月環至少要在下面旋轉三圈，才能打得進去，而且打進去的時候，殘月環的弦面一定要朝裡，方向絕對不能錯。」

彭光聽得嘴巴都合不起來了，愣了很久，才道：「葉大俠，不瞞你說，你叫我把殘月環在外面繞三圈，對我說來已經不是一件容易的事，哪裡還有辦法控制方向？」

葉天皺起眉頭，回望著丁長喜，道：「丁兄，你看我們大概還有多少時間？」

丁長喜道：「如果點著四支火把，最多也超不過兩個時辰。」

葉天把手臂往彭光肩上一搭，道：「彭兄，你不要心急，現在不妨先練習一下，我想有個把時辰應該差不多了。」

彭光聽得叫起來，道：「一個多時辰？你在開甚麼玩笑？你就算給我一年的時間，我也練不到那種火候，何況……我身上還帶著傷。」

葉天道：「你這點傷勢對施放暗器毫無影響，而且控制殘月環的方向，也並不如你想像的那麼困難，你何不先試試再說？」

彭光搖搖頭，道：「不必了，我有多少斤兩，自己知道得比誰都清楚，何必白白浪費力氣！」

葉天臉孔馬上拉了下來，道：「怎麼，你連試都不肯試一下？」

彭光道：「並不是不肯，而是根本就沒有這個必要。」

葉天好像已不願跟他嚕嗦，氣呼呼地走到牆邊，身子一蜷，便已睡在地上，而且還翹起二郎腿，拚命地衝著彭光搖晃。

丁長喜、孫濤和曹老闆三人一見葉天睡倒，也同時躺了下去，一副與他共同進退的樣子。

只有司徒男和楊百歲依然站在那裡，嘴裡雖然沒說甚麼，神色中卻不免對彭光有些責怪的味道。

彭光呆望了眾人半晌，才道：「你……你們這是幹甚麼？」

葉天道：「等死啊！」

丁長喜緊接道：「反正我們也只有兩個時辰了，到時候每個都難逃一死，何苦再站在那裡受罪？我勸你們三位也躺下算了，躺著等死可比站在那裡舒服多了。」

彭光愣愣道：「為甚麼兩個時辰以後非死不可？」

丁長喜道：「空氣用光了，人又出不去，不死行嗎？」

彭光變色道：「你的意思是說，到時候大家都會被悶死？」

丁長喜嘆了口氣，道：「一點都不錯。」

葉天也唉聲嘆氣道：「你知道嗎？被悶死的滋味可不是好受的，據說死相都慘得不得了。」

孫濤也忽然道：「不錯，前幾年我們有一條船翻覆在江底，其中有幾名弟兄就是被活活悶死在艙中，不但屍體整個發紫，而且每個人的胸口都被自己抓破，死相之慘，實在令人慘不忍睹，直到如今想起來，還讓人難過。」說完，也長長嘆了口氣。

曹老闆卻在那裡搖晃著二郎腿道：「那倒沒關係，好在彭兄有先見之明，早就把胸前包紮起來，抓都抓不破，我想他的死相一定會比我們好看得多。」

葉天立即接道：「可是他至少也應該為司徒幫主想一想，人家年紀輕輕的，陪我們悶死在這裡倒也罷了，結果胸口還要被抓得一塌糊塗，像話嗎？」

丁長喜急忙咳了咳，道：「司徒幫主女中豪傑，她想必不會把死後的事放在心上，我想她擔心的，一定是丐幫上下五萬名弟子今後的出路。」

葉天冷笑著道：「如果她死在這裡，那五萬人還有甚麼出路可言？樹倒猢猻散，她這一死，丐幫覆幫的命運已定，天下第一大幫也從此在江湖上除名！」

彭光聽得幾乎哭出來，道：「你們為甚麼一定要逼我？你們每個人的武功都比我強，何不自己試試看，為甚麼非把這副重擔放在我肩上不可？」

葉天翻身坐起來，道：「這是甚麼話？我們每個人都有專責，誰的責任都不比你輕。就以丁兄來說，他負責這次行動的全盤策畫，從尋找我們進來的入口，一直到將來寶藏分到大家手上，統統都是他的事，你認為他的責任比你輕嗎？」

彭光垂著頭，吭也沒吭一聲。

葉天繼續道：「司徒幫主和楊老武功最強，進來時的斷後，出去時的衝殺，都是靠他們兩位，你行嗎？」

彭光依然什麼話都沒有說，甚至連頭都沒抬一下。

葉天又道：「孫大哥在我們之中體能最好，這次我們所有的用具都揹在他一人身上，而且萬一有人體力不支，也非得靠他幫忙不可，據我估計，將來被他揹出去的就可能是你，你相不相信？」

彭光抬頭看了孫濤一眼，居然爭也沒有爭辯一聲，就把頭又垂下去。

葉天笑了笑，又道：「還有曹小五，他是江湖上出了名的人精，一旦遇到凶險，大家完全絕望的時候，所有的目光一定會統統落在他臉上，到那個時候，你就知道他所承受的壓力，遠比你現在這點負擔沉重得太多了。」

彭光一驚道：「你是說就算我們進去，後面還會有凶險？」

葉天道：「那當然，你以為想獲得這批寶藏，是那麼容易的事嗎？」

丁長喜也在一旁搭道：「就算掘口井，也難免會碰到一些意外，何況是深入地下十來丈尋寶。」

曹老闆也緊接道：「更何況這是當年『巧手賽魯班』製造出來的機關，就算他不想置人於死地，起碼也要讓人頭痛一番，否則怎麼能顯出他的手段，你說是不是？」

彭光又把嘴巴緊閉起來，兩隻眼睛眨也不眨地凝視著葉天。

葉天用袖管在鼻子上擦了擦，道：「至於我負甚麼責任，我不說你也一定明白。如果我現在突然把脖子一縮，來個萬事不知，一副管他奶奶嫁給誰的樣子，你們會放過我嗎？」

曹老闆立刻道：「那怎麼行？我第一個就不答應。」

丁長喜接道：「我也不答應，大家都是冒著生命的危險進來的，到這個時候，怎麼可以開玩笑！」

一直默默站在一邊的司徒男急忙道：「葉大俠，咱們能不能想個辦法把那六只殘月環直接送進洞裡去？」

葉天搖頭道：「恐怕不行，當初公孫柳老前輩安排用殘月環做鑰匙，一定有他的道理，如果由於送進洞裡的力道不對而出了毛病，咱們這幾個就真要活埋在這裡了。」

楊百歲也咳了咳，道：「讓孫老弟試試如何？他善用飛刀，腕力一定錯不了。」

孫濤忙道：「我不行，我的飛刀只能直來直往，一點彎都不會轉。」

葉天長嘆一聲，道：「孫兄當然不行！使用殘月環並不全靠腕力，重要的是一股巧勁，就跟回旋鏢的道理一樣。江湖上精通此道的人並不太多，能有彭兄這種火候的更是寥寥可數，如果連他都沒有把握……當初咱們就不該進來。」

丁長喜道：「照你這麼說，即使咱們還能出去，想在外面找一個替補彭兄的人，恐怕也不簡單。」

葉天道：「可不是嘛！」

曹老闆忽然捶著地，一副悔恨交加的樣子道：「只怪我當年不聽師父之言，沒在暗器上下功夫，否則哪怕我只練到彭兄一半的火候，也不至於叫他如此為難了。」

孫濤也猛地坐起來，道：「他媽的！當初我練甚麼鬼飛刀！如果我練的是回旋鏢，就算練不到彭大俠這種火候，起碼也總可以試一試……」

彭光沒等他說完，便已大叫一聲，道：「好啦，你們統統不要說啦！」說罷，只見他牙齒一咬，抖手便將手中的殘月環打了出去。

「咻咻」連聲中，那只殘月環很快便搖搖擺擺地轉了回來，他接在手中，稍許想了想，重又抖手甩出，速度雖然不快，卻比第一次平穩了不少。

如此接連練習了很久，不但速度愈來愈快，走勢也愈來愈穩，突然有一次殘月環飛快的繞了三圈，才落回到他手上，他頓時高興得叫了起來，道：「咦？這東西看來也並不難打嘛！」

葉天道：「那當然，如果連你都覺得難打，這種東西就沒人可以使用了。」

彭光急忙道：「葉大俠，請你趕快教我控制方向的方法！」

葉天苦笑道：「彭兄，你真會開玩笑，這種事應該是你教我，怎麼反而讓我教起你來了？」

彭光遲遲疑疑道：「我就怕從下往上打的力道不同，萬一到時候它不聽話，那就糟了。」

葉天道：「你既然事先已想到這個問題，我想你一定有解決的辦法。」

彭光歪著頭思索了半晌，陡然又把那只殘月環打了出去。

火光照耀下，但見那只殘月環沿壁盤旋而上，疾疾地繞了三圈，最後「噹鋃」一響，正好躥進圓盤上面的洞穴中。

所有的人全都興奮得跳了起來，彭光更已高興得大聲喊道：「我成功了，我成功了！」

然而就在這時圓桶般的石屋突然起了變化，一陣劇烈的震動之後，整個石屋連續下降了三尺有餘，才又慢慢地停了下來。

每個人都被這突如其來的變化嚇呆了，彭光更是大驚失色道：「這是怎麼回事！是不是我打錯了？」

葉天沉吟片刻，道：「不，我倒認為你真的成功了，這只不過是正常的反應而已。」

彭光道：「照你這麼說，我只要把其他五只都打進去，就算大功告成了？」

葉天道：「不錯，不過你這次可不能再一只一只打，非得把五只連續打出去不可。」

彭光道：「為甚麼？」

葉天道：「你算算看，如果每只下降三尺多，六只合起來就是兩丈，除非你有讓殘月環多轉一圈的把握，否則……」

彭光截口道：「不必否則了，三圈已是我功力的極限，再多繞半圈，我也沒有辦法。」

丁長喜沒有等他說完，早就將那五只殘月環的順序排好，托在手上道：「你打，我替你拿著。」

彭光抓起第一只，又開始猶豫起來，兩眼斜視著葉天，遲遲不敢出手。

葉天忙道：「你心裡不要有任何顧忌，只要按照方才的力道連續打出去就行了。」

彭光聽得雖然不停地點頭，但目光卻又忍不住朝司徒男瞟了過去。

司徒男淡然一笑，道：「你用不著為我擔心，我既然跟著進來，就沒把生死放在心上。至於外面那批弟兄，沒有我也照樣可以討到飯吃，你儘管放手施為，心裡千萬不要有任何壓力。」

曹老闆也在一邊喊道：「對！你只管安心往外打，萬一碰到問題，咱們再想辦法解決，怕甚麼！」

彭光這才長出一口氣，猛一跺腳，飛快的把那五只殘月環連續打了出去。

那五只殘月環猶如五隻車輛般的相繼盤旋著往上轉，轉眼已達屋頂，就在屋頂那支火把的火苗連閃下，連續傳來四聲輕響，前四只都已轉入洞中，只有最後那只已經觸到了頂上的圓盤，又被彈了回來。

下面七個人就像傻瓜般地呆望那只殘月環，直到那只殘月環即將著地，葉天才用足尖輕輕一撥，正好撥到司徒男手上。

司徒男微微怔了一下，剛想把它遞給彭光，石屋忽然又開始震動，同時不斷地在往下降，足足下降了一丈二三才慢慢停下，彭光原已伸出一半的手也急忙縮了回去。

正如葉天所料，屋頂與地面的距離，先後已增加了一丈六七，鑲在屋頂正中的那面圓盤，看上去也顯得更模糊、更遙遠。

司徒男捧著那只殘月環，為難道：「彭光，你能不能再試試看？」

不但彭光聽得連連擺手，連葉天也跟著在不斷地搖頭，而且還直嘆氣。

曹老闆忽然大聲道：「你們疊過羅漢沒有？」

眾人神情不禁同時一振。

丁長喜第一個道：「我疊過。」

孫濤也緊跟著道：「我也疊過，而且我一向都是站在最下面。」

曹老闆道：「咱們最少也得疊四層，下面一個人恐怕不夠，兩位的身高剛好相差無幾，就請你們在下面委屈一下吧。」

丁長喜和孫濤二話不說，已並肩站在一起。

葉天忙道：「我呢？」

曹老闆道：「你手有傷，只能踩在我的肩膀上。」

葉天道：「你不怕我把你踩扁？」

曹老闆道：「我倒不怕你，就怕最上面的那位身子太重，咱們幾個撐不住。」

彭光哼了一聲，道：「你放心，壓不死你的，你們只要給我一眨眼的時間就夠了。」

楊百歲急忙道：「你看老朽能不能派上用場？」

曹老闆道：「你老人家只負責把他扔上來就好了，就怕那傢伙太重，你老人家扔他不動。」

楊百歲哈哈大笑道：「那你就太小看老朽了，老朽年紀雖老，力氣卻不弱，就算他真是一條死牛，老朽也有把握把他拋上去。」

曹老闆道：「那好，那就看你老人家的了。」說完，身形一縱，已落在丁長喜和孫濤肩上，同時順手一拉，葉天也借力而起，穩穩的站上了他的肩膀。

楊百歲沒等彭光準備，已將他抓住，猛地往上一拋，那龐大的身軀已整個飛了起來。

彭光迫於無奈，只得凌空一翻，歪歪斜斜地直向葉天肩上落去，同時口中大喝道：「幫主，快把殘月環扔給我！」

呼喝聲中，下面那四人已開始搖晃，上面的彭光也不禁跟著東倒西歪，殘月環雖已接在手裡，幾次想打出去都沒有機會。

只聽葉天在下面喊道：「你在等甚麼？還不趕快打出去！」

彭光道：「你們不站穩，叫我怎麼出手？」

話剛說完，下面果然不再搖晃，但卻直挺挺地朝後面倒了下去。

彭光就在臨栽落的那一剎那，已將手中的殘月環全力甩出，似乎連瞄準的時間都沒有。

一片驚呼叫聲中，五個人整個倒成一堆，當然是彭光摔得最重。還沒等他爬起來，陡然「轟」地一聲巨響，地面猛地往下一沉，好像整座石屋子落在一塊堅硬的東西上，四壁被震得不住顫動，情況與前兩次全然不同，似乎已沉到了最底層。

葉天走到彭光身邊，彎下身子，道：「你還能不能站起來？要不要請孫兄把你揹出去？」

彭光聽得神情一振，道：「已經可以出去了？」

葉天道：「當然可以，你沒看到那邊已經打開了一扇門嗎？」

彭光回首一看，果見石壁上已出現了一個門戶大小的方洞，除了他和葉天之外，其他人都已走了出去，不禁笑口大開道：「我還在擔心最後那只打不準，誰知竟被糊裡糊塗的給撞了進去。」

葉天道：「那是因為你的功夫扎實，一般人在那種情況之下絕對打不進去。」

彭光瞇起眼睛道：「如果是你呢？」

葉天道：「我也不行。」

彭光哈哈一笑，道：「葉大俠，你騙人的本事實在天下無雙，難怪那些女人被你耍得團團轉。」

葉天道：「這是甚麼話？我說你的功夫比我高明，難道也錯了嗎？」

彭光道：「當然錯了，你說我身子比你重，我沒話說，你說我施放暗器的手法比你強……你自己相信嗎？」

葉天又擦了擦鼻子，道：「本來我是不相信的，可是現在事實擺在眼前，我不相信也不行啊！」

彭光聽得精氣神全都來了，頓時自地上一躍而起，笑呵呵道：「我明明知道你在騙我，但這話出自『魔手』葉天之口，聽起來還是相當受用，只可惜其他人不在這裡，否則就更過癮了。」

葉天一本正經道：「要不要我當著大家面前，把方才的話再重說一遍？」

彭光也擦了擦鼻子，道：「那倒不必，咱們還是趕快出去尋寶要緊。」說完，拖著葉天就朝外走，誰知一走出去，兩人同時傻住了。

原來外面也只是一間毫無通路的長形石屋，也是以同樣大小的石塊堆砌而成，面積比裡邊那間石屋還要狹窄，而且屋頂也低了許多，牆角壁縫也都有水份滲入的痕跡，顯得既沉悶又潮濕，讓人覺得渾身都不自在。

先前進來的五個人，都像熱鍋上螞蟻般的正在四下尋找出路，每個人都充滿了焦急的神色。
彭光不禁大失所望道：「這倒好，忙了半天，結果又是個死胡同。」
葉天苦笑道：「如果真是條死胡同倒好，起碼我們還能退回去，現在我們等於竄進了一口石棺材，連退路都沒有了。」
彭光急忙道：「那你還不趕快想辦法找一找，看鑰匙孔藏在甚麼地方？」
葉天道：「鑰匙都已經用光了，找到鑰匙孔又有甚麼用？」
彭光怔怔道：「那怎麼辦？」
葉天嘆了口氣，道：「事到如今，也只好走一步算一步了。」
彭光一聽，整個洩了氣，冷汗一顆顆的淌了下來。
就在這時，司徒男忽然發出一聲驚呼，道：「葉大俠！你看這是甚麼？」
這一呼喚，不但葉天應聲而至，其他五人也全都擁了上來，原來黑暗的牆壁上，頓時被兩支火把照得一片雪亮。
只見那面凹凸不平的牆壁上，鑲著一塊平坦的石板，那板上刻著一個人像，刻工雖然粗陋不堪，但仍可看出是個相貌威武的老者，而且手上居然還握著一只類似殘月環的東西。
葉天一見那東西，立刻道：「這一定是飛環堡主的肖像。」
丁長喜點著頭，道：「傳說這批寶藏是飛環堡主生前委託公孫前輩掩藏之事，看來也不會錯了。」
司徒男沉吟著接道：「可是據說飛環堡位在滇南一帶，距此不下千里之遙，他為甚麼會把這批寶藏掩埋到襄陽來呢？」
葉天道：「我想可能跟我一樣，也是為了避禍。」
丁長喜道：「不錯，按照這條地道的結構看來，這極可能是一條逃生之路，我們卻把出口當入口，糊裡糊塗的闖了進來……」
葉天截口道：「也許這正是公孫老前輩生怕寶藏永遠沉埋地下，才故意留下來的漏洞。」
彭光忍不住道：「那麼寶藏呢？」
丁長喜道：「我認為咱們既然已經到了這裡，尋找寶藏已不重要，首先要把出路找出來再說。」
葉天道：「根據公孫老前輩所留下的圖案，入口有幾條，出口卻只有李家大院的地窖一處，至於內部的機關，也沒有註明，一切就得靠我們自己了。」
彭光忽然叫道：「也許這肖像後面就是出口……」說著，伸手就去揭那塊石壁。
丁長喜急忙把他攔住，道：「這塊石板可千萬不能動它。」
彭光道：「為甚麼？」
丁長喜道：「你想想看，如果這地道是你建造的，你把自己的肖像刻在這裡，你願意讓人把它毀掉嗎？」
彭光不再講話，手也縮了回去。
曹老闆卻在一旁笑道：「如果是我，我一定在我的肖像前面擺塊蒲團，叫進來的人在我面前三拜九叩，頭磕得不夠，絕不放他出去。」
葉天聽得神情一振，道：「有道理。」急忙往後退了退，低頭一看，腳下果然有一塊比較突起的石板，而且上面還刻著好像一般蒲團似的花紋。
眾人也不約而同地垂首察看，這才發現那種石板不只一塊，居然有三塊並排在那兒，格式大小完全相同。
葉天沉吟一聲，道：「不用說，這一定又是為他那三個徒弟準備的。」
丁長喜道：「不錯。據說飛環堡主本身沒有子嗣，而他那三名弟子為了獨吞這批財寶和一本《殘月譜》，彼此勾心鬥角多年。看來這三個人如不同心協力，好好在這裡愧悔一番，恐怕再也別想出去了。」
葉天苦笑道：「如此說來，咱們也非給他磕幾個頭不可了？」
曹老闆馬上跪下來，道：「我磕，只要他把寶藏給我，磕破頭我都幹。」
葉天也在中間那塊石板上跪下，道：「我也磕，說不定會被我磕出出口來。」
站在最右首那塊石板前面的司徒男也自然而然地跪了下去，後來發覺與葉天跪在一起有些不太妥當，急急跳起來，紅著臉孔讓到一旁。

楊百歲立刻打著哈哈道：「幫主身子太輕，只怕分量不夠，還是讓我來吧。我雖然年紀一把，但跟飛環堡主比起來，起碼也矮了兩輩，給他磕幾個頭也是應該的。」說完，三個人果然恭恭敬敬地對著那個肖像磕了幾個頭。

就在楊百歲剛剛想站起來的時候，葉天忽然把他拉住，道：「看情形咱們磕得還不夠，就有勞你老人家再陪我們多磕幾個吧！」

楊百歲詫異道：「為甚麼？」

葉天沒有作聲，只朝肖像下的石壁指了指。

楊百歲睜大眼睛一瞧，才發覺牆根下的石壁已伸出一截，而且還在不停地往外延伸，不禁訝然叫道：「咦！那是甚麼東西？」

葉天邊磕邊道：「再磕一陣，即知分曉。」

楊百歲不再多言，也跟著兩人繼續磕了起來。

也不知道磕了多少個頭，直磕到那堵石壁伸出了兩尺多長，不再繼續朝外伸展，三人才同時停下。

葉天湊過去仔細察看了一陣，猛地用手一揭，那石壁忽然從中破開，原來只是一個石盒，石盒裡邊擺著一冊藍面白簽的書本，白簽上寫著五個蒼勁有力的字跡，赫然是「殘月十三式」。

丁長喜首先驚叫一聲，道：「原來他那三大弟子苦尋一生不可得的東西，竟然藏在這裡！」

葉天也大吃一驚，道：「這本《殘月十三式》，莫非就是傳說中的《殘月譜》？」

丁長喜道：「不錯。看來今後『魔手』葉天的功力，又可以精進一層了。」

葉天忙道：「這是甚麼話？這本《殘月譜》是大家發現的，每個人都有份，我怎麼能獨吞？」

丁長喜笑笑道：「我武功根基很差，對暗器手法更是一無所知，現在再開始下功夫也來不及了，所以我乾脆放棄，讓給你們有興趣的去研究吧。」

楊百歲也急忙讓到一邊，道：「老朽一條腿已伸進棺材，何苦再學別家的功夫？還不如也乾脆讓給你們年輕人算了。」

曹老闆也跳起來，道：「我也放棄，年輕的時候我都不肯學，老來何必再自找罪受！」

孫濤也在一旁道：「看來這東西對我也毫無用處，我也放棄。」

葉天回望他，道：「為甚麼？」

孫濤苦笑道：「第一，我認識的字不多，這本東西我看不懂，第二……我笨得很，不瞞你說，我苦練飛刀多年，還沒有練出個名堂來，怎麼還能練那種高深的功夫？」

葉天道：「沒關係，等我學會了，我教你。」

孫濤道：「那我就先謝了。」

葉天目光又轉到彭光臉上，道：「彭兄，你應該沒有問題吧？」

彭光嘆了口氣，道：「我的問題可大了……」話沒說完，身子已朝後倒去。

幸虧孫濤站在他旁邊，一把將他抱住，慢慢把他放在地上，道：「彭大俠，你怎麼了？」

其實不問大家也明白，一定是方才自高處摔下時觸及了傷口，當時由於在興頭上，沒有及時醫治，一直撐到現在，才不得不躺下來。

但彭光還是一副滿不在乎地調調道：「沒關係，我躺一會就好。」

他嘴裡說得硬朗，臉色卻已變得一片蒼白。

孫濤趕緊取出傷藥，道：「彭大俠，你先服用一些，穩穩傷勢再說。」

彭光道：「不用了，我自己也有。」說著，已自懷中掏出一隻潔白的小瓷瓶，一面服藥，一面嘆氣。

眾人都知道那是「雪刀浪子」韓光和梅花老九給他留下的藥，睹物思人，每個人看了都不免有些傷感，亂哄哄的石室中，頓時變得一片沉寂。

就在這時，躺在地上的彭光忽然驚嘆道：「咦！你們聽，這下面是甚麼聲音？」

葉天急忙伏首細聽一陣，道：「嗯，看來機關已經發動了。」

彭光忙道：「甚麼機關？」

葉天笑笑，道：「你趕快養足精神吧，否則真要孫兄揹你出去了。」

彭光哈哈一笑，道：「你放心，這點傷還難不倒我，我自己還能走。」

葉天又擦著鼻子，道：「只能走路還不夠，那批寶藏重得很，你多少也得幫忙扛點出去才行。」

彭光馬上坐起來，道：「寶藏在哪裡？」

葉天道：「說不定就在門外。」

彭光東張西望道：「門在哪邊？」

葉天道：「你不必找了，在它自己打開之前，誰也摸不準在甚麼地方。你只管先睡一會，到時候我們自會叫醒你。」

彭光滿臉無奈地又躺了下去，嘴裡還在念念不停道：「這下面究竟是甚麼東西在滾動？而且滾動得好像還慢得很！」

曹老闆道：「我想八成也是滾桶，就跟小葉家裡的情況一樣。」

葉天搖頭道：「不是滾桶，是滾珠，這套機關做得比我家裡那套精密太多了。」

丁長喜忽然道：「葉大俠，咱們要等多久才能出得去？」

葉天沉吟了一下，道：「如以下面那顆滾珠的速度來推斷，我想至少也得一個時辰。」

丁長喜立刻將手中的火把熄滅，道：「既然還要這麼久，我們只有省著點用了。」

孫濤道：「那倒不必，我身上的火把還多得很。」

丁長喜道：「我說的是空氣，這火把比人消耗得還厲害，有一支照亮已足夠了。」

曹老闆隨將手裡的火把往孫濤手上一塞，人已轉身衝到裡面，只一會工夫，一支熄掉的火把已被丟了下來。

丁長喜忍不住脫口讚嘆道：「這傢伙的輕功真不賴！」

葉天道：「那當然，如非他輕功高人一等，就算他有一百條命，也早就玩完了。」

誰知葉天的話剛剛說完，裡邊的曹老闆驚呼一聲，自石壁上摔落下來，緊跟著人也跌跌撞撞地衝出門外，滿臉驚惶地呆望著眾人，嘴巴翕動了半晌，卻一句話也沒說出口。

眾人不禁同時嚇了一跳，連睡在地上的彭光都睜開眼睛，問道：「出了甚麼事？」

曹老闆這才大叫道：「你們趕快進去看看！那道牆壁後面……有東西！」

葉天呆了呆道：「甚麼東西？難道後面填的都是金子不成？」

曹老闆道：「不，不是金子，是一幅地圖，好像用大力金剛指畫上去的……」

眾人沒等他說完，便已一窩蜂般地擁了進去，只留下彭光兩眼直直地瞪著曹老闆，道：「莫非又是一幅藏寶圖？」

曹老闆搖首道：「是藏金圖，可比藏寶圖實際多了。」

彭光愣愣道：「你怎麼確定那是藏金圖？」

曹老闆道：「上面寫得很清楚，尤其是個『金』字，刻得既工整又有力，看上去可愛極了。」

說話間，裡面已催促著司徒男上去畫圖，曹老闆也急急趕了進去。

過了很久，大家才走了出來。葉天興沖沖地走到彭光面前，道：「彭兄，恭喜你，你今後的重量又要增加不少。」

彭光莫名其妙道：「這跟我的重量有啥關係？」

葉天道：「當然有關係，你如果懷裡揣滿了純金的金錢鏢，體重還會不增加嗎？」

彭光聽得開懷大笑，但只笑了幾聲，就又痛苦的躺了下去。

站在他旁邊的孫濤，這次卻連動也沒動，只翻著眼睛在那裡出神。

葉天詫異地望著他，道：「孫兄，你盼望已久的船如今已有了著落，你還在想甚麼？」

孫濤沉吟著道：「我還想替弟兄們蓋一批房子，一時卻想不出應蓋在甚麼地方。」

葉天朝上面指了指，道：「蓋在這裡如何？這裡剛好是你們江家的地盤，也不會跟龍府發生任何糾紛。」

孫濤道：「可是這塊地已經被你買下來了，我們怎麼可以佔用？」

葉天道：「你現在已是有錢人，你可以向我買。」

孫濤道：「你肯賣嗎？」

葉天道：「別人我當然不肯，如果你孫兄需要的話嘛……只要你讓我賺一點，我就賣了。」

孫濤大喜道：「只要你肯賣，其他的事都好商量。」

一旁的曹老闆忽然嘆了口氣，道：「本來我也在打他這塊地的主意，既然孫兄想要，我也只有忍痛割愛了。」

葉天訝然道：「你想買地幹甚麼？」

曹老闆道：「蓋客棧啊！我要蓋一間襄陽最大的客棧，比江大少那間『五福客棧』還要氣派。」

丁長喜立刻道：「那好辦，你到城南來，你就是想蓋十間也沒問題，我們四爺手裡的地有的是。」

曹老闆忙道：「我不要蓋那麼多，只要在上好的地段上蓋一間就夠了。其他的錢……我還另有計畫。」

葉天斜瞟著他，道：「哦？你還有甚麼偉大的計畫？」

曹老闆神秘兮兮道：「這計畫的確偉大得不得了！你們哪位有興趣，不妨投點資本過來，我包你們一年翻一番。」

葉天難以置信道：「有這麼好的生意？」

曹老闆得意洋洋道：「沒想到吧？要講做生意，我可比你們高明多了。我初到襄陽的時候，也不過是百十兩的身價，可是現在……」

葉天道：「這麼說，你現在至少也有個一萬多兩了？」

曹老闆居然嘆了口氣，道：「可惜當年帶來的是銀子，不是金子。」

葉天道：「但這次卻是金子。你有了這批金子也該夠了，還要做甚麼生意？你要那麼多金子幹甚麼？」

曹老闆眼睛一翻，道：「這是甚麼話？金子跟女人一樣，哪有嫌多的？」

葉天再也懶得理他，目光立刻又轉到了丁長喜臉上。

丁長喜立刻笑道：「你是不是想問我拿到這批黃金之後的打算？」

葉天道：「正想請教。」

丁長喜道：「很抱歉，我現在甚麼都不能告訴你。我雖有滿肚子的計畫，但一切都是跟四爺商議過才能定案，現在說了也是白說。」

葉天道：「能不能先透露一點讓我們過過癮？」

丁長喜想了想，道：「我只能先告訴你一件事，因為這件事我還作得了主。」

葉天道：「甚麼事？」

丁長喜道：「我可以向你保證，今後龍、江兩家絕對不會再起衝突，就算他們無理取鬧，看在孫兄的份上，我們也忍了。」

孫濤忙道：「丁總管只管放心，只要有我孫某在，我擔保江家水陸八百名弟兄絕對沒有人敢找你們龍府的碴。就算你們欺到我江家頭上，看在你丁總管的面子上，我們也得禮讓你們幾分。」

丁長喜甚麼話都沒說，只伸出了一隻手掌，孫濤也毫不遲疑的伸出手掌，兩人鄭重的相互擊了三下。

葉天好像已完成了一件心願，目光又很快地轉移到司徒男臉上。司徒男也正悄然地望著他，似乎正在等待著他開口。

葉天笑瞇瞇道：「恭喜司徒幫主，貴幫有了這批黃金，正是如虎添翼，重振昔日雄風，已是指日可待的事。」

司徒男搖首輕嘆道：「只可惜敝幫目前所缺少的不是黃金，而是人才。」

楊百歲即接道：「不錯，要想重整丐幫，就是先吸收人才，只靠財力是解決不了問題的。」

司徒男忽然凝視著葉天，道：「葉大俠，你與其浪蕩江湖，何不乾脆移樽到敝幫來？敝幫所需要的，就是閣下這種人。」

葉天急忙道：「多謝幫主美意，可惜在下也早已擬定了一個計畫……不過萬一這個計畫失敗，在下一定去投靠貴幫，到時尚請幫主不要見棄才好。」

曹老闆聽得頓時叫起來，道：「原來你肚子裡也有計畫！你為甚麼沒有早點告訴我？」

葉天道：「我的計畫小得很，就算告訴你，你也聽不進去。」

司徒男笑接道：「我聽得進去。我想你的計畫一定錯不了，何不說出來聽聽？也讓我替你高興高興！」

葉天沉吟了一下，道：「其實也沒甚麼，我只想重返江陵，把道上的弟兄組合起來罷了。」

司徒男一怔，道：「你想自創幫派？」

葉天擦著鼻子道：「也可以這麼說，但不知我的分量夠不夠？」

司徒男道：「這是甚麼話！如果連你『魔手』葉天的分量都不夠，江湖上還有甚麼人有資格組幫立派？」

葉天道：「我本來還有一點遲疑，聽幫主這麼一說，我就放心了。」

司徒男忽然輕嘆一聲，道：「這樣也好，萬一我重整丐幫失敗，正好可以帶著楊老和彭光去投靠你。」

葉天哈哈一笑，道：「隨時歡迎，不過，我勸妳最好是等重整貴幫成功之後再來，到時候我一定避位讓賢，把江陵『天羽堂』老大的位子讓妳來坐。」
司待男又是一怔，道：「江陵『天羽堂』？」
葉天道：「是啊，妳看這個名字怎麼樣？」
司徒男道：「你用的可是『魔手』葉天的『天』字和『十丈軟紅』蕭紅羽的『羽』字？」
葉天道：「不錯。」
司徒男忙道：「那小玉怎麼辦？」
葉天急咳了一陣，道：「幫主真會開玩笑。我若把每個老婆的名字都用上去，那還得了！只怕三天都念不完。」
司徒男笑吟吟地瞟著他，道：「葉大俠，你將來究竟要討多少老婆？」
葉天居然定神想了半晌，才道：「這可難說得很，妳沒聽曹兄剛剛說過嗎？老婆跟黃金這種東西是『韓信點兵，多多益善』，我一時還真說不出個準數目來。」
此言一出，頓時引起一片爆笑。
丁長喜忽然咳了咳，道：「你們將來無論有何打算，都得先想辦法把李光斗那批人除掉再說，否則一切都等於空談。」
眾人立刻沉寂下來，每個人的目光都落在司徒男英氣煥發的粉臉上。
司徒男卻凝視著丁長喜，道：「丁總管，依你看，李光斗那批人真的會來嗎？」

丁長喜道：「只要陳七不出錯，我想那批人應該早就等在外面了。」

葉天一旁笑道：「幫主放心，像這種騙人的勾當，那弟兄三個最拿手不過，包妳不會出錯，妳只準備著出手報仇吧！」

司徒男馬上將手裡的青竹竿在葉天面前一橫，道：「那麼就請葉大俠把你的妙藥賜下少許，也好讓老賊嚐嚐笑死的味道。」

葉天皺眉道：「妳想叫我把『一笑解千悉』塗在妳這根打狗棍上？」

司徒男道：「不錯。」

曹老闆即刻接道：「這個方法的確不錯。」

葉天搖頭道：「錯了，如果我真把藥塗在棍子上，試問司徒幫主還怎麼使用？」

曹老闆道：「那還不簡單！她也可以把手包起來，就跟你一樣。」

葉天道：「我雙手負傷的事，李光斗早已知道，若是別人的手也突然出了毛病，你猜那老賊會怎麼想？」

曹老闆托著下巴想了想，道：「嗯，這個辦法的確不妥，一定騙不過那老狐狸。」

司徒男只好又把那根竿收回去，道：「那怎麼辦呢？」

葉天胸有成竹地道：「幫主不要著急，我自有方法引他入彀。現在還有點時間，咱們何不先看看那本《殘月譜》？說不定可以在上面學幾手絕招。」說著，便在石盒前面坐下。

司徒男也滿臉無奈地坐在他旁邊，一副捨命陪君子的模樣。

其他人也意興闌珊，似乎都對那本名滿武林的秘笈提不起興趣，只有手持火把的孫濤不得不走上來替兩人照亮。

葉天剛剛打開第一頁，忽然又極小心地合起來，神色變得十分凝重。

司徒男瞄著他，道：「怎麼了？是否上面已浸了毒？」

葉天急忙將《殘月環》按住，小聲道：「毒倒是沒有，不過書裡的紙張已經腐朽不堪。妳說話時最好輕聲一點，還有，千萬不能咳嗽！」

司徒男點頭，身子也朝後縮了縮。

葉天回首道：「丁兄，能不能過來幫個忙？」

丁長喜掩著嘴巴，含含糊糊道：「怎麼個幫法？」

葉天道：「這本書好像已帶不出去了，你腦筋好，不妨坐在旁邊幫我們記一點。」

丁長喜道：「那能記多少？」

葉天道：「能記多少就記多少，既然已到了咱們手裡，不留點下來，豈不可惜？」

丁長喜也是一臉無可奈何的樣子，遠遠地坐在一邊，道：「好吧，你最好翻得慢一點，這幾年我的腦筋可是比以前差遠了，翻得太快了恐怕記不住。」

得多。」

葉天側著頭道：「這一點你倒不必擔心，你就算老掉牙齒，腦筋也比我快

司徒男也將粉臉躲在葉天後面，道：「我的腦筋更慢，如果掀得太快，第一個趕不及的一定是我。」

葉天回首道：「那好，妳不點頭我不掀，妳看怎麼樣？」

司徒男忙在一邊讓了讓，才紅著臉點了點頭。原來是葉天方才回首太快，不小心將下顎觸在司徒男的粉頰上。

葉天也趕緊將身子坐正，小心翼翼地將封面揭開來。

書中的圖文似乎很快便將三人吸引住，不但丁長喜立刻湊了上來，司徒男也像完全忘了剛剛那碼事，整個身子都已貼在葉天的背脊上。

身後四人卻都視若不見，個個屏息而待，神情一片凝重。

過了許久，葉天才緩緩轉回頭，默默地望著司徒男，直等到她頷首，才揭開了第二頁，但想了想又翻了回來，忽然從懷裡掏出「一笑解千愁」的小布袋，在看過的第一頁上輕輕撲了幾下。

司徒男訝然道：「咦?你這是幹甚麼?」

葉天道：「替李光斗加點料，妳不會反對吧?」

司徒男大吃一驚，道：「你想把這本《殘月譜》送給他?」

葉天道：「是啊，人家在外面等了半晌，咱們不帶點禮物出去怎麼行？」

丁長喜道：「這個辦法倒不錯，反正這本書也沒用了，送給他讓他笑笑也好。」

身後幾人聽得已忍不住先笑了起來。

司徒男也「吃吃」笑著道：「那你就多撲一點。那老賊皮厚，少了只怕力道不夠。」

葉天果然又在上面撲了一陣，才將書頁更加小心的翻了過去。

屋中即刻又靜了下來，除了火把燃燒的輕響之外，再也聽不到其他聲音。

時間在寧靜中緩緩地過去了，直到孫濤已換到第三支火把，三人才把整本的書看完。

葉天匆匆取出一塊布巾，小心地將書包好，才沉嘆一聲道：「難怪當年『飛環堡』名震武林，原來『殘月十三式』竟是如此神奇！」

丁長喜也嘆了一口氣，道：「只可惜時間太短，我的腦筋又不太管用，記下的實在有限得很。」

葉天忙道：「大概記了幾成？」

丁長喜沉吟了一下，道：「最多也不會超過五成。」

葉天回望著蹙眉不語的司徒男，道：「妳呢？」

司徒男道：「我可比不上丁總管，記個三成已經不錯了。」

葉天哈哈一笑道：「那太好了，加上我的兩成，豈不剛好記全了？」

司徒男道：「怎麼可以這麼算？」

葉天道：「為甚麼不可以？如果丁兄記的是前四招和八九兩招，妳記的是五六和最後兩招，而我記的又恰巧是其他三招，湊在一起，這本《殘月譜》上的武功，豈不剛好一招不漏的全在咱們三人的腦子裡？」

司徒男頓時叫起來，道：「咦！你怎麼知道我記的是這四招？」

丁長喜雖然沒有開口，臉色卻也整個變了。

葉天擦擦鼻子，道：「我只是隨便說說，妳何必如此緊張？」

丁長喜陡然哈哈大笑，道：「葉大俠，憑良心說，過去我對你還有點不服氣，現在我才真的服了你。」

葉天忙道：「丁兄太客氣了，我把那些嚕嗦的招式讓你們記，我只記了幾招最簡單的，你怎麼反而捧起我來？」

丁長喜頓足一嘆，道：「只可惜我身受四爺大恩，不能離開龍府，否則我真想追隨葉大俠去闖蕩一番。」

孫濤也唉聲嘆氣道：「可惜我也無法抽身，否則我也真想跟葉大俠去混混。」

曹老闆馬上接道：「我可以去！小葉，你說，我去了，你想叫我幹甚麼？」

葉天急忙擺手道：「你千萬不要來，我這小廟可裝不下你這尊大菩薩，你就饒了我吧！」

曹老闆聽得哈哈一笑，眾人也在一旁偷笑不已。

唯有躺在地上的彭光臉上沒有一點笑容，只遠遠地瞪著葉天，道：「葉大俠，下面的聲音已經停了，門是不是要開了？」

葉天還沒有來得及回答，只覺得腳下一空，人已栽了下去，剛剛觸到地面，一個軟綿綿的身子也已落在他的懷裡，那人當然是司徒男。

幾乎在同一時間，丁長喜和孫濤也已摔在地上。

葉天忙將司徒男托起，自己也跟著站了起來，大聲道：「我這雙手一傷，全身都顯得不對勁，方才如非司徒幫主扶我一把，非栽個狗吃屎不可。」

司徒男吭也沒吭一聲，只在一邊整理衣裳。

丁長喜立刻接道：「可不是嘛！『魔手』葉天如果少了雙手，一定比一般人更不方便。」

說話間，楊百歲和曹老闆也相繼躍下，最後連負傷的彭光也在眾人的協助下跳了下來。

司徒男忽然輕咳兩聲，道：「葉大俠，你方才說的話算不算數？」

葉天道：「甚麼話？」

司徒男道：「萬一你的計畫失敗，你是不是真的會到丐幫來？」

葉天道：「當然是真的……不過，妳可不能故意派一群花子來跟我搗蛋。」

司徒男「嗤」地一笑道：「你這一說倒提醒了我，這還真是一個好主意。」

葉天聽得暗吃一驚，神色也為之大變。

楊百歲急忙笑道：「葉大俠但請放心，我們幫主做事一向光明磊落，絕不暗箭傷人，方才她不過是跟你開開玩笑而已。」

彭光也接口道：「而且我們幫主是個極講義氣的人，在任何情況之下，絕對不會做出對不起朋友的事。」

葉天這才鬆了一口氣。

司徒男神情忽然一整，從懷中取出一塊五寸見方的皮革，上面摹畫著一幅簡單的地圖，筆跡十分清晰，線條深入皮面，顯然是以尖細的金屬利器燙上去的。

彭光匆匆朝司徒男頭上瞄了一眼，道：「還是幫主聰明，若是換了我，我可想不出如此高明的法子來。」

葉天笑笑道：「如果換成你，只怕這張圖畫不到三分之一，大家全都垮了。」

彭光不解道：「這話怎麼說？」

葉天道：「你也不想想，你這麼重，誰扛得動你！」

彭光忍不住嘆了口氣，還狠狠地在肚子上拍了一下，好像自己的身子過重，並不是因為長得胖，而是由於懷裡的金子過多之故。

司徒男急忙輕咳了兩聲，道：「咱們時間也不多了，何不趁著現在，每個人描一張藏在身上，說不定今日一別，以後就再也沒有相聚一堂的機會了。」

丁長喜即刻道：「不錯，就算偶然聚在一起，只怕也沒有現在這種味道了。」

曹老闆忙問：「甚麼味道？」

丁長喜道：「友情的味道。你不覺得這裡每個人都是你的好朋友嗎？」

曹老闆道：「我當然感覺得到，而且我認為現在我們是好朋友，將來也是好朋友。」

葉天突然冷笑一聲，道：「那可沒準兒，說不定哪一天我會從後面給你一下……」

曹老闆倒抽了口冷氣，道：「你……居然會向我下手？」

葉天點頭道：「會，一定會。」

曹老闆道：「為甚麼？」

葉天道：「當然是為了錢。」

曹老闆道：「可是我現在的錢就不少，你為甚麼從來都沒有打過我的主意？」

葉天道：「那是因這數目還不夠大，如果是為了三十萬兩、五十萬兩、甚或上百萬兩的黃金，你敢說你曹小五永遠不會同這些好朋友們動手嗎？」

曹老闆「咕」地嚥了口唾沫，居然半晌沒說出話來。

丁長喜長嘆一口聲，道：「經過了這次生死患難，我突然感到我們冒著生命危險來尋寶，是一件非常愚蠢的事，我們真的需要這麼多金子嗎？我們沒有這批寶藏，就真的活不下去了嗎？」

眾人聽得啞口無聲，每個人的目光都盯在丁長喜臉上，似乎都在等著他繼續說下去。

丁長喜又沉嘆一聲，繼續道：「其實我們龍、江兩家只要能同心協力，不出兩三年的工夫，必可創出一個新局面，如果把時間浪費在尋找這批黃金上，不但基業不保，說不定連龍四爺和我這兩條命都要賠上去。」

孫濤立刻道：「丁兄說得不錯，如果能跟龍四爺化敵為友，根本就無需兩三年，只要有一年的時間，憑我家大少的聰明和八百名弟兄們的苦幹，局面必定改觀，何必把精神浪費在尋找那批毫無把握的黃金上面？」

葉天斜著眼睛瞄著丁、孫兩人道：「看樣子，這批東西你們是不想要了？」

丁長喜斷然搖首道：「如果葉兄有興趣，我們這兩份就送給你吧！」

葉天皺著眉頭想了想，道：「我最大的心願是回江陵創立『天羽堂』，並不想做百萬富翁，開創『天羽堂』固然需要些經費，我想以我和那兩個女人的加起來也應該差不多了……」

曹老闆截口道：「一定夠，那兩個女人手頭很有幾個，身價一定不會在我之下。」

葉天一驚道：「真的？」

曹老闆道：「當然是真的，在這方面我最敏感，絕對錯不了。」

葉天毫不猶豫道：「好，我這份也不要了，全送給你們丐幫算了。」

司徒男頓時秀眉一蹙，道：「慢著，慢著！」

葉天道：「你們丐幫不正需要錢嗎？還『慢著』幹甚麼？」

司徒男突然回望著身後的楊百歲，道：「你看咱們丐幫真的需要這批金子嗎？」

楊百歲緩緩地搖著頭，道：「屬下原本還以為這批寶藏對咱們很重要，可是如今經丁老弟一點，屬下反倒認為這筆金子說不定會給幫裡帶來更大的麻煩……」

躺在地上的彭光忽道：「不錯，只怕金子尚未找到，自己人就已先殺得頭破血流了。」

楊百歲道：「正是。幫主想得開，那批人未必想得開，如此大筆黃金，只怕拿命來換他們都幹。」

司徒男道：「這麼說，這批金子，咱們也不能要了？」

楊百歲遲遲疑疑道：「好像不能要。」

彭光毫不遲疑喊道：「絕對不能要！」

司徒男輕嘆一聲，道：「我們是『丐幫』，天生是討小錢的命，貪圖大批黃金，似乎有違天意，更何況『丐幫』的問題在人而不在錢，而且我們沒有時間去尋找這批黃金了，我看這張東西還是送給你曹老闆吧！」

曹老闆慌忙倒退了幾步，道：「我……我也不能要。」

葉天吃驚道：「咦！你不是最喜歡金子嗎？你方才不是還說女人和金子一樣，沒有嫌多的道理嗎？」

曹老闆忙道：「我現在想通了，女人和金子一樣。女人多了，最多多傷點神，金子多了，可是會壓死人的。」

葉天雙手一攤，道：「連他都不要，丁兄，你說該怎麼辦？」

丁長喜不假思索道：「依我看，咱們乾脆做一件有意義的事。」

葉天沉吟了一下，道：「丁兄莫非想把這張東西交給『日月同盟』？」

丁長喜道：「葉兄果然是聰明人，一猜即中。」

葉天笑笑道：「『日月同盟』有人有閒，叫他們去找尋這批黃金再理想不過，更何況他們正需要大批經費。丁兄這個主意想得的確很有意義，那就請你早一點交給他們吧！」

丁長喜急忙搖手道：「我跟孫兄是眾矢之的，上邊正在盯著我們，如果這件東西從我們手上交給『日月同盟』，萬一被他們發現了，那還得了！」

孫濤接道：「對，不但我們兩個吃不了兜著走，江、龍兩家也休想在襄陽混下去了。」

葉天道：「如此說來，只好有勞司徒幫主了。」

司徒男擺手道：「我更不行，第一，我不能讓『日月同盟』欠我的情，否則他們每天想送金子給我，那如何得了？第二，『日月同盟』人多口雜，這事遲早有一天會傳到丐幫耳中，到那時，我這個幫主還怎麼做得下去！」

葉天一想也對，目光立刻轉到曹老闆臉上。

曹老闆急忙道：「你不必看我，我更不行。」

葉天不解道：「為甚麼？」

曹老闆道：「第一，我除了房子就是銀子，分量都太重，萬一出了事，想跑都跑不動。第二，我怕我會後悔，萬一我起了貪念，自己偷偷拿著這張圖去找金子，到時準死無疑。我現在已經不是『要錢不要命』了，你們都是我的朋友，怎麼忍心害我！」

丁長喜微微點了點頭，道：「看來這件事只有偏勞你葉兄了！」

葉天道：「你別開玩笑了，上邊盯我要比盯你們緊得多，我只要被他們懷疑一下，我的『天羽堂』就永遠泡湯了，你說是不是？」

丁長喜皺起眉頭道：「這可難了，咱們叫誰把這件東西交到『日月同盟』手上才好呢？」

就在這時，上面忽然有人高喊道：「葉大俠！葉大俠！……」

葉天大喜道：「就是他！這件事交給他辦準沒錯。」

司徒男蹙眉道：「你說交給『鬼捕』羅方？」

葉天道：「對。」

司徒男道：「這個人靠得住嗎？」

葉天道：「問題不在他靠不靠得住，而在他夠不夠聰明。」

丁長喜截口道：「葉兄說得不錯，如果他不想交出去，就讓他自己去尋找那批黃金好了。」

司徒男點頭道：「既然如此，咱們索性現在就衝出去，先把東西交給他再說。」

丁長喜忙道：「且慢，現在咱們還不能出去，至於那件東西，將來司徒幫主在北上的路上再悄悄交給他也不遲。」

葉天道：「現在為甚麼不能出去？」

丁長喜悄悄掃了面帶倦色的司徒男一眼，道：「你不要忘了外面還有人等在那裡，只要一出去，就是一場殊死之戰，咱們已經忙了大半夜，怎麼可以不休息一下？」

司徒男笑接道：「你不要看我，我還撐得住。」

丁長喜也笑道：「就算妳還撐得住，我至少也要為葉大俠想一想。」

葉天一怔，道：「為我想甚麼？我的精神還好得很。」

丁長喜道：「我知道你的精神很好，可是你有沒有想到，現在只不過是子夜時分，如果我們現在衝出去，李光斗連你手上的那份大禮都看不清，豈不白白浪費了你一番心意？」

葉天想了想，道：「也對。」

丁長喜繼續道：「而且時間拖得愈久，對咱們愈有利。咱們在裡面培養精神，他們卻在外邊消耗體力，就算李光斗和陸大娘那些高手不在乎，其他的人也一定吃不消。」

司徒男「吃吃」笑道：「我想最吃不消的，一定是李光斗那兩條腳。」

曹老闆也笑嘻嘻接道：「還有陸大娘那兩個如花似玉的徒弟，小葉，你說對不對？」

葉天急忙咳了咳，道：「那我們就先找個地方歇歇，讓那批傢伙急一急也好。」

× × ×

李光斗正如老僧入定般的端坐在李家大院門外的石階上，那兩名大漢就站在他的旁邊，挺立得猶如插在地上的兩桿槍，從頭到腳動也不動一下。

陸大娘也精神抖擻的站在李光斗身後，她那兩個年輕的弟子卻已露出倦態，而且其中有一個還在偷偷地直打哈欠。

遠處已傳來雞啼，東方終於漸漸出現了曙光。

李光斗忽然道：「現在是甚麼時刻了？」

陸大娘答道：「看天色，應該是卯正時分。」
李光斗睜開眼睛，道：「奇怪，那些人怎麼還不出來，會不會被埋在裡面？」
陸大娘毫不猶豫道：「『魔手』葉天精通此道，應該不會才對。」
李光斗回首看了眾人一眼，道：「甚麼人守在後面？」
陸大娘道：「尤一峰和杜飛兩位。」
李光斗皺眉道：「派人過去看看，萬一睡著了，被那些人溜掉就糟了。」
陸大娘答應一聲，頭也沒轉，只朝前面一指，她那兩名弟子已如巧燕般的飛了出去，足尖在院中輕輕一點，兩條窈窕的身影已經越過了屋脊。
李光斗滿意地點了點頭，又把眼睛閉了起來。
就在這時，後進方向突然響起了一陣暴喝，一聽就知道是尤一峰和杜飛的聲音。緊跟著陸大娘那兩名弟子的尖銳呼喊之聲也遙遙傳了過來。
同時原本沉寂如死的正房，陡然門窗齊開，埋伏在內的丐幫子弟和龍、江兩府高手也蜂擁而出。
李光斗不慌不忙地將手在地上一撐，便已坐上那兩名大漢肩膀，但卻原地不動，只目光炯炯地凝視著那扇敞開的房門。陸大娘不待吩咐，早已揮劍率眾迎了上去，一時刀劍齊鳴，殺聲四起，院中一片混亂。
葉天也趁亂自房內溜出，手上緊抱著一個小布包，拚命地朝院外衝去。

司徒男、楊百歲、丁長喜和曹老闆四人緊隨在他身後，邊跑邊回顧，好像生怕被人發現。

李光斗冷笑一聲，不等那兩名大漢拔腿，便已騰身躍起，直向葉天撲下。

司徒男頭也不抬，揮動青竹竿便打，楊百歲雙掌也接連擊出，曹老闆更不客氣，伸手就抓李光斗下身，一副窮極拚命的樣子。

李光斗「砰」的一聲，硬跟楊百歲對了一掌，身子也借力翻回，正好落在疾追而至的那兩名大漢身上。

楊百歲就地一滾，雖然解掉不少掌力，仍覺血氣翻勝，接連舒了幾口氣，才嘿嘿冷笑道：「這老怪的掌力還真不小！」

李光斗傲然道：「有沒有膽子再接我一掌？」

楊百歲馬步一站，道：「請！」

李光斗錯掌運氣，那兩名大漢已然衝出，就在雙方即將接觸之際，那兩名大漢突然同時出拳，而李光斗卻已越過楊百歲頭頂，直向奔出不遠的葉天追去。

楊百歲一掌揮出，硬將其中一名大漢打了個觔斗，但另一名卻已自他身邊一閃而過，如影隨形地緊追在李光斗身後。

司徒男道了聲：「楊老，把他絆住！」人也疾撲而出，似乎已決心要先把李光斗那兩條腿收拾掉。

李光斗身在空中，雙袖連連舞動，轉眼已追至葉天身後，對準他背脊就是一掌。

葉天急忙閃讓，雙腳也已連環踢出，同時大喊一聲：「丁兄接著！」手中的小包已拋了出去。

丁長喜左手接住小包，右手已將「五鳳朝陽筒」緊緊抓在手裡。

李光斗甩開葉天，緊跟著那小包飛撲過去，但一見丁長喜手中那東西，猛將去勢一頓，隨手便將適時趕到的那名大漢推了過去。

只聽得一聲慘叫，丁長喜一時收手不及，那滿筒的鋼針竟然全都打在那名大漢身上。

就在丁長喜稍一失神的那一瞬間，已被李光斗一掌推出，同時那只小包也已落在他手上。

而第二名大漢也已脫困飛奔而至，剛好將李光斗的身子扛住。

李光斗坐在一個人肩上，依然威風凜凜，環視了眾人一眼，最後將目光落在葉天臉上，厲聲喝道：「寶藏呢？」

葉天道：「甚麼寶藏？」

李光斗道：「埋在地下的寶藏。」

葉天道：「原來你等的不是這本東西？」

李光斗微微一怔，道：「甚麼東西？」

葉天嘴巴張了張，又緊緊地閉起來。

李光斗急忙打開那小包一看，身子不禁猛地一顫，險些從那大漢身上摔下來。

葉天笑了笑，道：「其實你大可不必為這本東西拚命，依我看，這本東西八成是假的。」

李光斗沒等他說完，已將書本匆匆揭開，一不小心，書頁已被帶下了一塊。

葉天和司徒男兩人立刻撲身而上，不要命地向他攻去。丁長喜也自地上爬起，取出一把鋼針，一根一根的往「五鳳朝陽筒」裡裝。

李光斗伸手去撈那塊書頁，其他書頁又紛紛飄落，他只好將那本書往懷裡一揣，一面揮掌拒敵，一面搶撈失落的那些紙片，連下面的那名大漢也幫他雙手亂抓，頓時亂成了一團。

這時陸大娘已跟楊百歲交上手，尤一峰和杜飛等人也越逼越近，眼看著就到了跟前。

葉天突然朝後退了幾步，大聲喝道：「住手！」

司徒男急忙躍開，正在忙著裝針的丁長喜也停住了手。

李光斗卻趁機將那些失落的紙片撿起來，統統塞進懷裡。

葉天笑笑道：「你撿起來又有甚麼用？書裡的紙張早已腐朽不堪，縱有天大的本事，也黏不起來了。」

李光斗道：「能不能黏起來的是我的事，你只要說出寶藏在哪裡……我可以放你一條生路。」

葉天哈哈大笑道：「李光斗，你愈老愈糊塗了，如果地下真有寶藏，公孫柳的子孫早就盜走了，還會等著你來挖嗎？」

李光斗冷冷道：「公孫柳沒有子孫，而且他也不是那種人。」

葉天道：「公孫柳沒有子孫，飛環堡主那三個徒弟總有，他們為甚麼不來挖？尤其是他那第三個徒弟李天豹就是李家大院的主人，如果下面真埋著寶藏，他的子孫會離開這裡，任由這片莊院荒廢嗎？」

李光斗道：「他的子孫離開這裡是為了避仇，其實並沒有放棄這批寶藏。」

葉天詫異道：「你怎麼知道？」

李光斗道：「因為我就是李天豹的孫子。」

葉天呆了呆，道：「真是天網恢恢，疏而不漏！原來你就是那個殺師之徒的孫子？看來這本《殘月譜》我是交對人了。」

李光斗忽然哈哈大笑了一陣，道：「廢話少說，寶藏呢？」

葉天道：「根本就沒有甚麼寶藏，不過，我倒有一件更重要的事要告訴你。」

李光斗又哈哈大笑一陣，道：「甚麼事，你說！」

葉天道：「你是使毒的老行家，難道你沒發覺那本《殘月譜》上已下了毒？」

李光斗嘻嘻哈哈笑道：「你胡說，飛環堡主從不用毒。」

葉天道：「他不用，我用。」

李光斗臉色大變，但仍嘻嘻哈哈地笑個不停，道：「你少唬我！如果你真的下毒，我怎麼直到現在連一點感覺都沒有？」

葉天道：「誰說你沒有感覺，你不是正在笑嗎？」

李光斗邊笑邊喊道：「一……一笑解千愁！」

葉天點頭，邊笑邊點頭。

李光斗駭然地掏出那本《殘月譜》，狠狠地朝葉天一摔，哈哈大笑而去。

葉天急忙道：「司徒幫主，快！」

司徒男一個箭步，已將那根堅硬如鐵的青竹竿扔了出去。但見那竹竿去勢如飛，力道十足，「噗」地一聲，已穿透了李光斗的後心。

李光斗好像根本未曾發覺已被擊中要害，笑得比先前更狂放、更厲害，直到從那名大漢肩上摔下來，仍在地上翻滾狂笑不已。

那名大漢似乎受了感染，也忽然捧腹大笑起來，邊笑邊跑，邊跑邊笑，轉眼便已跑得蹤影不見。

李光斗的笑聲終於靜止下來，身子也不再動彈。

陸大娘和尤一峰等人果然比曹剛手下識相多了，一見李光斗已死，不約而同地脫出戰圈，頓時作鳥獸散，片刻間已走得一個不剩。

楊百歲很快便趕了過來，從李光斗身上把那根青竹竿拔出，小心翼翼地擦抹一番，才交還給司徒男。
司徒男四下環視了一眼，悄聲道：「『鬼捕』羅方呢？」
葉天道：「我已經替妳約好，明天午時他在對岸等妳。」
司徒男連連點頭道：「好，好……」她邊說著，邊瞟著葉天，目光中不免流露出些許依依之情。
葉天輕咳兩聲，道：「你們存在我那裡的幾百兩金子，今晚我會請曹老闆用車拉還給你們。」
司徒男笑而不答，曹老闆卻呆了呆，道：「我那一百兩要不要還？」
葉天道：「錯了，你那裡不是一百兩，是二百兩。」
曹老闆嚇了一跳，道：「明明是一百，你為甚麼硬要加一倍？」
葉天道：「咦？你不是說金子交給你，你保證一年加一倍嗎？」
曹老闆道：「可是那要一年，而我只不過才拿了幾天而已。」
葉天瞟著司徒男，道：「司徒幫主並沒有叫你現在還，你可以等一年之後再還給她也不遲。」
司徒男只在一旁含笑不語，似乎在等著曹老闆的答覆。
曹老闆悶頭盤算了半晌，才猛一跺腳，道：「好，就這麼辦！一年之後，我準還給她二百兩。」

×　×　×

一年的日子很快就過去了。

孫濤的第一批新船終於下了水，江大少的生意也愈做愈順當，但他的手面卻愈來愈小，再也不講究排場，好像完全換了一個人。

龍四爺的日子過得比以前更逍遙，對丁長喜也更加信賴。

曹老闆也開始在龍四爺的地盤裡大興土木，著手建造他那間襄陽最大的客棧。

王頭毫不考慮便甩掉了他苦幹了三四十年的差事，每天坐在茶館裡跟人吹噓他平生所經手的離奇案件，當然他最喜歡談論的還是與「魔手」葉天和丐幫幫主司徒男等人結識的經過，因為在他來說，跟這些武林名人交往總是一件非常體面的事。

葉天早就將生意結束，帶著蕭紅羽、小玉和陳七弟兄返回江陵，開始籌組他策畫已久的「天羽堂」。

司徒男也已率領著楊百歲和彭光等人離開了襄陽，她的目的當然是重返開封總舵，去重整已經零落的丐幫。

與她同行的還有「鬼捕」羅方，可是只走到半路就忽然失去蹤跡，有人說他已被神衛營的高手暗殺掉，也有人說他一個人偷偷地尋寶去了。

至於神衛營，並沒有因為曹剛之死而有所改變，唯一不同的是現在的統領已經換成了申公泰。

這次尋寶事件中，除了死者之外，受害最大的就是「快刀」侯義。

打從離開襄陽那天起，他從未過過一天好日子，每天都有三個絕頂高手跟在後面追殺他，因為「粉面閻羅」曹剛雖然屍骨已寒，但他卻留下了一道永遠收不回的命令。

這種東躲西藏的日子一直延續了三年之久，直到葛氏三弟兄忽然放下掃刀遁入空門，他才開始安定下來，而且也在一個小縣城裡落了戶。

這時丐幫已在司徒男的整頓之下小有所成，而江陵「天羽堂」卻早已名滿武林，「魔手」葉天和「十丈軟紅」蕭紅羽更成了家喻戶曉的傳奇人物。

也就在這一年，失蹤已久的「鬼捕」羅方忽然出現在襄陽，而且還去拜了「雪刀浪子」韓光和梅花老九的墳墓，只可惜當丁長喜和孫濤等人聞訊趕到時，他早已走得不知所蹤。

于東樓武俠經典珍藏版

魔手飛環（下）縹緲

作者：于東樓
發行人：陳曉林
出版所：風雲時代出版股份有限公司
地址：10576台北市民生東路五段178號7樓之3
電話：(02) 2756-0949
傳真：(02) 2765-3799
執行主編：朱墨菲
美術設計：許惠芳
業務總監：張瑋鳳
出版日期：2024年9月珍藏版一刷
版權授權：于東樓
ISBN：978-626-7464-85-4
風雲書網：http://www.eastbooks.com.tw
官方部落格：http://eastbooks.pixnet.net/blog
Facebook：http://www.facebook.com/h7560949
E-mail：h7560949@ms15.hinet.net
劃撥帳號：12043291
戶名：風雲時代出版股份有限公司

風雲發行所：33373桃園市龜山區公西村2鄰復興街304巷96號
電話：(03) 318-1378　　傳真：(03) 318-1378
法律顧問：永然法律事務所 李永然律師
　　　　　北辰著作權事務所 蕭雄淋律師

行政院新聞局局版台業字第3595號 營利事業統一編號22759935

定價：340元

國家圖書館出版品預行編目資料

魔手飛環／于東樓 著. -- 初版 -- 臺北市：風雲時代出版股份有限公司，2024.09- 冊；公分（于東樓武俠經典珍藏版）
ISBN：978-626-7464-84-7（上冊：平裝）
ISBN：978-626-7464-85-4（下冊：平裝）

863.57　　113007221